W0336503

COMPLOT
À VERSAILLES

DU MÊME AUTEUR DANS
Le Livre de Poche Jeunesse

À la poursuite d'Olympe

Le trône de Cléopâtre

Annie Jay

COMPLOT À VERSAILLES

Illustrations :
Christophe Durual

HACHETTE
Jeunesse

© Hachette Livre, 1993, 2001.

À Faustine,
Josselin,
Coralie,
et Margaux.

AVERTISSEMENT

Ne cherchez pas ce complot dans les chroniques du règne de Louis XIV, vous ne l'y trouverez pas. Si les décors, le contexte historique et les personnages se rapprochent au plus juste de la réalité, l'intrigue, elle, est purement imaginaire.

Certains s'étonneront peut-être du vocabulaire et des comportements très actuels de mes héros, réels ou fictifs. Il m'a semblé que les jeunes du vingtième siècle se promèneraient plus aisément au dix-septième siècle s'ils y entendaient le langage qui est le leur. J'en demande bien pardon aux amoureux de Boileau, Racine et La Rochefoucauld ; n'en prenez pas ombrage, cette histoire n'a pas d'autre objet que d'apporter un peu de rêve et d'évasion.

1

Février 1676

La petite fille se réveilla en sursaut. À l'étage au-dessus, les deux hommes se disputaient. Elle regarda autour d'elle, hébétée. La pâle lueur du petit matin qui filtrait au travers du soupirail n'éclairait qu'un bout de mur lépreux.

Engourdie de froid, elle se souleva de sa paillasse et posa un pied à terre, bousculant au passage les restes de son repas de la veille.

À la tombée du jour, elle avait entendu l'homme en noir dire à son compère qu'ils devaient se débarrasser d'elle rapidement. Il lui répugnait de tuer des enfants, cela portait malheur, affirmait-il. Ainsi, malgré les ordres, avaient-ils décidé de l'épargner. À son âge, disait l'homme en noir, on oubliait vite... et quand bien même elle parlerait, qui la croirait ? Elle était robuste, ils en tireraient un bon prix.

Ils étaient arrivés à Paris l'avant-veille et, depuis huit jours qu'ils l'avaient entraînée dans leur fuite, c'était la première fois qu'elle passait deux nuits de suite au même endroit.

Elle ferma les yeux, les serrant à en avoir mal, espérant que, lorsqu'elle les rouvrirait, son cauchemar aurait pris fin. Hélas ! il n'y eut pas de miracle, la tache laiteuse du soupirail s'étirait toujours dans l'obscurité.

En frissonnant, elle s'emmitoufla jusqu'au nez dans le tapis de selle que lui avait donné l'homme en noir, et l'odeur de cheval, qui huit jours auparavant l'aurait sans doute écœurée, lui parut tout à coup rassurante.

À l'étage, les deux hommes s'étaient tus. Elle sombra bientôt dans un demi-sommeil dans lequel elle percevait le bruit régulier d'une porte qui claque.

« Marieta, la porte, murmura-t-elle, Marieta, ferme la porte, j'ai froid... »

« Sûr qu'elle est encore partie voir son amoureux », pensa-t-elle en souriant.

Elle ouvrit brutalement les yeux, réveillée pour de bon : non, Marieta était morte, comme les autres...

Ses larmes se mirent à couler doucement. Instinctivement, elle prit la petite médaille qu'elle avait autour du cou et se mit à la mordiller. Marieta lui avait interdit de sucer son pouce, alors elle l'avait remplacé par la médaille. Une chance que l'homme en noir ne l'ait pas prise en même temps que ses vêtements. Pour ne pas qu'elle s'évade, disait-il.

Et cette maudite porte qui cogne...

Sans lâcher la médaille, elle se mit à fredonner la berceuse espagnole que lui chantait Marieta quand elle était petite :

Mama, Mamita, da me sueños,
sueños azules y sueños rosas
Palma, palmita...

Et si la porte était ouverte ? À cette idée, la médaille lui tomba de la bouche... Elle se leva sans bruit et se dirigea pieds nus vers la porte. Malgré la peur qui lui tordait les entrailles, elle avança dans le noir, les deux bras tendus, en aveugle. Un courant d'air glacial lui fouettait les mollets que sa chemise ne couvrait pas. Encore trois pas, encore deux, plus qu'un... Le bois froid de la porte était enfin sous ses doigts. Elle chercha le loquet : non, la porte n'était pas fermée à clef !

Quand l'homme en noir lui avait amené son repas, il était déjà fin saoul. Sans doute avait-il oublié de verrouiller la porte, pressé qu'il était de retrouver sa bouteille.

Elle entrouvrit la porte et guetta un bruit. Rien.

« Jésus, Marie, Joseph, faites qu'ils dorment ! » pria-t-elle en reprenant sa médaille dans sa bouche.

Elle avançait à petits pas, longeant le mur. Un escalier en pierre. « Monte, ma fille, pensa-t-elle le cœur battant, il faut sortir d'ici, et vite. » En haut de l'escalier à droite, une porte entrouverte ; à gauche, la porte d'entrée. En s'approchant à pas de loup, elle glissa un œil dans la pièce, les deux hommes dormaient, affalés sur la table au milieu des chopes vides.

« Allez, courage, ma fille », pensa-t-elle en se dirigeant vers la porte d'entrée : la clé était énorme, il fallait qu'elle trouve la force de la tourner malgré ses mains tremblantes. La serrure bougea avec un effroyable grincement de métal rouillé. Elle s'arrêta, le cœur battant, l'oreille aux aguets. Plus qu'un tour, se dit-elle.

Un bruit de chaise raclant le sol ! « Rosine, c'est toi ? » lança une voix pâteuse.

Vite, sortir, vite ! Le second grincement sembla se répercuter sur tous les murs de la pièce. Déjà, à côté, l'homme se levait ; dans trois secondes, il serait là... Ça y est, la porte s'ouvre !

Elle prit la bourrasque de plein fouet, mais luttant contre le vent, elle se mit à courir à perdre haleine, dérapant, les pieds nus, sur les pavés boueux. Derrière elle, l'homme lui hurlait de revenir.

Pas un chat, pas une âme à qui demander du secours. L'étroite ruelle était déserte. Elle glissa et tomba sur un tas d'ordures, faisant détaler un gros rat. Elle se releva malgré la douleur et repartit aussitôt en traînant la jambe. Derrière elle, les bruits de pas se rapprochaient, l'homme en noir devait gagner du terrain.

Arrivée au bout de la ruelle, elle eut un cri de désespoir : un cul-de-sac. Elle se trouvait sur les berges de la Seine, et face à elle, il n'y avait que l'eau boueuse, grossie par les pluies diluviennes des derniers jours, qui charriait des arbres morts.

À bout de force, elle se retourna vers l'homme qui allait la saisir. Prise de panique, elle se débattit en hurlant, glissa sur la terre humide de la rive et se sentit happée par l'eau froide. L'homme en noir, à qui il devait rester un fond d'humanité, se mit aussitôt à plat ventre sur le bord :

« Attrape ma main, petite ! » cria-t-il. Mais elle suffoquait déjà, sa chemise collée à ses jambes semblait la tirer vers le fond. Instinctivement, elle battait des bras en tous sens pour maintenir sa tête hors de l'eau.

« Attention à l'arbre, derrière toi ! » hurla l'homme.

Trop tard ! Elle ne put éviter la grosse branche qui dérivait, et la prit de plein fouet. Le choc lui coupa la respiration, lui ôtant ses dernières forces. Alors, sans plus chercher à lutter, elle se laissa couler.

Curieusement, le hurlement de l'homme en noir lui parvint comme dans un rêve au ralenti, mais quelle importance !... Marieta la tenait au chaud dans ses bras et chantait :

Mama, Mamita, da me sueños,
sueños azules y sueños rosas
Palma, palmita...

2

Tout en sautant d'un pied sur l'autre pour se réchauffer, Pauline détaillait avec attention la petite guérite verte à l'enseigne de la *Fougère d'or* de l'herboriste. De toutes les Halles de Paris, c'était ici, au marché aux simples, que l'on trouvait les choses les plus extravagantes : mélanges de plantes aux odeurs entêtantes, racines tourmentées ou insectes desséchés, le tout dans un désordre aussi inquiétant qu'attirant.

Son frère Guillaume avait surnommé la bicoque « le Confessionnal ». L'endroit, posé à même le pavé, était si petit qu'il n'y avait de place, entre les rangées de bocaux peints, que pour deux. C'était là, au milieu du tintamarre des rues parisiennes, que l'on se chuchotait recettes de potions ou de crème miraculeuse de beauté, avec en prime, bien sûr, les derniers potins.

Comme chaque jeudi après la première messe, Catherine Drouet, guérisseuse de son état, y avait traîné les deux enfants. Et comme chaque jeudi, Guillaume et Pauline attendaient patiemment dehors, pendant que Catherine passait « à confesse » avec l'herboriste.

La mère Ringot, à cinquante ans passés, accueillait ses clients avec la grâce d'une boutiquière de mode qui l'avait fait surnommer par ses voisines un rien envieuses « la Duchesse ». Et le fait est que, par sa mise du meilleur goût, la Duchesse tranchait de façon incongrue sur la faune du quartier.

« Elle en a de la chance, la Duchesse », fit Pauline à son frère en soufflant dans ses mains.

Guillaume se retourna vers la minuscule boutique : luxe suprême, la mère Ringot possédait un petit brasero. Celle-ci en profitait justement, tout en discutant, pour soulever discrètement ses jupes au-dessus des braises afin de se réchauffer.

Pauline, qui surveillait le manège, se mit à rire, faisant naître dans l'air froid des petits nuages de vapeur. Guillaume regarda le petit nez cerise entre les deux beaux yeux verts de sa sœur, puis ses mains violacées. Cette bécasse avait encore oublié ses gants.

« Donne tes mains que je les réchauffe », dit-il en les prenant entre les siennes.

Février 1676 resterait dans les mémoires. Ce matin, on avait encore ramassé deux pauvres, morts de froid sous un porche. Après les inondations de la Bièvre qui avaient fait plus de vingt victimes chez les tanneurs parisiens, le froid promettait de tuer aussi sûrement que l'eau.

« Bonjour, Catherine.

— Bien le bonjour, mère Ringot. Donnez-moi donc trois onces[1] de bruyère, deux de sauge et rajoutez-moi de l'eau de coquelicot.

— J'en attends, elle est en cours de distillation, répondit la Duchesse en pesant les plantes. Voyez chez la Leroux à côté », continua-t-elle mine de rien, en guettant du coin de l'œil la réaction de Catherine qui ne tarda pas :

« Chez cette sorcière ! Vous n'y pensez pas. Me commettre chez une diseuse de bonne aventure...

— Et vous savez, rajouta la mère Ringot, baissant d'un ton, elle vend de l'arsenic et des crapauds...

— Non ! répondit Catherine, choquée.

— Oui-da, et elle raconte partout qu'elle est "désempoisonneuse" et "désenvoûteuse". Non, mais je vous jure, poursuivit-elle d'un air pincé. Et dire que les gens de qualité se bousculent chez elle ! Quand vous pensez que la Brinvilliers, qu'on vient de condamner au bûcher pour avoir empoisonné toute sa

1. Unité de mesure de l'Ancien Régime. Une once = 30,60 g.

famille, se servait chez cette femme perdue. Alors “désempoisonneuse”, laissez-moi rire !...

— C’est scandaleux, s’étouffa Catherine à son tour, mais qu’attend le roi pour interdire la vente de l’arsenic et des bêtes à venin ? Figurez-vous, ma bonne, que chaque semaine je soigne au moins une personne qui se croit empoisonnée...

— M’étonne pas, ma brave. La “poudre de succession” est à la mode. Et dites-vous qu’aux Halles on vendra bientôt plus de crapauds que de poulets... »

Pendant ce temps, Guillaume de Saint-Béryl s’ennuyait ferme. Dans son habit de velours rouille aux manches trop courtes, il avait un air d’asperge montée en graine que son visage renfrogné n’améliorait guère. Guillaume détestait cet habit, dernier don de son cousin Thomas, de même que ses ridicules chaussures à talons rouges, signe distinctif de la noblesse.

Jusqu’à une époque récente, Thomas, âgé de treize ans, le dépassait d’une tête. Or voici qu’en six mois Guillaume, son cadet d’un an, l’avait non seulement rattrapé mais dépassé. Et Guillaume de maudire le sort funeste qui l’avait fait naître noble mais pauvre et qui, surtout, l’avait affligé d’un cousin riche et généreux mais trop petit...

« Tire pas sur tes manches, tu vas les déformer », lui lança Pauline en imitant le ton sentencieux de la guérisseuse pour le faire enrager.

Il haussa les épaules, les yeux au ciel. Sa sœur ne savait pas sa chance de ne pas avoir de cousine, elle. Car, bien que ses robes soient taillées dans les vieilles toilettes de leur mère, elle était correctement vêtue pour ses neuf ans.

Guillaume de Saint-Béryl s'efforçait de prendre l'air blasé qui sied à un gentilhomme, lorsqu'il fut bousculé par une matrone en sabots, puis éclaboussé par un porteur d'eau[1] guère plus âgé que lui. À peine avait-il fait un pas de côté, qu'un marchand de lait édenté, poussant sa carriole, faillit le renverser.

Avec un soupir d'agacement, il attrapa sa sœur par le bras et la repoussa vers le mur où il entreprit de « tenir le haut du pavé », place enviée, puisque la rue était pavée en pente de façon à drainer les eaux usées vers le milieu, le ruisseau. Ainsi le haut du pavé était propre et gare à qui « tombait dans le ruisseau ».

Pauline, nullement incommodée par le va-et-vient des passants emmitouflés, ne pouvait détacher les yeux de la guérite voisine dont l'enseigne pompeuse, *Au destin amoureux,* dégoulinait de couleurs criardes : un Cupidon rose bonbon y transperçait un cœur rouge d'une flèche.

Sur l'étal, des paniers d'osier gigotaient. Les fameux

---

1. Bien sûr, l'eau courante n'existait pas. Les porteurs d'eau puisaient l'eau dans la Seine ou aux rares fontaines publiques pour la revendre aux bourgeois à domicile. Seuls les gens très aisés et certaines communautés religieuses possédaient un puits ou une fontaine. Les pauvres, eux faisaient la queue, parfois des heures durant, pour un seau d'eau aux fontaines publiques, ce qui occasionnait de nombreuses disputes.

crapauds de la mère Leroux : autant dire les démons de l'enfer. Celle-ci, justement, beuglait telle une marchande de poissons : « Y sont beaux mes crapauds, y sont beaux ! »

Voilà qu'une dame de qualité, descendue de sa chaise à porteurs, s'approchait avec sa servante, en soulevant le bord de sa robe pour ne pas la tacher de boue. La jeune femme avait un visage d'ange, et le regard de Pauline, délaissant les paniers, ne lâcha plus l'apparition.

Cette dernière sortit une main finement gantée de sa cape fourrée pour remettre en place une anglaise pourtant parfaite. Aussitôt, la mère Leroux s'empressa servilement de la saluer avec force courbettes :

« Mademoiselle, quel honneur...

— Ils sont bons, tes crapauds ? fit du bout des lèvres la demoiselle sans même rendre le salut.

— Sûr, répondit la mère Leroux. Y z'ont pas pissé depuis hier, alors c'est vous dire que le venin, c'est du concentré...

— Bien, j'en prends un... Anne, dit-elle à la servante, paie-la et prends la bête. »

« Oh non ! » se dit Pauline en voyant que Catherine sortait déjà du « Confessionnal ». La guérisseuse les entraîna sans attendre tandis que Pauline se retournait à chaque pas, espérant voir la mère Leroux ouvrir enfin son panier à crapauds.

Catherine, qui avait remarqué le manège de la petite, se méprit :

« C'est Mlle des Œillets. Une vraie grande dame ! Mme Ringot dit qu'elle est de la cour... Pourtant, je ne vois pas pourquoi elle achète des crapauds. Les nobles sont si bizarres... Enfin les autres, pas vous, mes lapins », rajouta-t-elle pour rattraper sa bévue.

Et en se retournant une dernière fois pour voir cette fois la belle dame, Pauline se promit que, lorsqu'elle serait grande, elle ressemblerait à Mlle des Œillets.

Neuf heures sonnaient déjà. Catherine n'aurait guère le temps de s'occuper de son vieux maître avant d'aller visiter ses malades.

Le chevalier, le grand-père des deux enfants, l'inquiétait. Le vieil homme, infirme depuis peu, avait bien du mal à surmonter la mort de son fils unique, Louis, tombé voilà un an à la bataille de Salzbach, au côté du grand Turenne. Quant à sa belle-fille Anne-Louise, elle avait préféré entrer au couvent afin d'y pleurer tout à loisir son époux défunt, laissant ses deux enfants aux soins d'un vieillard invalide et ruiné.

Car les Saint-Béryl ne possédaient guère plus que leur particule. Toute leur fortune, en fait, se résumait à une grosse ferme en ruine, pompeusement baptisée château, quelque part entre Berry et Poitou. Pour comble de malheur, la charge d'officier de Louis de Saint-Béryl n'étant pas héréditaire, la famille se retrouvait à présent dans le plus grand dénuement.

C'est ainsi que Catherine, dont la famille servait les Saint-Béryl depuis toujours, avait décidé de partager son temps entre ses anciens maîtres et son métier de guérisseuse. Et c'était elle, bien souvent, qui faisait bouillir la marmite avec l'aide de son mari Mathurin, artisan menuisier.

Tous les cinq vivaient à présent dans une petite maison, derrière l'église Saint-Nicolas, que le chevalier avait achetée sur la rive gauche de la Seine trente ans plus tôt lorsqu'il était en poste au Louvre, avant sa disgrâce.

Mathurin et elle travaillaient dur. La guerre contre les Hollandais s'éternisait et la vie coûtait fort cher : le prix du bois de chauffage et du pain avait presque doublé, sans parler des impôts, et des taxes toujours plus nombreuses pour entretenir les armées... Catherine se faisait souvent payer en nature, poulets ou lapins, de temps en temps une cliente réglait ses soins par des heures de ménage ou de couture. Ce n'était pas l'abondance, mais chacun mangeait à sa faim.

Fort heureusement, Mme de Pontfavier, la sœur d'Anne-Louise, qui avait fait un riche mariage, les aidait aussi. Elle avait pris à sa charge l'éducation de ses neveux : maître de musique et de danse pour Pauline, leçons d'escrime et d'équitation pour Guillaume. Et c'est encore elle qui rétribuait l'abbé Godart, leur précepteur.

Jeanne-Marie de Pontfavier avait inscrit au collège

Guillaume et Thomas, les deux cousins, qui devaient partir pensionnaires dans quelques jours.

Plus tard, Guillaume s'enrôlerait dans l'armée et Thomas se lancerait dans la finance avec son père. Et l'on chercherait à Pauline, si vive et si mignonne, un mari qui l'accepte sans dot. Ce qui était, dans son milieu, quasiment impossible... « Les nobles sont si bizarres ! » se répéta Catherine en pressant le pas.

Le pont au Change, surmonté d'une double rangée de maisons, était bondé. La corporation des tisserands, dont c'était aujourd'hui la fête, portait en procession la statue de saint Blaise, son saint patron. Traverser prendrait un temps fou. La guérisseuse, qui espérait gagner quelques minutes, proposa à contrecœur de remonter la Seine jusqu'au pont Marie par le port Saint-Paul.

Les alentours du port avaient la réputation d'être des coupe-gorge, car les vieux entrepôts regorgeant de marchandises attiraient comme des mouches les truands de tout poil. On racontait que le guet lui-même hésitait à y patrouiller la nuit.

« Gare à l'eau ! » cria-t-on. Guillaume n'eut que le temps de se pousser avant que le contenu d'un pot de chambre atterrisse dans le ruisseau, éclaboussant une petite vieille.

« En voilà une chrétienne drôlement baptisée », ricana un mendiant en leur tendant la main. Catherine lui donna quelques pièces, en riant de son insolence. « Dieu te le rendra, la mère ! » clama l'homme.

« Si le Bon Dieu pouvait nous faire une avance tout de suite, marmonna Pauline à son frère, ça nous arrangerait bien... »

Ils suivirent ensuite les berges de la Seine face à l'île du Palais[1], d'où émergeaient les tours de Notre-Dame. Si l'endroit n'était pas sûr, du moins était-il pittoresque avec ses moulins à eau et ses bateaux-lavoirs. Des blanchisseuses y lavaient le linge en chantant, tandis que d'autres s'en revenaient, les mains rougies par l'eau froide, avec leurs draps mouillés.

Ils avançaient à la queue leu leu sur un étroit chemin boueux qui serpentait entre l'eau et les maisons lépreuses, lorsqu'un hurlement les fit brusquement sursauter. Droit devant eux apparut une petite chose hirsute, à demi-nue, suivie de près par un homme. Au moment où l'homme allait la saisir, la petite tomba à l'eau.

Catherine et les enfants se mirent aussitôt à courir. À cinquante pas, ils virent l'homme se mettre à plat ventre et tendre la main à l'enfant. Ils n'en étaient plus qu'à dix lorsqu'une branche la percuta. Ils rejoignaient l'homme en noir quand la petite coula.

« Seigneur Dieu ! Il faut faire quelque chose ! » s'écria Catherine en regardant de tous côtés.

---

1. Les îles de la Cité et Saint-Louis s'appelaient alors respectivement l'île du Palais et l'île Notre-Dame.

L'homme en noir, sans répondre, fixa l'eau trouble, puis n'y voyant plus trace de l'enfant, se leva et recula de quelques pas, avant de s'enfuir en courant.

Tout à coup, Guillaume aperçut une corde qui traînait près d'une barque en cale sèche. Sans perdre une seconde, il l'attacha autour de sa taille. Puis il tendit l'autre bout à Catherine, et, après avoir ôté prestement ses chaussures et sa veste, il plongea... L'eau froide lui arracha un cri. Il replongea, cherchant en vain le petit corps. La corde était heureusement assez longue pour lui permettre une certaine liberté de mouvement.

« À droite, des bulles d'air », cria Pauline pour le guider.

Il nagea jusqu'à l'extrême limite de ses forces avant de plonger à nouveau. Sous ses doigts, il sentit enfin le tissu de la chemise qu'il tira à lui, il empoigna une jambe mince, puis prit l'enfant à bras-le-corps. Revenu à la surface, à bout de force, il fit signe à la guérisseuse de les haler.

Catherine se pencha aussitôt pour sortir la petite de l'eau, tandis que deux jeunes lavandières, accourues elles aussi, tiraient Guillaume à son tour.

« Manon, sèche le petit monsieur, avant qu'il attrape la mort », ordonna la première à sa compagne, une rouquine à l'air dégourdi. Elle-même sortait de son panier une chemise sale en guise de serviette. « J'm'en vais m'occuper de la petiote.

— Elle vit encore, mais la blessure à la tête est

vilaine, fit Catherine en tournant entre ses mains le petit visage tuméfié.

— Il faudrait prévenir sa famille », lança Guillaume à l'adolescente qui frictionnait vigoureusement les bras de l'enfant.

Il chercha du regard l'homme en noir. Lui semblait la connaître. Hélas ! il s'était volatilisé.

« L'est pas d'chez nous, c'te gamine, déclara la rouquine. Et j'connais tous les gosses du quartier. Faudrait prévenir le guet, qu'on l'emmène à l'Hôtel-Dieu ou aux Enfants trouvés... »

Guillaume, qui se rhabillait en claquant des dents, vit Catherine se crisper. La guérisseuse haïssait ces endroits où l'on mourait à coup sûr, le plus souvent faute de soins. Il jeta un regard à sa sœur qui acquiesça silencieusement :

« Rentrons à la maison avant que nous nous transformions tous en glaçons, dit-il à Catherine. Nous verrons le guet plus tard. »

3

Guillaume déposa doucement l'enfant sur la grande table de la cuisine, devant la cheminée.

« Prépare-moi de l'eau chaude et ravive le feu », ordonna Catherine à son mari qui leur avait ouvert la porte.

De la pièce d'à côté, le chevalier, alerté par le bruit, appela Pauline qui courut aussitôt le chercher et entreprit, tout en poussant son fauteuil roulant, de lui raconter leurs aventures.

Le chevalier avait été, dans sa jeunesse, blessé lors d'un duel, blessure dont il s'était à l'époque remis sans problème. Pourtant un matin, il y a trois ans, il s'était réveillé paralysé des deux jambes. Les médecins, pour tout remède, le saignèrent tant qu'il faillit en mourir. La brave Catherine, qui les détestait, car ils étaient pour la plupart ignorants et fort imbus d'eux-mêmes, les mit dehors sans ménagement et entreprit de s'occuper seule de son vieux maître.

Comme celui-ci ne supportait pas de rester inactif, Mathurin lui avait fabriqué une ingénieuse chaise à roulettes, grâce à laquelle il pouvait avoir un semblant de liberté.

« Est-ce grave ? demanda le chevalier.

— Je ne sais pas encore, monsieur, dit Catherine en nettoyant les longs cheveux bruns poisseux de sang de l'enfant.

— A-t-on prévenu ses parents ? demanda-t-il encore.

— Non, grand-père, répondit Guillaume. Mais nous le ferons dès qu'elle aura repris conscience. »

Catherine, après avoir enfilé une aiguille, entreprit de recoudre la blessure à petits points.

« Votre petit-fils, monsieur, est un vrai héros, fit-elle en maintenant d'une main sûre les bords de la plaie pour mieux les piquer. C'est lui qui a sauvé cette petite, continua-t-elle pendant que le taciturne Mathurin, écœuré à la vue du sang, préférait prendre la fuite vers son atelier.

— Un Saint-Béryl ne saurait faillir à l'honneur », répliqua avec emphase le vieux chevalier, comme si la chose allait de soi.

En fait, le courage de son petit-fils lui faisait chaud au cœur. Depuis la mort de son fils, il avait mis tous ses espoirs dans cet adolescent, le dernier de son sang, rêvant, comme dans les romans de chevalerie, de voir grâce à lui le nom des Saint-Béryl au firmament de la gloire.

« C'était sans risque, grand-père, fit modestement Guillaume, j'étais attaché par une corde.

— N'empêche, répliqua le chevalier avec de l'émotion dans la voix. Je suis fier de toi. »

La petite fille délira toute la nuit, hurlant parfois de terreur, puis tout à coup calme, elle se mettait à chanter une curieuse chanson espagnole. Lorsqu'elle ouvrit enfin les yeux, Pauline lâcha aussitôt son livre pour lui prendre la main :

« Bonjour », dit-elle seulement à la fillette qui la regardait gravement. « Ça va ? » reprit Pauline inquiète, tandis que les yeux bleus de l'enfant détaillaient la pièce avec angoisse.

Lorsqu'elle se mit à sangloter, Pauline, ne sachant plus que faire, sortit en courant chercher de l'aide.

Le chevalier soupira, impuissant devant ce nouveau problème : la petite ne se souvenait de rien. Certes, il en avait vu à la guerre de ces soldats qui, blessés à la tête, devenaient fous ou amnésiques. Chez la plupart, la mémoire revenait spontanément au bout de quelques jours, mais pour d'autres...

« Il faut prévenir la police, sa famille doit s'inquiéter, dit-il à Catherine.

— Mathurin l'a fait ce matin, on ne leur a signalé aucune disparition d'enfant. »

Un ange passa, puis le chevalier continua, embarrassé :

« Vous connaissez notre situation, Catherine. Nous sommes déjà tous à votre charge... Alors une bouche de plus à nourrir... »

Catherine, qui pressentait les scrupules de son maître, répliqua violemment :

« Je refuse, vous entendez, je refuse de l'emmener aux Enfants trouvés !

— Il n'en est pas question, ma brave Catherine, bredouilla le vieil homme. Nous la garderons tant qu'elle n'aura pas retrouvé la mémoire. »

Catherine, en un éclair, revécut l'époque où elle était sage-femme, métier qu'elle avait préféré quitter pour n'être plus que guérisseuse. En effet, la loi l'obligeait à déposer aux Enfants trouvés les bébés abandonnés à la naissance. Les enfants y étaient exposés, comme des rôtis sur un étal, quasiment sans soins pendant deux jours, temps accordé aux parents pour revenir sur leur décision.

On les plaçait ensuite dans des orphelinats où la vie était si rude que seul un enfant sur dix survivait.

Catherine leur cherchait désespérément des lieux d'accueil, mais la misère était si grande que même les sœurs de charité, malgré tout leur dévouement, ne pouvaient recueillir tous ces nouveau-nés.

Catherine, la mort dans l'âme, se résignait à les porter au père Jacquemin, qui, tout en déjeunant sans la moindre émotion, tenait les registres des Enfants trouvés au milieu des hurlements des bébés affamés.

Et leurs hurlements la poursuivaient encore la nuit dans d'horribles cauchemars.

« Dans quelques jours, le choc passé, elle retrouvera la mémoire. D'ici là, elle restera avec nous, je vous le jure », répéta le chevalier en lui pressant la main.

Dès que l'enfant se sentit mieux, on se mit en devoir de lui trouver un nom, provisoire bien sûr, puisqu'elle ne tarderait pas à se souvenir du sien. La maisonnée, après une longue bataille à coups de Justine, Charlotte et Mélanie, décida de laisser le dernier mot à la fillette, qui après s'être longuement regardée dans une glace, se trouva une tête à s'appeler... Cécile.

Mais les jours passaient et Cécile ne retrouvait pas la mémoire. Catherine, qui la couvait comme une mère poule son poussin, avait renoncé à lui poser des questions, questions qui se terminaient invariablement par des sanglots de désespoir.

Puis Guillaume partit pour le collège. Quatre années d'internat chez les jésuites de Chartres l'attendaient, entrecoupées de rares vacances pendant lesquelles il ne pensait pas revoir les siens, faute d'argent.

En effet, Guillaume, conscient de la charge financière qu'il représentait pour sa tante, avait décidé de ne pas lui imposer le coût supplémentaire des voyages. De nombreux adolescents, comme lui sans fortune, payaient une partie de leur scolarité en travaillant pour les collèges. Les plus jeunes aidaient aux cuisines ou aux écuries, les plus âgés en servant de répétiteur ou de surveillant. Il espérait ainsi se faire un petit pécule qui lui permettrait, qui sait ? de poursuivre ses études au-delà du collège.

Chacun à la maison se préparait donc à cette séparation depuis des mois, et autant dire que l'on pressentait des adieux déchirants. Or, il n'en fut rien, car Guillaume parti, le clan Saint-Béryl n'eut plus qu'un souci en tête : Cécile.

Elle paraissait avoir huit ou neuf ans, brune aux yeux bleus, avec une frimousse pleine de fossettes. Ses mains fines et sa peau claire prouvaient qu'elle ne travaillait pas, comme la plupart des enfants de son âge, aux champs ou à l'atelier. Elle s'exprimait en français avec un indéfinissable accent, mais ni en patois, ni en langage populaire. Cécile venait donc certainement d'une famille bourgeoise.

Ce qu'elle portait sur elle n'avait fourni aucun indice sur son identité. Le tissu de ses sous-vêtements était de bonne qualité et sa petite médaille en or avait été tellement mordillée qu'il était impossible d'y discerner un nom ou un signe, à part peut-être une vague forme d'arbre, sans doute un sapin ou un saule.

Cécile s'était remarquablement adaptée à la situation, vivant parmi sa nouvelle famille comme si elle n'en avait jamais connu d'autre. D'un caractère curieux, elle s'intéressait à tout. Un besoin irrésistible semblait la pousser à accumuler des connaissances pour combler sa mémoire vide.

Comme elle suivait les leçons que l'abbé donnait à Pauline, on s'aperçut très vite qu'elle lisait et écrivait tant le français que le latin. Elle parlait couramment l'espagnol et avait, en outre, de bonnes notions d'algèbre et de géométrie. Il semblait évident que sa famille n'avait pas négligé son éducation, alors que bien des gens estimaient qu'il était inutile d'instruire les filles dont le rôle futur se limitait à la tenue du ménage.

Jusqu'à l'abbé, qui passait pourtant pour avoir l'esprit large, qui l'avait interrogée, anxieux de savoir si cette merveille sauvée des eaux n'était pas une de ces huguenotes qui défiaient l'autorité du pape. Avec soulagement, il constata que l'enfant connaissait son catéchisme. Mais il demanda tout de même la permission de la faire baptiser : « Un peu d'eau bénite, cela ne peut pas lui faire de mal », affirmait-il benoîtement en se signant.

Les mois passant, Cécile se transforma en une

fillette espiègle et heureuse de vivre. Pauline et elle étaient devenues inséparables, telles des jumelles, l'une brune et l'autre blonde.

Cécile semblait d'une vitalité sans bornes : quand elle n'étudiait pas avec Pauline, elle aidait à la cuisine ou écoutait sans rechigner le chevalier rabâcher ses vieilles histoires. Mais ce qu'elle préférait entre tout, c'était suivre Catherine pendant ses visites aux malades, Catherine qu'elle saoulait de questions sur les remèdes et les maladies.

Et Catherine, qui avait perdu ses deux enfants en bas âge, en vint un jour à prier pour que la fillette ne retrouve jamais la mémoire. Car, plus qu'une fille adoptive, elle avait trouvé une fille selon son cœur.

4

Décembre 1677

« Quel dommage que Guillaume ne soit pas là pour la veillée de Noël ! » soupira Pauline en tournant le faisan rôti embroché dans l'âtre.

Le visage rougi par la chaleur du feu, Pauline alla au grand vaisselier et en sortit la miche de pain blanc des jours de fête. Avec le potage aux pigeons, la purée de châtaignes, le chou râpé au genièvre et les fruits secs, ce serait un vrai festin digne de Lucullus !

« Tudieu, cette odeur est divine ! fit le chevalier avec une mine gourmande en se chauffant les mains à l'âtre. Sais-tu, petite, que je ne faisais pas si bonne chère au Louvre ? Et Petit-Louis non plus, le pauvre gosse ! »

Oui, Pauline savait. Il lui racontait cette histoire depuis des années, pensa-t-elle en se détournant pour rire.

Cécile, qui mettait la table, répondit à sa place, bon public :

« Vraiment, monsieur ?

— J'étais second valet de chambre du roi, avant ma disgrâce...

— Mais, monsieur, pourquoi cette disgrâce ? osa enfin Cécile que la question démangeait depuis belle lurette.

— Pour avoir trop aimé mon petit roi... »

Le vieil homme ferma les yeux :

« Petit-Louis, enfin je veux dire le roi Louis XIV, était un enfant alors. Roi à cinq ans. Sa mère la reine Anne, qui l'adorait, ne pouvait s'en occuper, absorbée qu'elle était par les affaires de l'État avec Mazarin, son premier ministre. On ne lui amenait son fils, paré de ses beaux atours, que quelques minutes par jour. Aurait-elle pu imaginer que son enfant vivait dans le plus grand dénuement ?

— Mais comment était-ce possible ?

— Oh, la révolte grondait partout ! Les nobles avaient déserté la cour et les serviteurs n'étaient plus payés : le trésor était vide ! Gaston d'Orléans, le frère de Louis XIII, et le prince de Condé, son cousin, voulaient s'approprier le trône et évincer Mazarin. Le pays, à feu et à sang, était en pleine guerre civile, les nobles conspiraient, c'était la Fronde... Alors, on négligeait l'enfant. Restaient quelques valets de chambre fidèles, comme La Porte et moi. Nous lui achetions à manger lorsque nous étions de service, sinon son petit frère Philippe et lui n'avaient qu'une écuelle de soupe et un quignon de pain. Les chemises de Petit-Louis étaient rapiécées, ses draps troués... Certains soirs, quand le peuple en révolte hurlait sous ses fenêtres, il venait se réfugier dans mon lit sans un mot ; notre roi ne se plaignait jamais.

« Un soir pourtant, il avait dix ans, il se leva la nuit, tiraillé par la faim, et alla sans bruit jusqu'aux cuisines. Là, il fut émerveillé par les paons farcis et les gâteaux. "Laissez passer le souper de Mazarin !" entendit-il. Petit-Louis tendait la main vers une tranche de lard, lorsqu'un cuisinier lui flanqua un méchant coup de torchon en le traitant de voleur. Il est revenu en pleurs se jeter dans mes bras : lui, le roi de France, un voleur ! Et Mazarin qui faisait bombance, alors que lui jeûnait ! "Quand je serai grand, me dit-il, ils sauront qui est le maître ! Le peuple et tous ces nobles qui veulent ma mort, ces ministres qui me volent, ils plieront devant moi !"

« Petit-Louis savait à peine lire et écrire. Il avait bien un précepteur qui lui apprenait quelques vers latins, mais c'était tout. Mazarin avait donné des ordres pour qu'il ne reçoive aucune éducation sérieuse, faisant en sorte que Petit-Louis soit plus tard incapable de gouverner seul. Car quoi de plus facile que de manipuler un ignare ? Alors, en cachette, La Porte et moi, nous lui lisions des livres, lui racontions les hauts faits de ses ancêtres...

« Mais Mazarin, malgré tous ces défauts, était un bon ministre. Il réussit à mater les frondeurs et à redresser l'économie. La France se relevait peu à peu, et la vie à la cour devint moins austère. À quatorze ans, on donna à Petit-Louis pour amis les neveux de Mazarin, les Mancini, des pouilleux qu'il avait fait venir d'Italie soi-disant pour amuser le roi, mais surtout pour le surveiller...

« Ce ne fut plus que bals et réjouissances. Mazarin s'en frottait les mains, car tant que le roi danserait et courrait le jupon, lui aurait les coudées franches pour gouverner et se remplir les poches.

« La Porte et moi étions si inquiets pour l'avenir de Louis que nous avions décidé d'en parler à la reine. Nos amis nous supplièrent de n'en rien faire : Mazarin était tout-puissant. Elle nous reçut, s'étonna et promit de se renseigner.

« Bien sûr, Mazarin jura que le roi recevait une solide éducation. Ses neveux ? Des amis qui le divertissaient, c'est tout ! Qui la reine devait-elle croire : lui, le premier ministre, ou deux obscurs valets de chambre de petite noblesse ?

« Le lendemain, Mazarin découvrit “par hasard” des preuves comme quoi nous conspirions contre la reine. On ne nous laissa pas nous défendre, et nous fûmes renvoyés sans autre forme de procès. Et sans revoir Petit-Louis...

« C’était en 1652. Pourtant, je fus bien vengé. À la mort de Mazarin, en 1661, Louis XIV réunit le Conseil. Certains ministres, qui le croyaient faible et sans esprit, lui dirent en riant d’aller s’amuser et de les laisser gouverner. Mal leur en prit, car ils furent renvoyés : Louis XIV prenait enfin le pouvoir.

« Il travailla ensuite nuit et jour pour apprendre son “métier de roi”, comme il disait. Il ne garda que des ministres de bon conseil, comme Colbert et Le Tellier, le père de Louvois. Et, ainsi qu’il me l’avait promis, il les fit tous plier. En vingt ans, la France devint le pays le plus puissant d’Europe, tandis que lui-même se transformait en dieu vivant. Et il a su mater les membres de cette noblesse qui lui faisait si peur enfant, qu’il tient en laisse grâce aux faveurs qu’il distribue, les poussant à s’endetter pour mieux les asservir... »

Le chevalier se tut. Cécile le regardait, bouche bée, sa pile d’assiettes en étain sur les bras.

« Alors, sac à papier, cette volaille on la mange quand ? » tonna-t-il.

Pâques 1678

« Pauline, c'est un si bémol, pas un fa dièse ! hurla Cécile depuis la cuisine.

— Concerto pour couac et fausses notes ! » ajouta-t-elle en se penchant vers Catherine qui étiquetait des sachets de potion.

Après avoir consciencieusement massacré son morceau sur le vieux clavecin de sa mère, Pauline s'arrêta enfin sur une série de notes discordantes.

« Guillaume, pousse-moi vite dans le jardin, ce bruit est intolérable ! fit le chevalier en se bouchant les oreilles.

— Et son professeur trouve qu'elle fait des progrès ! ironisa Guillaume.

— Il doit être sourd, ce n'est pas possible.

— Il n'y a pas à dire, elle n'est pas douée... », renchérit Catherine en riant.

Hélas ! Pauline reprenait déjà. Catherine grinça des dents, la main crispée sur sa plume d'oie, balafrant de bleu l'étiquette du sachet en papier.

« Tu as raison, répliqua Cécile. On en a embastillé pour moins que ça !

— Trop, c'est trop ! hurla Pauline depuis le petit salon en abattant ses deux mains sur l'instrument. Je hais la musique ! »

Le quadruple fou rire qui lui parvint de la cuisine fit encore monter d'un cran sa mauvaise humeur :

« Cécile, puisque tu es si maligne, tu n'as qu'à venir jouer à ma place...

— Heureusement, je ne connais pas la musique, moi. C'est assez d'une artiste comme toi dans cette maison, persifla Cécile en s'approchant avec Guillaume.

— Ah oui ? trancha sèchement son amie. Tu te rappelles que tu ne sais pas jouer, mais tu me conseilles sur les si bémol ? »

Rappeler...? La gaieté de Cécile tomba d'un coup.

« Pardon, Cécile, je ne voulais pas... »

Voyant le visage fermé de son amie, elle se leva et tenta de lui prendre la main. Mais Cécile la repoussa, puis s'assit à sa place sur le tabouret.

Depuis deux ans qu'elle était chez les Saint-Béryl, elle n'avait jamais éprouvé l'envie de s'approcher de l'instrument. Elle regarda la partition où les notes semblaient danser, et comme hypnotisée, posa les mains sur le clavier. La mélodie s'éleva mécanique et sans âme, mais juste. La dernière note achevée, Cécile se leva comme une automate, pâle à faire peur, puis elle se dirigea vers la porte. Elle se retourna un instant pour dire à une Pauline éberluée :

« J'avais raison, c'était un si bémol... »

Pauline voulut rejoindre son amie, mais Guillaume l'en empêcha.

« Laisse-la, elle a eu un choc, elle a besoin d'être seule.

— Je ne voulais pas lui faire de mal, je le jure, sanglota Pauline.

— Ne t'inquiète pas, lui répondit Guillaume en serrant sa sœur contre son épaule, elle a juste besoin de temps pour se retrouver, c'est tout...

— Je n'arrive pas à me mettre en tête qu'elle soit capable de faire toutes ces choses. Les choses de sa mémoire d'avant, tu comprends ? »

Elle soupira, puis reprit :

« Peut-être qu'elle sait aussi peindre comme Le Brun, ou composer comme Lulli, ou écrire comme Molière...

— Et peut-être bien qu'elle est la fille du roi d'Espagne et qu'elle me fera duc », se moqua gentiment Guillaume.

Pauline, entre rire et larmes, lui lança une bourrade, qu'il para de son mieux.

« As-tu remarqué comme elle m'évite ? continua-t-il plus sérieusement. C'est tout juste si elle me parle.

— Tu l'intimides. Toi, le grand héros qui lui as sauvé la vie !

— Cécile n'est pas timide. Pourquoi me donne-t-elle du "Monsieur Guillaume" ?

— Elle ne t'a vu que huit jours en deux ans, elle ne va pas te sauter au cou dès que tu apparais !

— Tu as sans doute raison, reconnut Guillaume en souriant. Mais je saurai bien l'apprivoiser. »

Mars 1679

L'enfant, en hoquetant, cachait peureusement son visage dans les jupes de sa mère pendant que Cécile, avec des gestes très doux, finissait de fixer l'attelle sur son bras :

« Les petits enfants n'ont pas d'ailes, Jacquot. Fais attention quand tu grimpes aux arbres, je n'ai pas de poudre de perlimpinpin pour raccommoder les bras cassés... »

Jacquot sortit un œil rouge et ébaucha un sourire. Catherine venait de réduire la fracture, mais l'enfant, un petit casse-cou de cinq ans, était un vieil habitué : on ne comptait plus ses plaies et ses bosses !

« C'te petiot, c'est diablerie et compagnie, se lamenta sa mère en payant la consultation d'un petit sac de noix. Et si en plus il restait estropié ? C'est qu'on a pas les moyens de nourrir une bouche inutile... On compte bien le louer dans une ferme dès ses six ans, faudra qu'il comprenne que la vie c'est pas du gâteau, à rire et à chahuter. Des gosses à élever, on en a déjà quatre, et je suis grosse du cinquième...

— Ne vous inquiétez pas, Angèle, fit Catherine à la jeune mère. Il poussera droit, la fracture était bien nette. Ma fille passera le voir demain. »

Elles sortirent en s'emmitouflant :

« Alors, tu as bien compris les gestes qu'il faut faire ? demanda Catherine.

— Oui, c'est très facile.

— Très bien, la prochaine fracture, tu t'en occupes toute seule. »

Cécile se rengorgea fièrement, elle attendait ce moment depuis des mois. Quant à Catherine, elle hocha la tête, satisfaite.

Sa fille adoptive était née pour être guérisseuse. Cécile avait appris en trois ans ce qu'elle-même avait mis près de dix ans à assimiler avec sa propre mère.

Pendant des heures, chaque jour, elle avait fait réciter à Cécile, comme une litanie, les vertus de chaque plante. Car depuis toujours, c'est ainsi que l'on se transmet le métier de mère en fille. Mais sa « fille », délaissant la tradition, avait décidé de tout noter sur du papier : les symptômes, les quantités et les effets des potions sur chaque malade, jour après jour.

Bien sûr, Catherine avait tiqué. Ces connaissances devaient être jalousement gardées. Les plantes n'ont pas que du bon : elles soignent dans la plupart des cas, mais mal dosées, elles peuvent aussi tuer. Qu'un mauvais sujet mette le nez dans ses papiers et...

Mais Cécile, grâce à ses papiers, comparait les résultats, évitant les erreurs de bien des débutants. Dans un an, tout au plus, elle pourrait avoir sa propre clientèle. Fort heureusement, il y avait assez de travail pour deux dans ce quartier. Et Catherine, émue, se souvint de son premier client, un colporteur mordu par un chien. Elle avait quatorze ans, sa main tremblait un peu, et pour paiement, il lui avait donné une aune de ruban bleu. Mais tout cela était si loin !

« Qui voyons-nous ? demanda Cécile.

— La mère Bertier qui tousse, et maître Colinot pour une rage de dents.

— La routine, quoi ! »

Juin 1679

« Une lettre de Guillaume », cria Catherine depuis l'entrée.

Pauline, en chemise et en bas, déboula aussitôt les escaliers en dérapant sur le parquet ciré. Elle s'enfourna dans la chambre de son grand-père, qui pour une fois ne parut pas remarquer sa tenue négligée.

« Il ne viendra pas cette année, lui dit-il. Il s'est trouvé un emploi chez un notaire pour les vacances.

— Oh, la barbe ! »

Cécile, qui suivait la scène depuis la porte, en fut presque soulagée. Elle ne savait pourquoi, mais M. Guillaume la mettait mal à l'aise. Pourtant, il avait toujours un mot gentil pour elle. Elle se fit une fois de plus la morale : « Quand il reviendra, j'essaierai d'être aimable », se dit-elle sans aucune conviction.

5

Mars 1680

« Je vous dis que j'ai été empoisonné, hurlait le regrattier[1], jaune comme un coing.

— Non, vous avez juste une indigestion ! articula Cécile.

— Que nenni ! Ma femme veut ma peau, vous dis-je. Elle lorgne l'héritage depuis des années ! »

Cécile ne put s'empêcher de rire. La mère Cardinet, cette bigote ?

Rien à voir avec la Voisin, l'abominable empoison-

1. Le regrattier était l'équivalent de notre épicier. Il vendait au détail le sel, le bois, le charbon, ainsi que de la nourriture. L'épicier, lui, ne vendait que des épices et faisait partie de la corporation des apothicaires.

neuse que l'on venait de brûler vive, le 22 février. Jusqu'au dernier moment, lorsqu'on la menait au supplice sur le tombereau des ordures, elle n'avait cessé de hurler des insanités et de cracher sur la foule... Catherine et Cécile avaient vu passer avec effroi celle qui avait été autrefois une honnête sage-femme, avant de tourner empoisonneuse et diseuse de bonne aventure par appât du gain. La Voisin avait à sa façon résolu le problème des enfants abandonnés : son jardin était jonché des cadavres de bébés qu'elle assassinait lors de messes sataniques...

La folie du poison gagnait Paris. Au bûcher ! criait-on partout. Pas de quartier : la Bosse y était passée, ainsi que la Chéron, la Lepert et Belot. La Vigoureux morte sous la torture, la Trianon qui n'en finissait pas de donner ses complices...

Mais la pire, la Voisin, avait nommé ses clients avant de rôtir, mettant toute la noblesse sur les dents. Car les plus grands noms de France se voyaient éclaboussés par le scandale, jusqu'à Mme de Montespan, la favorite du roi. Tous accusés d'avoir acheté des poisons ou des philtres !

La Reynie, le lieutenant général de police, qui dirigeait la Chambre ardente, cette commission chargée d'enquêter sur l'affaire des Poisons, commençait à trembler car il était impensable d'inculper des intimes du roi.

Pendant ce temps, à la cour, ceux qui n'avaient pas

la conscience tranquille s'inventaient des vieilles cousines à visiter à la campagne. On partait en cure, on se cherchait des témoins garants de sa moralité en vue des interrogatoires : bref, cela sentait le fagot !

Cécile donna à son malade du sirop de valériane, en lui affirmant que c'était souverain contre le poison, ce qui l'apaisa instantanément. Ce genre de scène se produisait maintenant tous les jours, car chacun, au moindre bobo, était persuadé que son voisin voulait sa mort.

Les charlatans faisaient fortune, on s'arrachait talismans ou formules magiques contre le poison, et la police croulait sous les dénonciations...

Cécile baissa les épaules, un instant découragée. L'ignorance et la superstition étaient grandes. Hier, une femme lui avait demandé un philtre pour ne plus avoir d'enfants, une autre voulait une formule magique pour garder son amoureux... Comment expliquer à ces pauvres gens que soigner par les plantes n'était pas faire de la magie ? Et « soigner » était encore un mot bien fort. On « soulageait » plutôt, et dans le meilleur des cas Dieu seul guérissait...

« Fichue époque », se dit-elle avec philosophie, en continuant sa tournée.

Juin 1680

Guillaume, assis à la grande table de la cuisine, expliqua à son grand-père :

« J'ai suffisamment économisé pour me payer l'inscription. Vous savez que je ne trouverai pas d'emploi, si je ne passe pas au moins deux ans dans une académie[1].

— Bien sûr, ce serait mieux pour toi, approuva le chevalier en baissant la tête. Mais pourquoi Rouen ? C'est si loin.

— On n'y connaît pas le nom des Saint-Béryl, fit Guillaume avec gêne. Aucune académie à Paris ne veut de moi.

— Tous des imbéciles, râla Pauline qui se désolait de devoir encore se séparer de son frère.

— Thomas veut voir du pays, continua Guillaume, il s'est trouvé un poste de secrétaire à l'ambassade de France en Hollande, son père est fou de rage !

— Et tante Jeanne-Marie qui intrigue pour lui acheter une charge tranquille à la cour ! s'écria Pauline en riant. Genre gouverneur des carpes royales ou intendant des jeux de paume ! »

Guillaume sourit en la regardant. Il avait devant lui une jeune fille superbe, blonde comme les blés, aux

1. Les académies étaient des écoles privées où l'on enseignait aux fils de la noblesse et de la haute bourgeoisie les arts militaires (équitation, maniement des armes, stratégie) et les bonnes manières (danse, élégance, élocution et généalogie).

yeux d'émeraude. Pourtant son plus grand choc, en arrivant la veille, avait été de retrouver Cécile. Il ne se lassait de l'observer à la dérobée : en deux ans, elle s'était muée en une délicieuse créature, yeux pervenche et cheveux de jais. La taille mince et le geste gracieux, elle évoluait sans avoir conscience de son charme. Il savait qu'elle travaillait à présent à son compte, faisant preuve d'une remarquable maturité pour son âge. Mais savait-on son âge ?

Pourtant, rien n'avait changé, Cécile le regardait à peine et ne lui parlait guère, semblant réserver ses sourires aux autres.

« Voulez-vous boire, monsieur Guillaume ? »

Guillaume sursauta. Cécile, l'air grave, se tenait à son côté, une cruche à la main.

« Merci, dit-il en tendant son gobelet d'étain. Et appelle-moi donc Guillaume. »

Cécile n'avait pas répondu, et servait le chevalier à son tour.

Pauline, qui n'en perdait pas une miette, les observa tour à tour. Qu'avaient-ils donc, ces deux-là, à se regarder en cachette ?

Cécile, posant la cruche, osa lever les yeux, qu'elle rebaissa bien vite lorsqu'elle s'aperçut que Guillaume la fixait. Elle s'était pourtant juré de faire un effort. Mais que dire ? M. Guillaume la mettait plus que jamais mal à l'aise.

Comment expliquer que son cœur puisse battre si

vite, rien qu'en regardant ses yeux verts ? Pourtant, il n'avait pas changé. Plus grand peut-être, et plus fort aussi. Mais les mêmes longs cheveux châtain doré et le même sourire franc...

Elle prit une profonde respiration, puis se pinça pour s'arrêter de divaguer, et se promit de prendre un purgatif dès ce soir, afin d'avoir les idées plus claires...

Juillet 1681

« Les potins de la Duchesse sont-ils croustillants ? demanda Pauline à Cécile qui sortait du "Confessionnal".

— Oui et non, répondit-elle en prenant le bras de son amie. Depuis que le roi fait la chasse aux sorciers, le quartier est devenu particulièrement calme... On a encore arrêté Mlle des Œillets, poursuivit Cécile. La fille de la Voisin l'accuse d'avoir assisté à des messes noires. On dit que la mère Leroux lui fournissait les philtres d'amour que la Montespan faisait boire en douce au roi... La marquise semble au bord de la disgrâce, surtout depuis que Mlle de Fontanges, la nouvelle favorite, est morte si bizarrement à vingt ans ce 27 juin, et son bébé avec elle. Remarque que dans le peuple personne ne la pleure : après tout, c'est avec nos impôts que le roi paye les robes et les bijoux de ses belles amies ! Ah ! çà, si le roi s'occupait de sa femme plutôt que de courir le guilledou, les caisses de l'État seraient moins vides ! »

Elle s'arrêta, le temps de laisser passer une ménagère encombrée de victuailles, traînant un marmot braillard accroché à ses jupes. Puis Cécile continua :

« Il paraît que Lesage et Guibourg, les complices de la Voisin, vont être brûlés ces jours-ci, et qu'on a "suicidé" la Trianon dans sa prison, parce qu'elle parlait trop... La Chambre ardente va sans doute être dissoute, afin de protéger la Montespan du scandale. On dit que le roi a fait détruire toutes les preuves la concernant.

— Tiens, s'étonna Pauline en passant devant le *Destin amoureux,* la mère Leroux s'est transformée en bigote ? »

Cécile se mit à rire. La Leroux avait depuis peu abandonné ses fanfreluches voyantes et son maquillage tapageur pour une robe noire et un sage bonnet blanc.

« Si la police la passait à la question[1], je suis sûre qu'elle aurait plein de choses intéressantes à raconter, celle-là. »

Cécile approuva avant de s'arrêter net, le nez au vent, devant la boutique exotique du sieur Pétrossian, un Arménien qui vendait depuis peu du café et du

1. Question = torture. On appliquait la « question ordinaire » aux inculpés pour délier les langues et la « question extraordinaire » aux condamnés à mort, la veille de leur exécution.

chocolat, ces denrées de luxe que s'arrachaient les riches élégantes. Pauline et Cécile rêvaient d'en goûter. Hélas ! à douze sols[1] la tasse, soit le salaire journalier d'un ouvrier, elles devaient se contenter d'en humer les effluves !

« La mode du café et du chocolat ne tiendra pas, lâcha Cécile en faisant la moue. Ces produits sont trop chers. »

Elle tira son amie par le bras, comme pour la soustraire à l'arôme si envoûtant mais si ruineux du café et ce faisant, elles ne purent éviter un rétameur de chaudrons qui fonçait à l'aveuglette dans un tintamarre de cuivres s'entrechoquant.

Tandis que Pauline massait ses côtes endolories en pestant, Cécile, qui salivait encore, poursuivit un doigt en l'air :

« Mais j'allais oublier le plus important : ça y est, les crapauds et les vipères ne seront plus vendus que sur prescription médicale, Catherine va être contente !

— Descendons la Seine jusqu'au Pont-Neuf, proposa Pauline. Mon maître à danser ne passe qu'à onze heures.

— Mademoiselle de Saint-Béryl, fit Cécile les mains sur les hanches. J'ignore pourquoi, mais j'ai horreur de passer par les quais !

---

1. Monnaie de l'époque : 1 livre = 20 sols, 1 sol = 20 deniers, 1 écu = 3 livres. Un ouvrier gagnait de 150 à 200 livres par an ; un domestique, logé et nourri, de 50 à 100 livres (50 pour les femmes, 100 pour les hommes). Depuis, les « sols » sont devenus des « sous ».

— Un mauvais souvenir, sans doute ?

— Je ne sais, répondit Cécile avec le ton mondain des “précieuses” du Marais. Mémoria, la cruelle, m’a abandonnée, me laissant un grand vide au front. »

Pauline se mit à rire. Son amie ne se butait plus dès que l’on parlait de son passé, elle s’était même habituée à ces étranges cauchemars peuplés d’hommes en noir...

« Tu veux qu’on aille s’encanailler sur le Pont-Neuf, fille perdue ? l’accusa Cécile, les sourcils froncés.

— J’aime tellement voir les saltimbanques ! Avec un peu de chance, il y aura des bonimenteurs et des camelots. Et puis, il fait si beau ! reprit Pauline en respirant l’air frais à pleins poumons.

— Ne cherche pas d’excuse, dit Cécile en riant, je sais bien que c’est pour lorgner les garçons.

— Lorgner qui ? s’indigna Pauline, le feu aux joues. Ma chère amie, je ne lorgne pas, c’est moi que l’on lorgne. »

Elle s’arrêta au milieu des badauds pressés pour prendre, en battant des cils, la pose avantageuse d’une gravure de mode.

« Et puis tu peux parler, attaqua Pauline. En tout cas, je préfère les beaux gars aux vieux dégoûtants qui te lutinent ! Oh ! mademoiselle Cécile, fit-elle en imitant la voix chevrotante de leur vieux voisin ; mettez voir vot’main sur ma poitrine. C’est grave, dites voir, c'est grave ? Touchez mieux, essayez voir avec les deux mains, soyez pas timide ! »

La jeune guérisseuse se mit à pouffer derrière ses mains. Tout y était, de l'air salace du père Guillaumin jusqu'à sa voix mielleuse de vieux cochon. Ce jour-là, la main de Cécile avait fini sur sa joue, par une gifle qui lui avait miraculeusement rendu la santé... Depuis, la jeune fille sélectionnait ses clients : au moindre geste déplacé, elle quittait aussitôt la chambre et envoyait à sa place Catherine qui ne s'en laissait pas conter.

« Le printemps t'est monté au cerveau, ma pauvre fille ! fit Cécile en hochant la tête d'un air faussement navré.

— Voilà le genre de maladie que j'aime ! Alors, tu viens, oui ou non ?

— Si Catherine l'apprend, elle me tue, reprit Cécile en éclatant de rire.

— Si tu lui dis, c'est moi qui te tue ! »

6

Avril 1682

Ce soir, le chevalier avait l'air grave. Il restait là, face à la cheminée, ne sachant par où commencer. Pauline, qui lisait à la lueur des flammes, pressentait un problème d'importance.

« Ta tante est venue me voir ce matin, lâcha-t-il enfin, comme s'il se déchargeait d'un poids. Tu sais qu'elle tient salon chaque mardi et reçoit des gens influents. »

Il reprit sa respiration.

« À quinze ans passés, il est temps que tu fasses ton

entrée dans le monde. Elle te présentera à ses relations dès que la couturière t'aura fait une robe convenable. Ce sera utile pour ton avenir...

— Mon avenir ? » reprit Pauline inquiète.

Le chevalier regarda ses vieilles mains, qu'il frotta l'une contre l'autre, et continua, le regard tourné vers l'âtre :

« Pauline, je suis en disgrâce depuis trente ans. Tu sais que les princes ont la rancune tenace... Seule ta tante peut t'introduire dans la bonne société...

— Mais, grand-père, je suis heureuse comme ça ! »

Le chevalier, gêné, regarda sa petite-fille, puis continua d'une voix grave :

« En fait, c'est notre avenir que tu tiens entre tes mains. Tu pourras peut-être aider ton frère à trouver un emploi. Ce serait alors lui qui nous prendrait en charge, ce qui permettrait à Catherine et Mathurin de se reposer enfin. De plus, ta tante se chargera de te trouver un époux convenable qui... »

Pauline, abasourdie, lâcha son livre et se jeta aux pieds du chevalier :

« Non, grand-père, supplia-t-elle en pleurant la tête sur ses genoux. Je ne veux pas ! »

Il ne répondit pas, mais Cécile, debout dans la pénombre, vit que lui aussi avait des larmes plein les yeux.

Cécile finissait de démêler ses cheveux à la lueur de la chandelle. Elle regarda Pauline, roulée en boule sur leur lit.

« Il veut juste ton bonheur, lui expliqua Cécile que la situation mettait mal à l'aise.

— Mon bonheur ?... rétorqua hargneusement Pauline. Mon bonheur, ce n'est pas de me faire épouser le premier venu...

— Il ne te forcera pas, tu le sais bien. Mais la plupart des filles nobles de ton âge sont déjà fiancées... »

Cécile se leva pour mettre le pare-feu devant la cheminée, puis éteignit la chandelle, qu'il fallait économiser. Elle vint s'asseoir près de son amie et mit instinctivement sa médaille dans sa bouche.

« Je vais faire comme toi, déclara Pauline en s'essuyant les yeux du revers de sa manche, je vais travailler... comme gouvernante, ou maîtresse de danse !

— Voyons, Pauline, répondit Cécile en lâchant sa médaille, dans ton milieu les femmes ne travaillent pas. Si cela se savait, tu ne trouverais plus à te marier.

— Je ne veux pas être vendue pour m'assurer le gîte et le couvert !

— Ah ! çà, Catherine a raison de dire que vous, les nobles, vous êtes bizarres, lança Cécile, excédée. Est-ce que tu te rends compte qu'à Paris il y a des gens qui meurent de faim, qui vivent dehors, qui travaillent jusqu'à des dix-huit heures par jour pour nourrir leur famille ? »

Pauline renifla, mais ne répondit pas.

« Et mademoiselle pleurniche parce que son grand-père veut qu'elle aille dans le monde pour se trouver un mari ? »

Cécile tira les rideaux du baldaquin et se mit au lit.

« Après tout, continua-t-elle dans le noir, ta tante t'en trouvera peut-être un jeune... beau... riche... intelligent... »

Pauline, qui rentrait à son tour sous les couvertures, se prit au jeu malgré elle :

« Et honnête... fidèle...

— Courageux, ajouta Cécile.

— Oh ! oui, courageux, renchérit Pauline en riant. Et je l'enverrais se faire tuer en duel pour moi !

— Idiote ! pouffa son amie. Vous, les nobles...

— Je sais », dit Pauline en enfonçant la tête dans l'oreiller, le cœur tout à coup plus léger.

Mai 1682

Sa nouvelle robe bleue était toute simple : un décolleté discret avec une série de rubans cousus en « échelle » jusqu'en bas du corsage en pointe. Les manches étaient resserrées sur l'avant-bras par un volant de dentelle. La jupe de dessus, froncée, épousait sa taille et s'ouvrait « en manteau » sur une jupe de dessous d'un bleu un ton plus clair.

Elle avait relevé ses cheveux blonds en chignon,

laissant s'échapper autour de son visage morose un flot de petites boucles : simple, mais raffinée, pensa Cécile en contemplant son amie.

Après un dernier regard à la glace, Pauline sortit, l'air buté, et descendit lourdement chaque marche de l'escalier.

« Dieu, que ma petite-fille est belle ! pensa le chevalier qui l'attendait au rez-de-chaussée. Belle et si triste... »

« Souris, nom de nom, tu ne vas pas à l'échafaud, s'écria-t-il, exaspéré par la mine de martyre de la jeune fille.

— Bien, grand-père, répondit Pauline, l'œil battu, sans pour autant s'exécuter.

— La voiture de ta tante est là », dit-il en lui prenant la main au passage.

Pauline lui fit un pauvre sourire, se rendant compte que le vieil homme était aussi ému qu'elle. Et bien qu'elle ne fût pas habituée à de telles familiarités, elle ne put s'empêcher de déposer au passage un baiser sur ses longs cheveux blancs.

Pauline et Cécile n'échangèrent pas un mot durant le court trajet jusqu'à l'île Notre-Dame. Cécile, que l'aventure amusait sans qu'elle ose l'avouer, ne regretta pas d'avoir laissé ses malades à Catherine pour jouer les chaperons le temps d'un après-midi.

La voiture passa bientôt sous le porche de l'hôtel particulier avant de s'arrêter devant le perron où

Mme de Pontfavier les attendait. Cécile, qui n'y était jamais venue, resta sans voix devant le superbe bâtiment. Les grandes fenêtres, surmontées de chapiteaux sculptés, devaient déverser des flots de lumière dans les pièces hautes de plafond. Tout le contraire de la vieille maison à colombages des Saint-Béryl, où les petits carreaux en verre dépoli diffusaient un jour avare.

« Mazette ! C'est beau comme le Louvre, ici, dit Cécile en sifflant admirativement. Mais ça ne doit pas être bon marché à chauffer, continua-t-elle avec un inébranlable sens pratique.

— Ne t'inquiète pas, mon oncle a les moyens », répondit Pauline entre ses dents en s'apprêtant à descendre.

Le regard de Jeanne-Marie de Pontfavier s'attarda un instant sur sa nièce : jolie comme un cœur. Dommage que sa petite robe sente par trop le bourgeois. En fait, elle ne se faisait guère d'illusions : lancer sa nièce dans le monde, sans dot et avec le passé douteux de son grand-père, tenait des travaux d'Hercule...

Pauline, après sa révérence, embrassa la joue parfumée que sa tante lui tendait.

« Tu es charmante », lui dit-elle d'un air faussement convaincu qui n'échappa pas à Pauline.

D'un geste, elle appela un serviteur :

« Accompagnez cette demoiselle à l'office, ordonna-t-elle en montrant Cécile, et offrez-lui quelques douceurs.

— S'il vous plaît, ma tante, Cécile ne peut-elle rester avec moi ? supplia Pauline en regardant son amie partir après un haussement d'épaules fataliste.

— Voyons, il n'en est pas question, répondit Mme de Pontfavier comme si sa nièce avait perdu l'esprit. Cette petite sera bien mieux aux cuisines avec les gens de son monde. D'ailleurs, comment veux-tu que je la présente : "Voici la domestique de ma nièce, dont elle ne peut se passer ?"

— Mais Cécile n'est pas une domestique, insista Pauline.

— Ne joue pas sur les mots, veux-tu, et suis-moi. »

La mort dans l'âme, Pauline entra dans le grand vestibule où deux laquais en livrée encadraient la porte du salon.

« Aujourd'hui, nous ne serons qu'une dizaine, enchaîna Mme de Pontfavier. Je compte sur toi pour bien te tenir. Ne parle que si l'on t'adresse la parole, approuve tout ce que l'on te dit, et tout ira bien. »

Sa tante prit alors l'air mondain de circonstance, ouvrit son éventail, un sourire charmeur aux lèvres qui n'allait toutefois pas jusqu'à ses yeux, froids et attentifs aux moindres détails.

Le luxe ici semblait omniprésent : plafonds aux poutres peintes de guirlandes de fleurs, lambris, tapisseries et tapis précieux. Le vaste salon donnait à la fois sur la cour et sur le jardin. À mi-chemin, sa tante avait fait dresser un buffet où s'amoncelaient petits fours et sorbets. Elle avait fait placer en rond, côté cour, une douzaine de fauteuils, chaises et tabourets, afin que chacun, assis selon son rang, puisse suivre aisément la conversation. Deux dames y étaient déjà, discutant fébrilement.

Pauline se dirigeait vers elles, lorsque sa tante l'arrêta d'un geste de son éventail. Puis lui montrant le jardin, elle lui dit : « Attends-moi là-bas, j'ai des ordres à donner. »

Pauline se fit servir une limonade, puis sortit sur la terrasse du petit jardin à la française, où les allées aux bosquets taillés convergeaient en étoile vers une fontaine de marbre. Après un soupir à fendre l'âme, elle s'assit sur un banc de pierre de façon à observer le salon, sans toutefois être vue.

Sa tante avait regardé sa tenue avec mépris, elle avait honte d'elle, c'était clair... Sans compter l'humiliation que venait de subir Cécile ! Elle était en train de ruminer ces vexations quand un homme d'une soixantaine d'années s'approcha. L'air perdu, il s'assit à côté d'elle.

« Puis-je ? » demanda-t-il. Mais sans attendre, il étala sur ses genoux un grand mouchoir sur lequel il posa une assiette débordante de petits fours caramélisés.

« Cela a l'air fort bon », ajouta-t-il, comme pour s'excuser de sa gourmandise.

Pauline acquiesça en souriant poliment. L'homme, dans son vieux costume élimé, lui avait paru d'emblée sympathique.

La jaugeant, il demanda sans détour, la bouche pleine :

« Vous êtes la cousine pauvre, peut-être ? »

Pauline, qui sirotait sa limonade, crut qu'elle allait s'étouffer !

« Moi, je suis le poète pauvre, continua-t-il en se léchant les doigts.

— En fait, je suis la nièce pauvre, monsieur le poète pauvre, répondit Pauline que ce dialogue incongru commençait à amuser.

— L'on vous a oubliée ici ? reprit l'homme en enfournant un gâteau.

— Je le crains, hélas !

— Remarquez que nous sommes mieux dehors que dedans avec ces vieilles commères. Si vous voulez mon avis, mademoiselle... ?

— Pauline de Saint-Béryl. »

L'homme, après s'être consciencieusement curé les dents du bout de la langue, poursuivit :

« C'est étonnant comme, dans chaque salon que je fréquente, mes hôtes tiennent à montrer combien ils sont généreux pour leurs parents pauvres. »

Pauline piqua du nez dans son verre, pour ne pas avoir à répondre.

« Ma chère Pauline, qu'allez-vous faire cet après-midi ? reprit le bavard. Chanter, jouer de la harpe ?...

— Non. Rien de tout cela. Je viens seulement me faire des relations.

— Ah ! Vous avez une chance folle ! Vous avez là justement deux dames de qualité qui papotent, dit-il cyniquement en lui montrant le salon. Mme de Sauzac et sa sœur. Le sujet du jour est : “De l'installation définitive de la cour”. Car vous savez que depuis le 6 mai le roi a fait de Versailles le siège de son gouvernement, bien que les travaux n'y soient pas finis. Ces dames clament haut et fort qu'elles refusent de s'enterrer dans ce trou à la campagne, mais elles cherchent désespérément à s'y faire inviter par le roi. La dame qui les rejoint est ma bienfaitrice, Mme de La Sablière. Un ange, celle-là, ajouta-t-il cette fois sans ironie. Elle m'entretient depuis des années pour que je puisse me consacrer à ma plume. »

Il s'arrêta une seconde, le temps d'engloutir un nouveau gâteau.

« Il paraît que nous verrons Mme de La Fayette, reprit le bavard. Avez-vous lu sa *Princesse de Clèves* ?

— Bien sûr, répondit Pauline qui avait dévoré l'ouvrage prêté par sa tante. Elle y a mis tant de sensibilité que c'était beau à en pleurer.

— Je vous approuve. Tiens, voilà Mme de Coucy et sa fille, reprit l'homme. Dieu, qu'elle est laide ! Sa mère l'a sortie du couvent et cherche désespérément à la marier, mais elle n'y arrive pas malgré une dot pourtant très alléchante. C'est fort dommage, car Mlle de Coucy est intelligente et gagne à être connue. Elle finira sans doute religieuse, la pauvre, bien que sans vocation.

— La Rochefoucauld aurait pu en faire une maxime : les demoiselles riches et laides et les demoiselles jolies et pauvres sont sœurs d'infortune : on a du mal à les marier », souffla Pauline ironiquement.

Le poète apprécia. « Décidément, cette petite me plaît », pensa-t-il en soulevant sa longue perruque mal frisée pour se gratter derrière l'oreille avec délice.

Pauline retint à temps un éclat de rire car le brave homme avait tout du chien qui gratte ses puces, puis elle reprit plus sérieusement :

« J'ai lu dernièrement les nouvelles fables de M. de La Fontaine.

— Et vous avez aimé ?

— Beaucoup, répondit Pauline. Surtout *Les deux pigeons,* quelle fable émouvante ! Et son discours réfutant la thèse de Descartes, selon laquelle les animaux ne sont que des machines à l'usage de l'homme, une pure merveille.

— Donc, contrairement à Descartes, vous pensez que les bêtes ont une âme ?

— J'ignore s'ils en ont une, monsieur, répliqua Pauline, mais je sais que si l'on donne un coup de pied à un chien, il souffre, et qu'un cheval n'est pas une machine à tirer les voitures.

— Diantre, ma belle amie, vous êtes une perle rare ! Que n'ai-je quarante ans de moins pour vous servir ! lâcha le poète, ravi de tels propos. Puis-je toutefois me permettre de vous donner un conseil ?

— Faites, je vous prie.

— Ne le prenez pas mal, mais j'ai souvent constaté que les puissants supportent mal que les pauvres aient de l'esprit. Dans cette société, il est de règle de porter un masque pour cacher ses sentiments. Jouez donc les naïves et les ingénues. On trouve les têtes de linotte charmantes, alors qu'on se méfie des jeunes filles intelligentes.

— Vous tenez des propos bien amers, monsieur, répondit Pauline qui ne s'attendait pas à ce genre de vérités.

— Mon masque à moi, fit-il gravement, c'est celui du poète étourdi. Je sais être balourd à souhait. Grâce à cela, on m'a toujours excusé toutes mes fantaisies. Mais je ne me suis pas présenté, reprit-il avec un regard franc, Jean de La Fontaine, poète. »

Un instant décontenancée, Pauline ne sut que répondre, regardant bouche bée un de ses auteurs favoris.

« Voilà Mme de La Fayette, avec son amie Mme de Sévigné, reprenait déjà l'intarissable bavard.

— Sévigné ? Mon grand-père m'a parlé d'un Sévigné mort en duel.

— Son mari, acquiesça le poète. Un débauché dépensier et arrogant. Depuis sa mort, elle ne vit plus que pour sa fille, à qui elle écrit chaque jour. »

Il soupira, puis fit la grimace.

« Voilà Mme de La Sablière, qui me cherche... La récréation est finie, je vais devoir gagner ma vie... »

La dame s'approcha, l'air inquiet.

« Mon ami, nous vous cherchions. Venez donc nous réciter quelques vers », dit-elle en prenant d'autorité le bras du vieil homme.

Il se leva lourdement, rattrapa maladroitement son assiette au vol, puis ramassa son mouchoir tombé par terre, tandis que la dame s'impatientait.

Et avant de pénétrer dans le salon, tout en chassant une mouche imaginaire, il se retourna pour faire un clin d'œil à Pauline.

« Deux pigeons s'aimaient d'amour tendre... », commença le poète alors que les dames du salon se pâmaient avec des « ah ! » de satisfaction.

Pauline n'eut pas le temps d'apprécier la fable que M. de La Fontaine récitait, elle en était sûre, pour elle seule, car sa tante arrivait, l'air courroucé :

« À l'avenir, ne reste pas seule avec cet original, il a une réputation déplorable. »

Pauline renonça à lui rappeler qu'elle était dehors

sur son ordre, et se contenta de répondre platement en la suivant :

« Oui, ma tante. »

« Tu te rends compte, disait Cécile sur le chemin du retour, ils sont vingt domestiques pour deux maîtres ! Valets, cochers, cuisiniers, jardiniers, femmes de chambre, lingères, secrétaires, plus un confesseur, énuméra-t-elle. Incroyable ! Et si tu voyais cette cuisine ! Tout le confort moderne : puits dans la cuisine, étuves, et même un fourneau de fonte à l'allemande...

— Et moi qui pensais que tu serais déçue d'aller à l'office, fit Pauline en hochant la tête.

— Non, pas du tout, j'y ai rencontré des gens très sympathiques. La semaine prochaine, je viendrai avec ma sacoche. J'ai promis au cocher de le soigner. Enfin, si ta tante insiste pour que tu sois chaperonnée... Et toi, le grand monde, c'était bien ?

— Disons que c'était plein de surprises surprenantes et d'un ennuyeux ennui : le poète était bon, mais la claque fort mauvaise », lança-t-elle en imitant les commentaires littéraires du *Mercure galant,* la célèbre gazette.

Elle croisa les bras et poursuivit en riant :

« Vu la façon dont tout ce beau monde m'a accueillie, je crois que la semaine prochaine j'irai aux cuisines avec toi ! »

Le chevalier n'en finissait pas de ressasser ses problèmes. Rien n'allait comme prévu. Malgré tous ses efforts au cours du mois écoulé, Mme de Pontfavier n'avait pas réussi à faire inviter Pauline dans des maisons influentes. Les habitués de son salon s'accordaient à dire qu'elle était charmante, mais aucun n'aurait pris le risque d'inviter sous son toit la petite fille du disgracié. Lorsque Mme de Pontfavier insistait sur la mort héroïque du père de la jeune fille, invariablement les conversations finissaient par : « Saint-Béryl ? Est-elle de la famille de ce valet autrefois disgracié par la reine Anne ? »

« Tant d'injustice ! » songea le chevalier, et maintenant ses petits-enfants payaient pour une faute qu'il n'avait pas commise.

Pauline rejetée, Guillaume évincé. Car bien qu'il fût parmi les meilleurs de son académie, Guillaume s'était vu refuser sans explications tous les emplois auxquels il avait postulé. Le chevalier avait beau retourner le problème en tous sens, il n'y avait qu'une solution et il le savait.

« Apporte-moi une plume neuve, de l'encre et ton meilleur papier », demanda-t-il à sa petite fille.

Pauline poussa son grand-père jusqu'à la table avant d'aller chercher de quoi écrire. Elle l'avait rarement vu aussi bouleversé, la chose devait être grave. Pourtant, elle ne posa pas de questions, donna le matériel et sortit en refermant la porte.

Le chevalier prit la plume d'une main mal assurée, la trempa dans l'encrier, hésita un instant puis se lança :

> *« À Sa Majesté Louis, Roi de France.*
> *C'est un bien vieil homme, Sire, qui vous adresse un cri de désespoir... »*

Un cheval s'était arrêté devant la maison. Déjà le cavalier frappait à la porte à grands coups de poing autoritaires.

« Courrier du roi, annonça-t-il à Pauline, un rien arrogant. Préviens ton maître que je veux le voir. »

Lorsque le chevalier entra dans la cuisine poussé par Pauline, l'homme resta un instant sans voix : un vieillard aux longs cheveux blancs, vêtu à la mode désuète du roi Louis XIII, sur une chaise à roulettes, voilà qui n'était pas commun. Il salua de son large chapeau à plumes, puis lui tendit une lettre.

Le chevalier la soupesa, la retourna, regarda le sceau, tardant à l'ouvrir.

Lettre de grâce ou lettre de cachet ? se demanda-t-il.

Pardon ou aller simple pour la Bastille ?

Les mains tremblantes, il brisa le sceau de cire et déplia deux feuillets :

Louis, Roi de France, à Charles de Saint-Béryl.

Nous regrettons, Monsieur, de ne pas avoir eu connaissance de votre malheureuse situation. Nous vous prions de croire que nous nous souvenons du dévouement dont vous avez fait preuve autrefois envers notre personne.

Le porteur de cette missive vous remettra 20 000 livres en récompense de vos services passés, auxquelles s'ajouteront 2 000 livres de rente annuelle.

Il nous est en outre agréable de donner à Mlle de Saint-Béryl la charge de demoiselle de Sa Majesté la Reine, avec pension de 4 000 livres. D'autre part, nous accordons le grade de sous-lieutenant de la garde écossaise à M. Guillaume de Saint-Béryl, avec pension de 6 000 livres.

Les intéressés rejoindront leurs postes selon les instructions ultérieures qui leur seront adressées.

Qu'il en soit fait selon notre bon plaisir.

LOUIS

La lettre était, certes, très administrative, mais le Roi venait bel et bien de laver leur honneur. Le chevalier donna sans un mot le premier feuillet à sa petite-fille et continua le second, écrit de la main même de Louis XIV sur un ton beaucoup plus personnel :

Je remercie le ciel, Saint-Béryl, de vous savoir en vie. On m'avait assuré que vous étiez mort sur vos terres, j'ai eu le tort de le croire. Ces quelques gratifications ne sauraient effacer des années d'injustice, mais je m'engage à vous réhabiliter, et à protéger personnellement vos petits-enfants, à condition qu'ils me servent aussi bien que vous le fîtes autrefois.

Je serai heureux de vous témoigner mon affection en mon château de Versailles, lorsque votre santé le permettra.

LOUIS.

« Je remercie Sa Majesté pour ses bontés... commença le vieil homme en s'essuyant les yeux.

— Eh bien, écrivez-le-lui », répondit l'homme qui commençait à s'impatienter. Il sortit de sa sacoche son écritoire portative, puis une bourse rondelette qu'il fit tomber sur les genoux du chevalier. « Et signez-moi donc ce reçu, je vous prie. »

Quelques jours plus tard, derrière les rideaux clos du lit, les deux jeunes filles n'arrivaient pas à dormir.

« Dis donc, demanda Cécile, tu crois qu'ils ont des guérisseurs à la cour ?

— Je ne sais pas, répondit Pauline qui voyait très bien où son amie voulait en venir. Ils ont des médecins, je crois.

— Les médecins sont des ânes, tu le sais bien. Enfin presque tous.

— Au fait, j'ai reçu un courrier cet après-midi, pendant tes visites, laissa tomber Pauline, mine de rien.

— ...

— Je suis convoquée demain à Versailles pour être présentée à la reine.

— Ah ?

— Après, j'emménage dans ma chambre.

— Ah oui ?

— ... Avec ma femme de chambre... lança Pauline en attendant sa réaction.

— Mais, nous n'avons pas de servante, fit remarquer Cécile, tout sourire dans le noir.

— Non. Et cela va être dur d'en trouver une d'ici demain, souffla une Pauline mutine.

— Femme de chambre... guérisseuse, c'est presque la même chose... »

Pauline fit semblant de réfléchir une seconde, puis lui tendit la main :

« Topez là, jeune fille, je vous engage ! »

7

14 juin 1682

Pauline et Cécile descendirent de la voiture de louage, puis rassemblèrent leurs bagages autour d'elles.

La grande avant-cour pavée du château retentissait de coups de marteau et des cris que les contremaîtres lançaient aux ouvriers. Les deux jeunes filles n'avaient jamais rien vu de tel. Le château, encore en chantier, était grandiose. Le bâtiment principal en « U », prolongé de deux ailes, entourait une esplanade immense, tandis qu'une autre aile perpendiculaire au château rompait la symétrie sur leur gauche. Derrière elles, trois larges avenues à la perspective parfaite convergeaient vers les écuries, construites en demi-cercle face au château.

Soulevant des nuages de poussière, le va-et-vient des carrosses, chaises à porteurs et livreurs en tout genre semblait incessant. Courtisans en grande pompe et ouvriers couverts de plâtre se croisaient en un curieux menuet.

Au milieu des échafaudages, les boutiquiers et les camelots avaient déjà installé leurs habituelles baraques en planches, proposant colifichets, fleurs ou nourriture[1]. On faisait la queue chez les vendeurs de bougies et de fagots ou les perruquiers... Une ville dans la ville !

« Porteur ? demanda un gosse dépenaillé en s'approchant d'elles.

— Non, merci, pas pour le moment, répondit Pauline.

— Fruits, oublies, limonade ? insista le gamin en tournant autour des bagages.

— Non merci, répéta Cécile que l'insistance du gamin commençait à agacer.

— Visite des jardins alors ? Deux sols seulement, continua-t-il cette fois-ci hargneusement en sortant un plan chiffonné.

---

1. Ces commerçants suivaient la cour dans tous ses déplacements et se glorifiaient du titre de « fournisseurs du roi ». Leur installation était fortement réglementée pour limiter les abus, car leurs droits étaient héréditaires. On a du mal à s'imaginer aujourd'hui la cour du château et même l'escalier de la reine avec ses allures de fête foraine.

— On t'a dit non, articula Cécile, qui flairait un mauvais coup.

— Attends, où est l'escalier de la reine ?

— Un sol le renseignement, fit l'enfant en tendant une main crasseuse à Pauline.

— Tu es fou, il y a ici cent personnes qui nous renseigneront pour rien. »

Le gosse eut une grimace de colère, puis il poursuivit avec un rictus mauvais :

« C'est par là », répliqua-t-il en montrant l'aile de droite avant de détaler.

À l'église voisine des Récollets, midi sonnait déjà.

« Vas-y vite, je garde nos affaires en t'attendant », fit Cécile en suivant le gosse du regard.

Pauline lissa des deux mains sa robe bleue, puis s'engagea dans la première entrée de l'aile de droite, croisant les ouvriers qui sortaient pour la pause du dîner.

Au bout du corridor, un petit escalier. Étrange, se dit-elle en y montant, que dans un si grand château la reine ait un escalier si petit... Au premier étage, le palier était encombré d'outils et de pots de peinture qu'elle enjamba, avant de se diriger vers une pièce vide qui donnait sur une cour intérieure.

Les pièces nues, en enfilade, avaient toutes au minimum une fenêtre et deux portes, pour l'heure toutes ouvertes... et toutes semblables.

« Mais où est donc l'antichambre[1] ? » se lamenta Pauline en s'avançant dans un grand salon fraîchement repeint.

Elle poussa une porte à droite et enfila un couloir, en ouvrit une autre donnant sur un nouveau salon vide au bout duquel elle prit une porte de service, puis un couloir aveugle, puis une porte :

« Mince, encore le grand salon... »

La forte odeur de peinture fraîche commençait à lui donner la nausée.

« Pas de panique, dit-elle tout haut pour se donner du courage, il est midi, la reine m'attend, il y a forcément du monde... »

Elle prit cette fois la porte de gauche et décida qu'elle ne s'arrêterait que lorsqu'elle aurait trouvé âme qui vive.

Pièce vide, couloir, salon, couloir... L'envie lui prit de hurler jusqu'à ce qu'on vienne la chercher. Salon, pièce vide... Tiens, plus de pots de peinture, c'est bon signe... Couloir, pièce meublée !

Enfin presque. Dans la pénombre d'un réduit éclairé par un œil-de-bœuf, elle distingua une ribambelle de perruques sur une étagère, une chaise percée recouverte de velours et un paravent. Des vêtements étaient pendus sur une tringle, dans un coin il y avait

---

1. Dans les maisons nobles, pièce où l'on attendait d'être reçu par le maître de maison. Les appartements princiers possédaient en général une salle de garde, puis en enfilade, l'antichambre et la « chambre », la pièce d'apparat qui servait d'ordinaire à recevoir, à manger et à dormir, puis éventuellement les salons.

un lit de camp. La salle de repos des gardes, sans doute.

Alors qu'elle allait traverser la pièce pour prendre la porte d'en face, elle entendit gesticuler derrière le paravent.

« Je vous demande pardon... commença-t-elle tandis qu'une tête d'homme émergeait tout à coup.

— Vous êtes dans mes appartements, mademoiselle, tonna le garde, en colère.

— J'en suis confuse, monsieur. Je me suis perdue. Je cherche les appartements de la reine.

— De qui ? fit hautainement l'homme en jaillissant de derrière le paravent en chemise.

— La reine, monsieur, répondit Pauline, un rien énervée. La femme du roi, quoi... »

L'homme la toisa un instant bouche bée, les mains sur les hanches.

« Vous voyez de qui je parle ? » insista Pauline qui commençait à bouillir.

Pourtant, le garde n'avait pas l'air d'un demeuré : la quarantaine, bel homme, d'épais cheveux châtains bouclés et de beaux yeux bruns qui brusquement se mirent à pétiller de malice.

« La reine loge dans l'autre aile, mademoiselle, finit-il par dire.

— C'est impossible, j'ai bien pris le petit escalier avant de me perdre dans ce dédale de pièces...

— ... interdites au public, coupa l'homme. Sans

compter que, par là, c'est un escalier privé, mademoiselle. »

Pauline, pour le coup désorientée, regarda l'homme, au désespoir.

« Je suis en retard et la reine qui m'attend », reprit-elle au bord des larmes.

Elle regarda l'homme prendre un gilet de satin posé sur une chaise et l'enfiler sans même se soucier d'elle.

« C'est donc si grave ? demanda-t-il enfin.

— Pire, monsieur. Si je suis renvoyée, mon grand-père me tuera.

— Vraiment, mademoiselle ? Et qui donc est ce bourreau sanguinaire ?

— Le chevalier de Saint-Béryl, monsieur. »

L'homme éclata de rire, et Pauline eut soudain la détestable impression que quelque chose lui échappait.

« Je vous interdis de vous moquer, mon grand-père est un homme honorable, injustement calomnié...

— Tout doux, mademoiselle », fit le garde en riant lorsqu'ils furent interrompus par un gros homme qui entrait par l'autre porte.

Celui-ci s'arrêta, un instant déconcerté de trouver une dame avec son maître.

« Ah, Bontemps ! Voici Mlle de Saint-Béryl qui cherche les appartements de la reine », raconta l'homme au nouveau venu.

Le dénommé Bontemps s'empressa de l'aider à passer un somptueux justaucorps[1] de brocart rebrodé d'or.

« La reine, Sire ? répéta-t-il en regardant Pauline d'un air soupçonneux.

— Oui, la femme du roi, quoi... » répondit l'homme en ajustant la haute perruque qu'il venait de choisir.

Pauline, qui pâlissait, commença à avoir une horrible intuition.

« Votre Majesté a eu raison de se changer avant la messe, cette tache de café était fort disgracieuse », continua Bontemps, imperturbable.

Pauline, qui sentait ses jambes se dérober sous elle, s'assit sur le lit de camp.

« Bontemps, apportez donc des sels, mademoiselle va avoir un malaise.

— Vous êtes..., vous êtes... »

Pauline ne put finir sa phrase. Elle se leva d'un bond, le feu aux joues, on ne s'asseyait pas en présence du... roi. Pourtant, Louis XIV, voyant son trouble, la repoussa vers le lit, puis s'assit à son côté.

« Eh oui, l'État c'est moi, fit-il en se tapant sur les cuisses, fier de son mauvais jeu de mots.

— Ce n'est pas drôle, ne put s'empêcher de rétorquer Pauline, qui ne retenait plus ses larmes.

— Voyons, mademoiselle, je ne supporterai pas de

1. Longue veste près du corps à grands revers que portaient les hommes sur un gilet ou une chemise.

voir pleurer d'aussi jolis yeux, lui répondit le roi en lui tapotant la main. Vous m'avez fort diverti, il faut dire qu'ici les occasions sont rares, rajouta Louis XIV sans aucune gêne.

— Que Votre Majesté m'excuse, je jure que mon intrusion n'était pas intentionnelle, hoqueta Pauline une main sur le cœur.

— Ne craignez rien, ceci restera entre nous. »

Il lui tendit les sels qu'elle renifla avec méfiance.

« C'est l'heure de la messe, Sire », les interrompit Bontemps d'une voix feutrée.

Le roi attendit que Pauline retrouve son calme avant de poursuivre :

« J'ai promis à mon vieux Saint-Béryl de le réhabiliter publiquement. Je vous accompagne donc chez la reine pour plaider votre cause. Ainsi chacun pourra voir que le roi a pardonné à votre famille. »

On n'entendait plus, dans un silence quasi religieux, que le bruit de la canne du monarque sur le sol.

« Souriez, mademoiselle, lui souffla le roi, toute la cour vous observe. »

Les courtisans, qui hantaient depuis des heures les antichambres dans l'espoir de se faire remarquer, leur faisaient une haie d'honneur.

Au cri de « Messieurs, le Roi », chacun plongeait dans une révérence, chapeau bas, figé dans une attitude respectueuse. Le roi s'arrêtait de temps à autre

pour saluer une dame. Certaines, profitant de l'aubaine, risquaient quelques mots :

« ... Une abbaye pour mon fils, Sire..., entendait-on. Un régiment pour mon mari, Sire... Une pension pour ma sœur... Une charge... Une chambre au château, Sire... »

D'autres, plus hardis, lui glissaient dans la main un placet. À chaque quémandeur, Louis XIV répondait : « Je verrai. »

L'enfilade des salons d'apparat semblait sans fin, et Pauline, qui n'en menait pas large, ne put s'empêcher de râler entre ses dents :

« Si jamais je retrouve ce sale gosse, je lui flanque mon pied au...

— Où donc, mademoiselle ? » demanda Louis XIV en souriant.

Pauline se mit à rougir tandis que, derrière eux, les commentaires allaient bon train. Tous se demandaient qui était cette superbe jeune fille, la plupart étaient certains d'avoir assisté à la naissance d'une nouvelle favorite.

Athénaïs de Montespan[1], la surintendante de la

1. Françoise de Rochechouart-Mortemart est née le 5 octobre 1640 à Lussac en Poitou. Elle fréquentait à son arrivée à Paris en 1660 les précieuses du Marais qui l'avaient surnommée « Athénaïs », par comparaison avec la déesse grecque, tant elle était belle et spirituelle. Le surnom lui allait si bien qu'il lui resta. Elle épousa en 1663 le marquis de Montespan.

maison de la reine, tapota d'un geste nerveux le bois de son bureau.

« Le roi lui a souri, dites-vous ? redemanda-t-elle, le regard noir.

— Oui, madame, confirma Claude de Vin des Œillets, sa suivante. D'après Fabien, notre informateur de la salle des gardes, elle sortait avec lui des appartements privés. »

La suivante pressentit un éclat de sa maîtresse. Celle-ci n'admettait pas d'avoir été reléguée au second plan depuis cette sordide affaire des Poisons. Depuis, elle luttait, toutes griffes dehors, pour reconquérir son rang...

« Elle est très jeune, et ressemble beaucoup à Mlle de Fontanges, en blonde », reprit Claude, attisant encore davantage la jalousie de l'ancienne favorite.

« Fontanges, belle comme un ange », avait-on chanté à la cour... Dans un mouvement de colère, la marquise brisa en deux la plume d'oie avec laquelle elle était en train d'écrire.

« Ils arrivent, madame, reprenez-vous », supplia Claude des Œillets en se dirigeant vers la porte de service.

Déjà l'autre porte s'ouvrait à deux battants et une Pauline plus morte que vive entra à la suite du monarque.

Aussitôt la marquise plongea dans une révérence. Elle garda la pose quelques secondes de plus que ne le voulait l'étiquette[1], jouant sur le fait que sa robe mettait en valeur des épaules superbes.

Elle se releva enfin avec le sourire charmeur qui autrefois ravissait le roi. Mais celui-ci, imperturbable, ne lui répondit que par un salut de son chapeau.

« Madame, j'ai tenu à vous présenter moi-même Mlle de Saint-Béryl. Il m'importe que vous la receviez dans les meilleures dispositions. »

Pauline plongea à son tour dans une révérence devant celle qui, des années durant, avait été plus qu'une reine.

Mme de Montespan n'y répondit pas. Elle détailla la nouvelle venue sans indulgence : comment le roi pouvait-il s'intéresser à une fille aussi jeune ? Certes, elle avait des airs d'Angélique de Fontanges, qui avait amusé le roi un temps. Mais de là à s'enticher de cette gamine...

« Voyons, Sire, Mlle de Saint-Béryl est sans naissance et par trop commune, laissa-t-elle tomber avec dédain en montrant la robe bleue. Nous ne prenons dans la maison de la reine que l'élite de la noblesse. Il semble de plus qu'elle ne sache pas lire l'heure : nous l'attendions voilà un bon quart d'heure. »

Morte de honte, Pauline piqua un fard. Elle savait par sa tante que Mme de Montespan avait la langue

1. L'étiquette était l'ensemble des règles de savoir-vivre de la cour, qui régissait toutes les cérémonies et les rapports entre les gens en fonction de leur titre ou de leur charge.

acérée, mais elle ne pouvait toutefois s'expliquer l'animosité qu'elle venait de provoquer chez la marquise.

« Madame, fit le roi, je ne doute pas que sous votre direction mademoiselle devienne un des éléments les plus brillants de ma cour.

— Mais enfin, Sire, insista-t-elle en lui prenant le bras, je vous assure que cette...

— Il suffit, madame, l'interrompit le roi en se dégageant. Vous dirigez par faveur royale le personnel de la maison de la reine, mais si vous ne pouvez faire face à vos obligations, nous trouverons à vous remplacer ! »

La marquise de Montespan baissa la tête sous le camouflet, puis lança un regard haineux à la jeune fille qui aurait voulu disparaître dans un trou de souris.

Elle venait de comprendre que, pour avoir été l'objet et le témoin de cette scène, Athénaïs de Montespan allait lui déclarer la guerre.

« Bienvenue à Versailles... » se dit stoïquement Pauline.

Pauline n'entrevit la reine que quelques secondes, avant que celle-ci, très pieuse, ne prenne le chemin de la messe. Petite blonde grassouillette à l'accent espagnol, Marie-Thérèse sut la mettre en confiance et l'accueillit avec un mot gentil.

La marquise, qui tentait de cacher sa colère tant bien que mal, chargea la vieille Mme du Payol, la doyenne de la maison de la reine, de son installation.

Cette dernière convoqua aussitôt avec maestria plusieurs laquais, auxquels elle ordonna de transporter les affaires de Pauline. Elle-même, compte tenu de son grand âge, préférait se rendre directement sous les combles de l'aile du Midi, où elles se donnèrent rendez-vous.

L'endroit n'avait rien de commun avec les somptueux appartements que Pauline avait traversés avec le roi. Ici pas de lambris, pas de dorures, ni de parquets précieux, le couloir, percé à chaque bout d'un œil-de-bœuf, était encombré d'un vrai bric-à-brac : restes de repas, pots de chambre et linge sale. Pauline compta une vingtaine de portes sur lesquelles on avait inscrit à la craie les noms des locataires.

« Les appartements n'étant pas terminés, nous vous avons mise temporairement avec Mlle de Mes..., Messs... Cette petite Bavaroise a un nom impossible ! Elle est à la Dauphine. Mais, continua-t-elle avec un sourire entendu, si les choses continuent à aller bien pour vous, il se peut qu' "on" vous loge seule...

— "On" ? "Aller bien"... ? » répéta Pauline sans saisir l'allusion.

Mais Mme du Payol frappait déjà à la dernière porte, puis entrait sans attendre.

La pièce mansardée était minuscule. Deux grands lits et une coiffeuse en occupaient toute la surface. Une jeune fille rousse, qui lisait sous l'unique lucarne, se leva prestement :

« Mlle de Mes... Mess..., commença la vieille du Payol.

— Messernicht-Daguessau, madame, fit la demoiselle en esquissant un salut.

— Voici Mlle de Saint-Béryl, qui partagera votre logis.

— J'en suis enchantée, mademoiselle, répondit la rouquine avec une pointe d'accent germanique sur une révérence.

— Moi de même, mademoiselle. »

« Ridicule, pensa Cécile, en observant la série de courbettes. Ces nobles sont si... protocolaires. »

« Il y a un lit de camp pour votre servante à côté dans la garde-robe », indiqua Mme du Payol en désignant du menton le cagibi derrière la porte.

Cécile fit la grimace. Elle s'imaginait mal dormant entre vêtements et pots de chambre.

« Bien. Rendez-vous demain à sept heures et demie chez la reine. Et, tâchez d'être à l'heure », insista Mme du Payol en sortant.

Un silence gêné s'installa dans la pièce, les trois jeunes filles s'observant mutuellement.

« Votre servante peut dormir avec nous, cela ne m'ennuie nullement.

— Cécile est mon amie, mademoiselle, non ma domestique », expliqua Pauline.

La rouquine sourit, compréhensive :

« Je suis venue de Bavière avec ma sœur de lait Anna, il y a deux ans, pour le mariage de ma maîtresse Marie-Anne avec le Dauphin. Sans Anna, je crois que je serais retournée chez moi en courant...

— Si cela ne dérange pas Anna, je dormirai ici, déclara Cécile que la garde-robe, après un bref coup d'œil, inspirait de moins en moins.

— En fait, reprit la jeune fille avec un soupir, c'est Anna qui est partie en courant... Elle avait le mal du pays, elle est rentrée en Bavière il y a trois mois.

— Vous n'avez pas de servante ?

— Non, ma famille n'est pas très riche, reprit la rouquine les yeux fixés au sol avec un sourire gêné. Je me débrouille avec la servante d'étage.

— Nous, mademoiselle, nous sommes carrément pauvres ! souffla Cécile en riant.

— Je suis heureuse de vous avoir avec moi, reprit la Bavaroise en soupirant d'aise. La dernière locataire, une fille de comte, était horriblement prétentieuse.

— Je suis sûre que nous allons bien nous entendre, fit Pauline avec soulagement.

— J'allais me chercher à manger, voulez-vous venir ? Il faut se dépêcher avant le dîner du roi. »

Voyant le regard interrogatif que se lançaient les deux amies, elle expliqua tout en les aidant à rentrer les bagages restés devant de la porte :

« Le roi sort du Conseil à midi pour aller à la messe.

À treize heures, il se rend chez la Dauphine ou chez Mme de Maintenon, ou encore chez Mme de Montespan, puis à quatorze il mange en "petit couvert", c'est-à-dire seul ou avec la reine. Nous devons être présents. Je vous assure que c'est très désagréable de regarder le roi manger, debout et le ventre vide. Alors autant prendre ses précautions avant !

— Au fait, ajouta-t-elle. Je me nomme Hildegarde. Hildie, pour vous servir. »

« Je vous jure que la marquise me déteste », déclara Pauline après avoir raconté ses mésaventures.

Elle s'assit plus confortablement en tailleur sur le lit où elles s'étaient installées pour manger.

« Que voulez-vous, reprit Hildegarde, elle ne pense qu'à reconquérir le roi. Seulement la concurrence est rude : de quatorze à soixante ans, toutes les dames courent après lui, surtout en ce moment, la place est libre ! ajouta-t-elle en riant.

— La place de favorite doit être bonne, pour qu'elle s'y accroche, fit Cécile.

— Être favorite, expliqua Hildie, c'est le "tabouret[1]" comme pour les duchesses, des titres, des terres pour votre famille, beaucoup d'argent. Sans compter les princes et les ministres qui vous mangent dans la main...

1. Les duchesses et les princesses avaient le droit de s'asseoir sur un tabouret devant la reine qui, elle, avait un fauteuil. Le « tabouret » était donc un privilège très recherché.

— Et la reine laisse faire ?

— Pauvre reine ! Elle subit toutes ces humiliations sans rien dire ! Elle est en adoration devant le roi... »

Hildie se pencha sur le lit pour arracher une aile au poulet rôti.

« Plus que dix minutes avant le dîner du roi ! râla-t-elle en rognant son os.

— Vous grignotez ainsi tous les midis ? demanda Cécile en croquant une pomme.

— Quelques filles mangent avec la Dauphine qui est enceinte et ne supporte plus la foule. Mais la plupart grignotent. Vous, Pauline, vous mangerez chez la reine. Ses dames se plaignent de la cuisine espagnole qu'on leur sert : il paraît que tout est accommodé à l'ail et à l'huile d'olive... »

La jeune Bavaroise s'essuya les mains et la bouche sur une serviette, puis se frotta le ventre avec un soupir d'aise.

« Sinon, continua-t-elle, je me rattrape à la collation l'après-midi, ou les soirs d'appartement.

— Appartement ?

— C'est comme cela que l'on appelle les soirées organisées par le roi, dans ses grands appartements : concerts, buffet, tables de jeu... énuméra Hildie. Puis on danse jusqu'à dix heures. Après, le roi soupe "en grand couvert" avec sa famille. Puis on le suit pour son coucher à onze heures. Tous les samedis il y a grand bal, et quand il fait beau, on donne la comédie ou l'opéra dans les jardins. En ce moment, on monte *Persée,* le nouvel opéra de Lulli. Je fais partie du ballet avec mon amie Élisabeth. »

Hildie s'assit à la petite coiffeuse pour essayer de discipliner sa tignasse rousse.

« Je vous présenterai Élisabeth. Elle est à la reine. Elle a dix-sept ans comme moi. Elle loge à l'autre bout du couloir avec une vraie peste, Mlle de Montviviers. Méfiez-vous d'elle, elle espionne pour le compte de Mme de Monstespan. »

Hildie se mit une touche de rouge sur les joues, puis colla une mouche de taffetas noir près de sa bouche.

« Elle espionne ? répéta Pauline, surprise.

— Mlle de Montviviers est pauvre mais d'une ambition sans bornes. La marquise la paie grassement pour rapporter tout ce qui se dit chez la reine. »

Hildegarde sourit à son reflet dans le miroir, satisfaite du résultat, puis poursuivit en se levant :

« Vous vous rendrez vite compte que pour vivre à la cour, il faut énormément d'argent. Alors beaucoup ne résistent pas à la tentation de se laisser corrompre... »

Toutes trois se regardèrent dans un pesant silence.

« Je file, dit enfin Hildie en souriant, sinon je vais être mise à l'amende par la vieille Montchevreuil, la gouvernante qui surveille les filles chez la Dauphine. Rendez-vous ici à dix-huit heures : ce soir, il y a appartement. »

8

« Je mets la bleue ou la verte ? demanda Hildie pour la troisième fois en mettant devant elle successivement les deux robes.

— La bleue ! La verte ! dirent ensemble Pauline et Cécile.

— Vous avez raison, je vais mettre... la blanche, conclut Hildie en allant dans la garde-robe.

— Je n'ai rien d'aussi élégant, soupira Pauline en faisant la moue.

— Si vous voulez, je vous prête une robe. Demain, vous irez voir une couturière. Ou je vous amènerai chez mon fripier », dit Hildie.

Devant l'air sceptique de Pauline, elle insista :

« Attention, cela n'a rien à voir avec les fripiers pour pauvres de Paris. Ici, nous avons des "revendeurs à la toilette". Seules les dames de haute noblesse ont des robes neuves, qu'elles revendent ensuite moitié prix au fripier. J'y ai eu ma robe bleue pour cinquante livres.

— Cinquante livres ? Cette robe en vaut au bas mot deux cent cinquante ! » s'esclaffa Cécile qui tâtait l'étoffe peinte à la main de petits bouquets de fleurs.

Avec un peu d'amertume, elle songea que Zéphine, une vieille servante d'auberge qu'elle soignait, en gagnait à peine quarante par an. Mais se rendaient-ils seulement compte, ces « pauvres » nobles, du dénuement des gens du peuple ?

« Vous savez, enchaînait Hildie, la forme des robes n'a pas changé depuis dix ans. Les couturiers jouent sur la richesse des tissus et des accessoires. Alors c'est facile : on change les galons et les dentelles, et on a une robe neuve ! Ici personne ne s'aviserait de porter la même robe cinq fois de suite.

— Va pour le fripier !

— Habillez-vous vite, il faut être dans les salons à dix-neuf heures tapantes pour voir passer le roi.

— Sinon ? fit Cécile qui se demandait si Hildie n'avait pas avalé une horloge.

— Sinon, le roi passe et ne vous voit pas. Et le roi, qui a une mémoire d'éléphant, note votre absence. Et le jour où vous lui demandez une faveur, il vous répond que vous n'êtes pas assez assidue à le servir...

— Mais c'est pire que le pensionnat ici ! s'esclaffa Cécile. Eh bien moi, pendant que vous irez danser, j'irai boire un sirop d'orgeat à la taverne du coin...

— *Ach !* Quelle chance ! La taverne, comme chez moi en Bavière », gémit Hildie avec nostalgie.

Elle soupira, puis arrangea fébrilement sur Pauline la robe bleue, faisant bouffer les manches, dégageant les épaules.

« C'est indécent, protesta Pauline, en tentant de cacher son décolleté.

— Les belles choses sont faites pour être montrées. Attendez de voir Mlle de Montviviers, elle est décolletée jusqu'au nombril ! Et vos cheveux ? Plus personne ne se coiffe comme ça depuis dix ans ! »

Hildie entreprit de remonter les cheveux de Pauline en trois couettes bouclées qu'elle agrémenta ensuite de longs rubans bleus noués comme des pétales de fleur :

« Coiffure à la Ninon », annonça Hildie, fière du résultat.

Sans attendre, elle plongea ses doigts dans un pot et en ressortit une pâte blanche, sous l'œil méfiant de Pauline :

« Étalez cela sur votre visage, vous aurez un teint bien blanc. C'est une recette à moi : du talc et de la farine liées avec un blanc d'œuf. C'est beaucoup plus naturel que la céruse que les Françaises se mettent sur la figure ! »

Elle disposa encore quelques mouches avec art, une

« pensive » sur le front et une « causeuse » près de la bouche, et déclara :

« Pas mal, non ? »

Cécile siffla entre ses dents lorsque son amie se retourna : Pauline était méconnaissable, à faire pâlir d'envie une gravure de mode.

« Mesdemoiselles, vous êtes à peindre », déclara Cécile en écartant les bras.

Àsept heures moins cinq, Pauline et Hildie se trouvaient en bonne place sur le passage du roi. À sept heures, elles saluaient le monarque, le nez au niveau des genoux : l'« appartement » commençait.

Aussitôt les courtisans se dirigèrent vers les buffets en papotant par petits groupes. Pauline, qui suivait Hildie, passa les portes du salon de l'Abondance.

Elle s'arrêta une seconde, étonnée par la centaine de bougies allumées bien qu'il fasse encore jour, et qui donnaient aux marbres et aux dorures un aspect irréel. Les petites flammes semblaient scintiller à l'infini dans les cristaux des douze girandoles[1], se reflétant encore dans les glaces et sur les meubles d'argent massif.

Cela aurait été parfait sans cette horrible odeur de peinture fraîche qui s'échappait d'une petite pièce contiguë en cours de réfection. Mais les courtisans, eux, ne semblaient pas s'en apercevoir.

---

1. Grands chandeliers que l'on posait sur une haute colonne de bois sculpté, appelée torchère ou guéridon.

Sur trois tables en fer à cheval, on avait disposé des fontaines d'argent déversant des boissons chaudes ou froides : jus de fruits ou vins, mais aussi de ces boissons exotiques qui faisaient tant rêver Pauline et Cécile : café, thé et chocolat.

Elles poursuivirent vers le salon de Vénus, en enfilade, qui regorgeait de pâtisseries et autres douceurs arrangées avec art dans des coupes de cristal.

Bouche bée, Pauline, entraînée par Hildie, pénétrait dans la pièce suivante où les violons du roi, sur une estrade de marbre, jouaient en sourdine. Ici, dans une ambiance feutrée, on s'adonnait au principal vice de la cour de France, le jeu.

Des valets en livrée bleu et or, couleurs du roi, distribuaient les cartes et tenaient les marques, debout derrière les courtisans qui commençaient déjà à miser.

« Suivez-moi, j'ai rendez-vous au salon d'Apollon avec Élisabeth », dit Hildie en l'entraînant sans attendre.

Elles traversèrent respectueusement le salon de Mercure qui servait de salle de jeu à la famille royale et à ses intimes, puis poursuivirent vers la pièce suivante.

Là, Pauline s'arrêta net, bras ballants. Elle regarda, fascinée, la chose la plus époustouflante qu'il lui eût été donné de voir. La salle du Trône.

Sur les murs, des Rubens et des Van Dyck. Les rideaux de velours cramoisi étaient rebrodés à profusion d'or et d'argent, les murs lambrissés des marbres les plus beaux. Et enfin l'immense trône d'argent massif, haut de plus de neuf pieds[1], que l'on avait installé sur une estrade et surmonté d'un dais de brocart d'or. De quoi impressionner tous les ambassadeurs du monde... Louis le Grand n'avait pas usurpé son surnom, tout ici était digne des dieux !

Hildie l'avait laissée à son émerveillement et discutait à présent avec une jeune fille dont la silhouette de dos ne semblait pas inconnue à Pauline.

Comme elle s'approchait, celle-ci se retourna :

« Mlle de Coucy ! s'étonna Pauline en reconnaissant le visage pustuleux, le long nez et les grandes dents de la jeune fille qu'elle avait rencontrée chez sa tante.

— Je suis ravie de vous revoir, lui dit Élisabeth de Coucy, souriant de toute sa denture chevaline. J'aurais souhaité faire plus ample connaissance avec vous chez madame votre tante, mais...

— ... Ma famille n'était pas fréquentable, termina crûment Pauline.

— Ma mère ne le souhaitait pas, continua la jeune fille pour s'excuser.

— Vous vous connaissez donc ? s'étonna Hildie.

— Oui, reprit Élisabeth, et Mlle de Saint-Béryl est si belle que je l'aurais reconnue n'importe où. »

Pauline fut surprise du compliment, qui paraissait

1. Un pied = 32,5 cm ; 9 pieds font environ 3 m.

sincère. Cette pauvre Mlle de Coucy était, quant à elle, si laide que Pauline l'aurait également reconnue n'importe où.

« Vous vous taillez un beau succès ce soir, reprit Hildie en riant.

— Moi ?

— Vous êtes le sujet de conversation du jour, insista Élisabeth. N'avez-vous pas remarqué comme tous les regards se tournent sur votre passage ?

— Vous vous moquez sans doute... »

Pauline, pour s'en convaincre, tourna discrètement la tête à gauche et à droite. Horreur ! des centaines d'yeux semblaient braqués sur elle. Perdant toute contenance, elle sentit ses joues s'empourprer.

« Venez, allons boire quelque chose, proposa Hildie en riant.

— Dépêchons-nous, les pressa Élisabeth, voilà le marquis de Lourmel qui fonce vers nous. Je ne peux pas supporter ce prétentieux... »

Par de savants zigzags, elles semèrent l'importun, s'arrêtant de temps en temps pour présenter Pauline. De retour au salon de l'Abondance, elles se firent servir des boissons, puis revinrent lentement vers les salles de jeu.

Mme de Montespan était assise face au roi et au Dauphin, le regard sombre :

« Madame, de grâce, il est temps de vous arrêter,

disait le jeune Dauphin, alors que le roi, d'un calme trompeur, la toisait du regard.

— Et pourquoi donc, Monseigneur ? répliqua hargneusement la marquise en rajoutant cinq mille livres sur la table. J'entends m'amuser comme je le désire.

— La banque gagne », annonça le valet en retournant une carte.

Un silence pesant se fit autour de la table. Mme de Montespan venait de perdre, en une partie, trente mille livres...

Le valet, imperturbable, ramassa le tapis et commença à distribuer une nouvelle donne.

D'emblée, la marquise misa cinq mille livres, puis lança un regard de défi au roi. Mais celui-ci, après un soupir d'exaspération, préféra changer de table.

Un peu plus loin, la reine, assise au côté de Monsieur, le frère du roi, disputait une partie de brelan. Louis XIV s'approcha d'elle, puis salua son frère :

« Philippe, votre tenue est... étonnante, ce soir. »

Le petit bonhomme rondouillard, maquillé à l'excès et sanglé dans un justaucorps couleur pêche rebrodé de pierreries, se pâma d'aise sous le compliment. Ses mains potelées couvertes de bagues lâchèrent un instant les cartes, et Monsieur répondit en minaudant :

« Merci, Sire, mais ce ne sont que des babioles, des rubis, des perles, quelques diamants...

— Madame, fit le roi en s'inclinant vers sa femme, passez-vous une bonne soirée ?

— Qué si, qué si, répondit la reine dans son habituel langage mi-français mi-espagnol. Ié m'amouse beaucoup. »

Elle sourit timidement, en découvrant ses dents gâtées, ravie que le roi lui adresse la parole, ce qui, hélas ! n'arrivait pas souvent.

Derrière eux, la marquise se levait sur un nouvel échec, et s'apprêtait à sortir.

« Vous partez dé'ia, Athénaïs ? fit la reine à sa rivale de toujours.

— Oui, Votre Majesté, répondit-elle suffisamment fort pour que chacun puisse l'entendre. Ces jeux-ci sont pour les enfants. Dans mes appartements on joue plus gros, alors qui m'aime me suive ! »

Sur ces mots, elle quitta le salon sans saluer. Le roi fronça les sourcils, à la grande satisfaction de la reine, mais ne fit que dire :

« Je m'en vais tâter du billard avant le bal. À tout à l'heure, Madame. »

Et dès qu'il fut sorti, quelques joueurs inconditionnels en profitèrent pour se lever et filer discrètement chez Athénaïs.

« Décidément, la marquise ne renonce pas, chuchota Hildie à Pauline. Elle a tout essayé, le charme, la douceur, les pleurs, sans résultat et voilà que maintenant, tous les soirs d'appartement, elle vient, elle nargue le roi et elle s'en va avec ses fidèles.

— Le roi ne la remet pas à sa place ?

— Que voulez-vous qu'il fasse contre la mère de ses cinq enfants légitimés ? Il tolère tous ses caprices, comme autrefois quand elle était favorite. Pourquoi croyez-vous que l'affaire des Poisons ait été enterrée dès qu'elle s'est vue compromise ?

— Jusqu'au jour où à force de tirer sur la corde... insinua Élisabeth.

— Un courtisan qui se permettrait le dixième de ses extravagances serait mis en disgrâce sur l'heure... » renchérit Hildie.

Le bal allait commencer. Des valets rangeaient autour de la pièce les tabourets des princesses et des duchesses. D'autres entassaient des piles de carreaux, ces coussins carrés qui permettaient aux dames de moindre condition de s'asseoir par terre.

En attendant, nos trois amies s'installèrent dans une encoignure de fenêtre, pour discuter plus à l'aise.

Pauline respira avec délice l'air pur par la fenêtre ouverte pour échapper un instant à la tenace odeur de peinture. Elle fut arrachée à sa contemplation des jardins sous le soleil couchant par un discret coup de coude :

« Regardez, c'est trop drôle ! » lui chuchota Hildie à l'oreille.

Pauline se retourna, pour faire face à la salle. Les courtisans, à qui Mme de Montespan venait de fournir un nouveau sujet de conversation, ne la regardaient heureusement plus.

« Le couple de l'année », fit Hildie en riant.

Un jeune homme d'environ dix-huit ans en perruque châtain clair, habillé richement et l'air furieux, essayait d'échapper à une jeune et jolie brune. Celle-ci, œil de biche et sourire ravageur, l'agrippait par le bras dès qu'il faisait mine de s'éloigner.

« Notre Héloïse martyrise encore ce pauvre comte des Réaux, s'indigna faussement Élisabeth.

— Cette fille est incroyable, elle n'a vraiment honte de rien », renchérit Hildie.

Pauline regarda le manège, amusée malgré elle.

Le jeune comte, arrachant son bras à la demoiselle, réussit enfin à s'éloigner de trois pas. Hélas ! elle revenait déjà à la charge, s'agrippant à lui derechef, battant des cils.

« Dites donc, votre Héloïse n'a pas froid aux yeux ! » acquiesça Pauline.

Son regard accrocha un instant les yeux bleus du jeune comte pour y lire à la fois de la colère et de la résignation. Elle ne put s'empêcher de lui décocher un petit sourire d'encouragement auquel il répondit par une grimace de désespoir.

« Attention, s'écria Élisabeth, son éventail devant sa bouche, ce raseur de Lourmel vient par ici.

— Mlle de Meterniche ! commença sur un ton mondain un petit homme rougeaud d'une trentaine d'années, pomponné à l'excès.

— Messernicht..., le reprit Hildie les yeux au ciel.

— Il y a si longtemps que je ne vous ai vue...

— Non, hier chez la Dauphine, monsieur.

— C'est cela. Mais avec la Dauphine malade et la Montchevreuil qui surveille les demoiselles comme du lait sur le feu, je n'ai pas pu vous parler...

— Pas de chance », reprit Hildie, agacée, en regardant ailleurs.

L'homme lissa sa fine moustache blond filasse d'un air conquérant.

« Mais présentez-moi donc à votre belle amie, reprit-il suavement, en agrippant la main de Pauline, sans un regard pour la pauvre Élisabeth.

— Mlle de Saint-Béryl, M. de Lourmel. »

Le marquis se mit en devoir de lui suçoter le bout des doigts. À ce contact, Pauline ne put retenir une grimace de dégoût, avant de lui arracher sa main pour l'essuyer contre sa robe.

« L'on vous a vue avec le roi aujourd'hui, chère amie, poursuivait le bellâtre en se pavanant. Mais sans doute le voyez-vous souvent... seul ?

— Le roi est très attaché à ma famille, répondit prudemment Pauline.

— On le comprend, répliqua le marquis en louchant dans son corsage. Moi-même, il ne me faudrait guère d'encouragement pour vous être très attaché. »

Pauline, ne sachant que répondre, s'empourpra en comprenant le sous-entendu. Heureusement, les premières notes du branle qui ouvrait le bal permirent à Hildie de faire diversion.

« Dépêchons-nous, mesdemoiselles, ou nous n'aurons plus de carreaux, dit-elle en faisant mine de partir.

— M'accorderez-vous cette danse ? insista le marquis avec une courbette.

— C'est-à-dire... » commença Pauline qui ne trouvait pas d'excuse.

Le marquis l'entraînait déjà, lorsque le comte des Réaux, traversant la foule, et toujours poursuivi par Héloïse, l'apostropha :

« Mademoiselle ! Vous m'aviez promis cette danse, n'est-ce pas ? »

Un instant déconcertée, Pauline retrouva vite son aplomb :

« Cher ami, vous arrivez à point. Y allons-nous ? » fit-elle en prenant son bras.

Ils prirent place, face à face, avec les autres couples sur deux files. En tête, pour mener le branle, se trouvaient le roi et sa fille légitimée, la jeune princesse de Conti.

Pauline ne put s'empêcher de souffler :

« Monsieur, vous me sauvez, je n'aurais pas supporté de danser avec ce godelureau aux mains moites.

— C'est vous qui me sauvez, répliqua le jeune homme en montrant du regard Héloïse qui boudait.

— Cette demoiselle m'a pourtant l'air charmante,

lui souffla Pauline en exécutant de petits pas glissés au son des violons.

— Vous faites erreur ! Mlle de Montviviers est moins civilisée que les sauvages du Nouveau Monde, lui répondit à l'oreille le comte lorsqu'une figure les rapprocha.

— "La" Mlle de Montviviers de la maison de la reine ? » demanda Pauline en détaillant la fameuse Héloïse.

Elle se lança dans une figure compliquée qui les sépara un moment.

« La seule, l'unique, continua le comte qui venait de reprendre sa main. Pire que la glu ou le papier collant... »

Ils se turent un instant, portés par la danse. La musique était divine, et Pauline remercia silencieusement sa tante pour ces cours de danse qui l'avaient si bien préparée à ce premier bal. Car si le maître de musique avait rapidement déclaré forfait, celui de danse ne tarissait pas d'éloges sur son élève.

Les vingt couples glissaient à présent en cadence dans un accord parfait, sous le regard de la reine, assise sur l'estrade dans un fauteuil à côté du trône.

« Vous dansez fort bien, dit le comte au hasard d'un rapprochement.

— Vous ne dansez pas mal non plus », répondit Pauline en tournoyant.

Le branle s'acheva trop tôt à son goût sur une révérence, puis les danseurs cédèrent la place à d'autres couples.

« Permettez-moi de me présenter, je me nomme Silvère Galéas des Réaux.

— Pauline de Saint-Béryl, répondit Pauline en riant. Mais sauvez-vous vite, votre papier collant arrive à grands pas ! »

Le jeune comte leva les yeux au ciel en soupirant, la salua, puis opéra un repli stratégique sans attendre.

« Vous dansez à la perfection, la complimenta Hildie dès que Pauline eut rejoint ses amies.

— J'avais un bon cavalier, répondit-elle modestement.

— Il faut dire que vous avez bon goût, continua Élisabeth.

— Il est vrai qu'il est plutôt beau garçon, reconnut fièrement Pauline. Et d'une compagnie agréable... »

Hildie et Élisabeth se mirent à pouffer bêtement derrière leur éventail.

« Ma pauvre Pauline, M. Galéas des Réaux a des goûts italiens, chuchota Hildie sur un ton de conspirateur tandis qu'Élisabeth pouffait de plus belle.

— Et alors ? » demanda Pauline qui ne voyait pas en quoi aimer l'Italie pouvait être préjudiciable.

Voyant que Pauline ne comprenait pas, Hildie expliqua comme en confidence :

« Vous savez sans doute que certains hommes préfèrent... les hommes ?

— M. Galéas des Réaux... serait... »

Pauline ne finit pas sa phrase, rouge de confusion devant ses deux amies qui hochaient sentencieusement la tête.

« Mais il a l'air si... reprit Pauline, tandis que les deux autres opinaient derechef.

— Mlle de Laval m'a raconté qu'une jeune fille l'avait rendu si malheureux que cela lui a mis la cervelle à l'envers.

— Depuis, il fuit les femmes, continua Élisabeth.

— Mais Héloïse ? s'étonna Pauline.

— M. Galéas des Réaux est fils unique, il a hérité du titre de son père mort l'an dernier. En plus, il a une grosse fortune et un hôtel à Paris. Héloïse est prête à s'accommoder de certains défauts pourvu qu'elle devienne comtesse.

— À la cour, il y a plein d'hommes comme le beau Silvère, commenta Élisabeth.

— Le roi ne peut pas les souffrir. Ce mois-ci, il en a disgracié une dizaine qui voulaient pervertir le jeune comte de Vermandois, un de ses fils naturels. Mais comme son propre frère, Monsieur, en fait partie et les protège !...

— Le comte des Réaux a de la chance, poursuivit Élisabeth derrière son éventail, le roi l'aime bien. Bontemps lui a même donné une chambre, c'est vous dire. J'en connais ici qui possèdent des châteaux mais qui se damneraient pour dormir dans un placard ou sous un escalier à Versailles ! »

Le menuet se terminait et de nouveaux couples prenaient place pour une contredanse dans un envol de brocart et de satin.

« Dites-moi que je rêve, souffla Élisabeth. Voilà M. de Villebrun qui porte les rubans de Mme de Saint-Ange. La semaine dernière, elle avait promis sa foi à M. d'Andelle.

— Cette dame est donc mariée ? s'indigna Pauline.

— Bien sûr, répliqua Élisabeth. Ici on se marie pour créer des alliances familiales, puis on vit sa vie chacun de son côté, dans la plus grande discrétion, cela va de soi.

— Et vous appréciez ce mode de vie ? demanda Pauline avec une grimace.

— Non, fit Élisabeth en riant. Mais cela alimente les conversations...

— Excusez-moi, j'ai promis cette danse, fit Hildie en prenant le bras de l'homme qui s'avançait vers elle.

— Vous ne dansez pas, Élisabeth ?

— Jamais, répondit-elle en soupirant.

— Pourquoi donc ? fit naïvement Pauline.

— N'est-ce pas évident ? Je suis laide, répondit Élisabeth avec un pauvre sourire. Et je suis suffisamment intelligente pour comprendre, si on m'invite, que c'est à cause de ma dot. Aimeriez-vous que l'on vous fréquente uniquement pour votre argent ? »

Pauline observa son long visage boutonneux de Pierrot triste couvert de blanc de céruse, et ses cheveux bruns et huileux.

« Vous pourriez vous mettre davantage en valeur.

— Vous avez sans doute une marraine-fée qui me transformera en princesse d'un coup de baguette magique ? » railla Élisabeth.

Pauline n'eut heureusement pas à répondre car elle fut interrompue par un jeune homme qui venait l'inviter. Et tandis qu'elle suivait son cavalier, elle admira comme dans un rêve les fastes du bal et le décor somptueux. « Je suis sûre que Cécile donnerait n'importe quoi, pour être ici avec moi ! » pensa-t-elle en tourbillonnant.

« Je suis sûre que Pauline donnerait n'importe quoi pour être ici avec moi », déclara Cécile à Suzon la chambrière.

La guinguette en bordure des jardins du château avait un air de fête avec ses lampions de couleurs vives et ses nappes à carreaux. Goûtant la douceur du soir sous la tonnelle, soubrettes et laquais venaient s'y détendre en attendant que leurs maîtres sortent des « appartements ».

Pour quelques sous, la jeunesse laborieuse du château s'offrait une limonade ou du rosé, et oubliait en riant les heures de travail et les nuits sans sommeil.

Sans compter que les potins allaient bon train, les domestiques voyant et entendant tout.

Cécile, à son habitude, n'avait pas tardé à s'y faire des amis. Assise sous les rosiers grimpants, elle dégustait des écrevisses toutes fraîches pêchées. Après s'être léché les doigts, elle respira une grande goulée d'air parfumé et soupira d'aise :

« Hum, après toutes ces odeurs de peinture, c'est le paradis...

— Et ce n'est que ton premier jour ! La vieille Madeleine de chez la Montespan dit que ça dure depuis vingt ans. Quand ils ont fini les travaux dans un coin, le roi veut qu'on recommence en plus beau dans un autre.

— Et nous, on paie avec nos impôts, continua un grand jeune homme brun en s'asseyant à leur table.

— 'Soir Toussaint », fit timidement Suzon en baissant les yeux.

Le jeune homme hésita un moment avant de lui planter deux grosses bises bien sonores sur les joues, qui la laissèrent toute pantelante.

« Mon ami Toussaint Magloire, présenta Suzon. Il est maçon à la galerie.

— Quelle galerie ? demanda Cécile en riant. J'en ai vu dix aujourd'hui !

— La grande, bien sûr ! Celle qui reliera les appartements du roi et de la reine. Immense, couverte de miroirs du sol au plafond, des lustres, des peintures...

— Assez ! fit Suzon en riant. J'y ai droit tous les jours à la galerie, rajouta-t-elle pour Cécile. Ici on l'appelle le "corridor des princes", parce que ça m'étonnerait que nous, les domestiques, on puisse s'y promener, à part pour nettoyer les glaces, bien sûr.

Mais Toussaint continuait avec flamme :

« Ce sera la plus belle chose construite par la main de l'homme, la huitième merveille du monde !

— Et poète avec ça... ironisa Suzon.

— Il est dix heures, au travail tout le monde ! » annonça Baptiste, un cocher parisien, en tapant dans ses mains depuis la table voisine.

Suzon se leva en râlant :

« Ma baronne va rentrer fatiguée, l'estomac dans les talons après le coucher du roi. Il va encore falloir que je coure aux cuisines avant de la déshabiller !

— Moi, c'est encore pire, répliqua Nanette, une autre domestique. Ma duchesse soupe en "privance" chez les Colbert. Je ne serai pas au lit avant deux heures du matin, et je me lève à six...

— Moi je rentre à Paris avec mes vicomtes, fit Baptiste. Mais ne nous plaignons pas, c'est toujours mieux que les travaux des champs ou l'atelier quatorze heures par jour. »

Ses deux compagnes de table, Ninon et Barberine, deux sœurs jumelles de treize ans, approuvèrent de la tête.

« L'atelier, y'a rien de pire, fit Ninon. Not' mère

nous y a collées apprenties couturières. On nous attachait sur une chaise dix heures par jour, pour nous empêcher de bouger. Mais la couture, on n'aimait pas ça. Alors not'mère a rompu notre contrat d'apprentissage et elle nous a louées dans une ferme pour garder les moutons et filer la laine. Et depuis un an, nous voilà servantes au château.

— C'est pas le travail qui manque, renchérit sa sœur. On nettoie les dégâts que les visiteurs ont faits dans la journée. Parce que, c'est pas pour dire, mais ces beaux messieurs et ces belles dames, ils salissent que c'en est pas croyable. Toi, pour faire tes besoins, tu demanderais un seau à un valet ou tu irais dehors derrière un arbre, comme tout le monde. Eh bien, eux, ils "s'oublient" sous les escaliers ou derrière les rideaux... Ça chique et ça crache n'importe où, ça grignote et ça laisse ses papiers gras ! Après ça, accroche-toi pour ravoir les parquets.

— Expliquez-moi donc ce que tous ces gens font à la cour, demanda Cécile en les suivant.

— Eh bien, c'est facile, lui expliqua Toussaint. Une partie de la noblesse a une charge et sert le roi, l'autre partie intrigue pour avoir une charge.

— Comprends pas.

— Admettons, fit Suzon à son tour, que tu aies vingt mille livres. Tu achètes une charge de dame d'atour de la reine. Tu deviens en quelque sorte sa domestique et l'on te paie pour cela une pension. En prime, tu as droit aux bals et aux spectacles, mais tu as intérêt à te tenir à carreau, sinon, c'est la disgrâce.

— Alors ils paient pour servir le roi ? s'étonna Cécile.

— Oui, répondit Nanette, et plus on est près de lui, plus ça coûte cher... mais plus ça rapporte aussi. Et ils sont plusieurs centaines ! Va un jour au dîner du roi : il y a une personne qui goûte les plats, une qui apporte les verres, une qui les remplit, une qui les remporte... Quand le roi a soif, il faut bien dix minutes pour qu'il soit servi !

— Il y a quelque temps, raconta Suzon, Colbert a créé de nouvelles charges pour renflouer les caisses de l'État. Je te le donne en mille, il a proposé des "charges d'affaire" ...

— Le nom a l'air sérieux, fit Cécile impressionnée.

— Ça s'est vendu comme des petits pains. Pour trente mille livres, tu as le droit de rester avec le roi quand il fait ses... besoins sur sa chaise percée, sa chaise d'"affaire", comme on dit. Et pendant ce temps, tu peux lui parler. Une aubaine ! »

Cécile hocha la tête d'un air navré et incrédule en les quittant :

« Que l'on ne vienne pas me dire que les nobles ne sont pas bizarres ! »

9

Juillet 1682

« Debout, il est six heures et demie ! » cria un homme sur le palier.

Dans un demi-sommeil, Pauline entendit Hildie se lever docilement tout en râlant en allemand.

« Tu as raison, ce n'est pas une vie d'être courtisan, approuva Pauline en bâillant.

— Couchée tard, levée tôt, debout toute la journée, récita Hildie en remplissant sa cuvette d'eau froide. Et avec le sourire ! »

Cécile alla comme une somnambule allumer le « potager », leur réchaud à bois. Elle y posa la marmite de leur petit déjeuner ainsi qu'un broc d'eau pour sa toilette.

« J'ai fait un cauchemar, dit-elle simplement, accroupie près du foyer en chemise de nuit.

— Encore l'homme en noir ? demanda Pauline à son amie.

— Oui. J'étais dans un carrosse lancé au galop avec un couple et une jeune servante qui me serrait contre elle. L'homme criait d'aller plus vite. Puis le carrosse a versé violemment. Quelqu'un dehors nous a ordonné de sortir, mais la femme m'a dit de rester cachée... Ils se sont extirpés de la voiture couchée sur le flanc, puis j'ai entendu des coups de feu. J'ai voulu sortir à mon tour et à côté de moi j'ai alors vu la servante, morte, les yeux fixes, et au-dessus de moi, par la portière ouverte, il y avait l'homme en noir qui voulait m'attraper... J'ai eu si peur que je me suis réveillée.

— Tu lis trop de romans, railla Hildie en s'aspergeant d'eau froide.

— Tu retrouves peut-être des bribes de mémoire, qui sait ? fit plus sérieusement Pauline.

— Après toutes ces années ? répondit Cécile, incrédule, en se servant un bol de potage. Si mon passé ressemble à mon cauchemar, je préfère ne pas m'en souvenir ! »

Elle finit son bol à petites gorgées puis commença à se laver à l'eau tiède.

« Il va falloir que je retourne à Paris, je n'ai plus de plantes. À Versailles, tout est hors de prix.

— Tu as utilisé toute ta réserve en un mois ?

— J'ai une bonne clientèle. Dix visites par jour en moyenne.

— Les médecins de la cour vont être jaloux ! fit Pauline en riant.

— Aucune chance. Ils ne s'intéressent ni aux domestiques ni aux ouvriers. Ils sont trop pauvres pour eux.

— Il y a toujours autant d'accidents sur les chantiers ? demanda Hildie qui attachait sur sa cuisse un bas couleur "ventre de biche" avec une jolie jarretière de dentelle.

— Plus de cent morts depuis le début de l'année. Colbert a donné des ordres pour évacuer les cadavres de nuit afin de ne pas choquer les ouvriers. Ils menacent de se mettre en grève[1] si on n'améliore pas la sécurité sur les chantiers. Le roi veut que tout soit fini avant l'hiver, alors il faut doubler les cadences. Il a même réquisitionné la garde suisse et l'armée pour aider au gros œuvre...

— Pour moi aujourd'hui, cela sera encore à périr d'ennui, dit Pauline en sortant de la garde-robe sa dernière trouvaille de chez le fripier. Lever de la reine,

---

1. À l'époque, cela signifiait quitter son travail pour en trouver un autre. Chaque jour, les ouvriers et domestiques cherchant un emploi rencontraient les patrons en quête d'employés sur la place de Grève à Paris, qui était en quelque sorte la Bourse du travail de la capitale.

messe de la reine, promenade de la reine, repas de la reine, coucher de la reine... »

Hildie aida Pauline à lacer sa robe, puis se retourna pour que son amie lui rende la pareille.

« N'oublie pas que nous répétons le ballet ce soir, ajouta-t-elle.

— Je ne manquerais ça pour rien au monde ! Il paraît que le beau Silvère va remplacer le baron de Machibois qui s'est blessé à la chasse à courre d'hier.

— Le comte déguisé en berger, poursuivi par Héloïse en nymphe, voilà qui va mettre du piquant à nos répétitions ! »

Pauline entra dans la chambre de la reine et se mit aussitôt en place pour le cérémonial du lever. Au même instant, la même scène se déroulait dans l'autre aile du château, chez le roi. À cette différence que trois cents courtisans, levés depuis des heures, attendaient de pénétrer chez le souverain, autant pour le voir que pour en être vus, alors que l'antichambre de la reine ne contenait qu'une poignée de visiteurs.

Marie-Thérèse n'avait aucun pouvoir. Timide et effacée, comprenant mal le français, elle préférait vivre retirée dans ses appartements, à l'écart du monde. Pour l'heure, Marie-Thérèse, encore dans son lit, tendait son bras à Fagon, son premier médecin, qui lui tâtait le pouls comme chaque matin. Puis la reine se leva et ôta sa chemise de nuit.

« La chemise de jour », ordonna Mme de Montespan, la surintendante, à Élisabeth, pendant que la reine attendait nue, debout dans la ruelle de son lit. Élisabeth prit cérémonieusement le vêtement des mains de la caméristе puis le passa à Madame qui était ce matin la femme la plus titrée de la pièce. Celle-ci en revêtit la reine avec respect, ainsi que le voulait l'étiquette.

Madame était la plus fidèle amie de Marie-Thérèse. La « Princesse Palatine », comme on l'appelait, était l'honnêteté faite femme, bien que son franc-parler et sa simplicité lui aient valu autant d'amis que d'ennemis.

« Les pantoufles, continua Mme de Montespan en désignant d'un geste Pauline, qui s'exécuta prestement.

— Vous alliez vous tromper de pied, mademoiselle, appliquez-vous donc...

— Athénaïs, la petite, elle fait ça très bien », fit Marie-Thérèse, ravie de la contredire.

La reine aux doux yeux de myope sourit à Pauline, inconsciente du regard meurtrier que lui lançait sa surintendante.

Au même instant, et comme pour appuyer le regard d'Athénaïs, un concert de coups de marteau annonça le début des travaux : huit heures venaient de sonner.

Après avoir tamponné son visage avec une serviette

humide, Marie-Thérèse choisit une robe parmi celles que ses dames d'atour lui présentaient.

Elle se maquilla ensuite avec soin, car le roi n'aimait pas les femmes négligées. La reine, délaissée par son royal époux, n'était pourtant pas laide : une magnifique chevelure blonde, les yeux bleu marine et un teint d'une blancheur sans défaut. Malheureusement, les sucreries dont elle se gavait à longueur de journée et six maternités avaient épaissi sa taille et empâté son visage.

Et tandis qu'elle soulignait les veines de son décolleté au crayon bleu, ses dames autour d'elle s'empressaient de lui dire qu'elle était la plus belle, ce qu'elle affectait de croire avec des rires de petite fille.

« Mendoza, coiffez Sa Majesté », ordonna la surintendante.

Maria Mendoza, la femme de chambre et confidente espagnole de la reine, était sans conteste la chose la plus laide de la cour. Vieille fille sèche au teint jaune, méchante comme une teigne, elle ne vivait que pour sa petite reine. De plus, Mendoza détestait ces Français aux mœurs dissolues, détestait la marquise qu'elle n'appelait pas autrement que « la puta », et détestait plus encore le roi, qui rendait sa maîtresse si malheureuse.

En maugréant, Mendoza passa devant Mme de Montespan et entreprit de coiffer Marie-Thérèse, avec dans le regard tout l'amour d'une mère pour son enfant.

À diverses reprises, la marquise avait tenté de la faire renvoyer à cause de son attitude irrespectueuse, mais la reine suppliait alors le roi à deux genoux pour qu'on lui laisse sa compatriote. Et jusqu'à présent elle avait eu gain de cause.

Les premiers temps, Mendoza avait battu froid à Pauline, qu'elle prenait pour une intrigante. Puis voyant l'hostilité de la marquise envers la petite nouvelle, elle était rapidement devenue amicale. Sans compter que Pauline parlait espagnol, ce qui, aux yeux de Mendoza, était une bénédiction dans ce pays de sauvages...

La reine commençait alors à recevoir les rares courtisans venus s'enquérir de sa santé. La plupart, notait-elle avec amertume, sortaient presque en courant afin de ne pas rater le lever du roi.

Après s'être fait habiller, elle prenait sa première tasse de chocolat. La reine raffolait du chocolat, dont elle avait lancé la mode en France. Elle s'en gavait à tel point que ses dents étaient toutes gâtées.

Puis, immuablement, comme chaque matin, elle passait à l'oratoire où elle priait à genoux, sous l'œil inquisiteur de son confesseur.

Enfin, le cérémonial du lever terminé, les demoiselles faisaient entrer la « ménagerie » dans le salon de jeu. Marie-Thérèse avait gardé l'habitude, depuis sa jeunesse à la cour d'Espagne, de s'entourer de nains et d'animaux. Ainsi occupait-elle ses mornes journées à jouer aux cartes, embrasser ses chiens, ou à faire danser ses nains.

Elle riait comme un enfant et applaudissait de ses petites mains potelées. « Ah ! mon cœur, mon fils, mon chéri », lançait-elle à ses nains, ravie de leurs prouesses. « *Querida mia,* disait-elle avec cette familiarité toute latine à ses naines et à ses servantes, qué tou es belle ! »

« Azur, Zéphyr, *hijos mios !* »

La reine prit dans ses bras les deux petits chiens que Pauline tenait en laisse.

« Ils vous aiment biéne, vous aimez les bêtes ?

— Oui, beaucoup, Votre Majesté, répondit Pauline.

— Les bêtes sont pas como les hommes, quando elles aiment, elles sont sincères, fit la reine alors qu'Azur lui léchait les doigts. Au'iourd'hui, vous les promènerez.

— Avec plaisir, Votre Majesté. »

Un chien sur les bras, la reine s'installa à une table pour jouer aux cartes avec la vieille Mme du Payol, tandis que les vingt dames de sa suite se dispersaient dans la pièce pour papoter.

Mme de Montespan, dont la tâche était finie pour la matinée, sortit sans attendre.

« Ouf ! Cette peste est enfin sortie, souffla Élisabeth

à Pauline. Quand je pense que ma mère lui a versé dix mille livres pour qu'elle m'accepte chez la reine en plus de ce que valait la charge ! Et encore, je suis sûre qu'elle m'a prise parce que j'étais bien laide et que je ne risquais pas de lui faire de l'ombre. Il paraît qu'en 1673 elle a fait renvoyer toutes les demoiselles sous prétexte qu'elles avaient des galants et que c'était immoral. En fait, la marquise avait peur car le roi lorgnait les jouvencelles et commençait à se lasser d'elle... C'est à ce moment-là qu'elle a donné au roi des philtres d'amour, pour ne pas qu'il la laisse tomber. Cela lui a flanqué des crampes d'estomac, mais ne l'a pas empêché de remarquer Mme de Ludres, Mme de Soubise, Mlle de...

— Tais-toi, voilà Héloïse ! »

En haussant le ton, Pauline poursuivit :

« ... La coiffure à l'anglaise est si démodée... N'est-ce pas, Héloïse ?

— Vous avez raison, moi je ne porte plus que des fontanges.

— Ravissant, mais quel travail ! fit Pauline en détaillant l'échafaudage de cheveux bouclés et sa coiffe plissée en dentelle[1].

— Ma servante est très adroite. Ce n'est pas comme

1. La fontange était plissée en accordéon et maintenue raide sur le sommet du crâne par une armature de fer. Mlle de Fontanges, favorite de Louis XIV de 1679 à 1681, en avait lancé la mode un jour qu'à cheval son chignon s'était défait. Elle avait attaché ses cheveux avec sa jarretière de dentelle et le roi avait trouvé cela « charmant ». Aussitôt, toutes les dames adoptèrent cette coiffure qui se compliqua pour devenir ridiculement haute et rigide les années suivantes.

la vôtre, on se demande pourquoi vous la gardez, persifla Héloïse en allant vers la grande volière des perroquets.

— Quelle garce ! souffla Élisabeth. D'abord c'est ma femme de chambre, pas la sienne. Elle oblige Lisette à la servir dès que j'ai le dos tourné. Et Cécile est très compétente dans son domaine.

— C'est vrai qu'en un mois elle t'a complètement transformée », approuva Pauline.

Pauline se souvint de la tête d'Élisabeth lorsque Cécile, après avoir observé son visage pustuleux recouvert d'une épaisse couche de fard qui avait tourné, lui avait déclaré qu'elle devrait se laver. Élisabeth, horrifiée, avait mis ses mains sur ses joues comme si on parlait de lui en arracher la peau.

« Mais vous êtes folle ! Se laver est mauvais pour la santé, tous les médecins vous le diront ! Si on enlève la couche protectrice de crasse, les maladies rentrent par les pores ! Il faut changer souvent de linge de corps et se parfumer, mais pas se laver ! »

Cécile avait éclaté de rire et lui avait confessé que Pauline, Hildie et elle-même se lavaient tous les jours.

« Un peu de courage, que diable, il faut vivre dangereusement ! avait raillé Cécile. Lavez-vous pendant huit jours, puis mettez cette lotion de ma composition et vous verrez la différence. »

Élisabeth, au péril de sa vie, s'était donc lavée. Une semaine plus tard, ses boutons avaient presque disparu. Ses cheveux étaient devenus brillants et Élisabeth osa même avouer que se laver lui procurait une agréable sensation.

Le seul problème, en fait, était que Gilles, leur porteur d'eau, rechignait à monter sous les combles. Si cette stupide mode de se laver persistait, se lamentait-il, il allait mourir à la tâche.

En tout cas, Élisabeth y avait gagné en assurance. Un maquillage discret cachait les défauts de son visage : Élisabeth n'était certes pas une beauté, mais elle ne manquait pas de charme.

Un vacarme assourdissant de verre brisé fit brutalement redescendre Pauline sur terre. Puis ce fut un chapelet de jurons abominables qu'un contremaître hurlait à ses ouvriers depuis la pièce mitoyenne, la fameuse grande galerie en construction.

« Cé brouit va mé rendre folle, s'écria la reine en lâchant ses cartes. I'abandonne, madame dou Payol, vous avez encore gagné. »

La vieille du Payol lorgna avec ravissement le gros tas d'écus que la reine venait de perdre : il y avait là de quoi vivre à l'aise pendant quinze jours !

« Heureusement qu'elle abandonne, fit Pauline à son amie. La reine joue si mal !

— Pas du tout, elle a fait exprès de perdre. Mme du Payol a été ruinée par son fils, et comme elle est trop fière pour demander l'aumône, la reine a trouvé ce moyen pour l'aider : elle perd au jeu et la vieille ne peut refuser son argent ! Tout le monde dit que notre reine a une cervelle d'oiseau, elle n'est certes pas très intelligente, mais elle a un cœur d'or.

— Mesdames, allons chez la Dauphine, là-bas, il n'y a pas dé brouit », ordonna la reine en tapant dans ses mains.

Les dames se levèrent en maugréant. Beaucoup profitaient de sa timidité pour discuter ses ordres. Pauline les voyait s'asseoir sans façon devant elle, alors que seules les duchesses et les princesses avaient ce droit. Souvent, elle les entendait rire de ses infortunes conjugales tandis que la petite reine, qui ne comprenait pas, s'empiffrait de chocolat.

« Mesdames, railla Mme de Morloix, à vos bougies, nous descendons au tombeau ! »

La plupart des dames éclatèrent de rire : la jeune Dauphine, sur le point d'accoucher et malade, vivait couchée dans le noir depuis maintenant deux mois. Elle avait abandonné ses appartements en travaux pour s'installer dans ceux des Colbert, minuscules mais finis depuis peu. La reine y passait des heures à lui tenir la main pendant que ces dames s'ennuyaient ferme.

Le clan des bigotes s'offusqua de la plaisanterie. La reine, quant à elle, sortit en souriant, elle n'avait pas compris.

10

Pauline fronça les yeux, aveuglée par le soleil. Elle aurait donné tout ce qu'elle possédait pour se débarrasser juste un instant de ses lourds jupons et de ses bas.

Malgré la canicule, Pauline, qui suivait le cortège de la reine, ne se lassait pas de contempler les jardins : de ces terres marécageuses, Le Nôtre avait créé un paradis de bosquets ordonnés et de fontaines chantantes.

Les Romains n'auraient pas mieux fait ! Le roi le répétait fièrement chaque jour en se promenant. Et ce que Louis le Grand voulait, Le Nôtre le faisait.

Cet après-midi, la reine avait décidé de se mettre au frais sous les arbres avant de remonter le grand canal en barque avec le roi. Elle avançait à petits pas sur les gravillons des allées, en équilibre sur ses hauts talons : le roi aimait les grandes femmes et elle était si petite...

D'ailleurs, raillait encore Mme de Morloix, si on avait dit à la reine que son époux aimait les acrobates, elle aurait aussitôt appris à marcher sur les mains pour lui plaire !

Quatre de ses nains portaient le dais de brocart sous lequel elle marchait à l'ombre tandis que ses pages portaient sa traîne. Pauline suivait avec les chiens. Derrière elle, venaient les duchesses de Beauvilliers et de Chevreuse, deux des filles de Colbert, qui avançaient sous des parasols portés par leurs négrillons. Mme de Gramont, serrée à l'excès dans son corset, rouge à exploser, se faisait éventer par son serviteur maure enturbanné : l'exotisme était à la mode cette année. Les autres dames, moins titrées, suivaient avec ombrelle ou masque au bout d'un face-à-main, pour protéger leur teint de l'ardeur du soleil.

« Presto, ordonna la Reine à la petite troupe, qué lé roi nous attend ! »

Au parterre du nord, le souverain, qui semblait insensible à la chaleur sous sa lourde perruque, écoutait attentivement les explications de l'architecte Hardouin-Mansart. Les travaux de l'aile du midi et de la galerie prenaient du retard, ces fainéants d'ouvriers refusant de doubler les cadences malgré les primes.

Navrant ! fit le roi, mais on ne pouvait leur donner le fouet, comme aux galériens...

Le roi se retourna fort à propos pour voir l'étrange suite de sa femme arriver. Il ébaucha une grimace : la reine de France avait tout d'un petit tonneau monté sur échasses et presque autant d'esprit. Une fois de plus, Louis ne put s'empêcher de la comparer à sa mère, Anne d'Autriche, si belle et si intelligente, protectrice des arts et fine politicienne.

Ce matin même, il en avait discuté avec son amie et confidente, Mme de Maintenon. Celle-ci l'exhortait à plus de gentillesse envers son épouse qu'il n'aimait pas, mais à qui il devait du respect, disait-elle. Dieu se souviendrait des outrages qu'il lui faisait subir. DIEU. La seule entité que Louis craignît en ce bas monde.

Il se força donc à sourire à sa femme et lui baisa les doigts, ce qui fit rosir Marie-Thérèse comme une adolescente. Puis se joignant au cortège, il dit comme à son habitude un mot aimable à chaque dame, avant de rejoindre Pauline à l'écart avec les chiens.

« La marquise avait tort, vous faites une ravissante demoiselle, mademoiselle.

— Votre Majesté est trop bonne.

— Monsieur votre frère va être affecté ici. Les instructeurs du Louvre ne tarissent pas d'éloges à son sujet. Il devrait d'ailleurs arriver aujourd'hui même.

— Oh, Votre Majesté, je suis si heureuse ! s'écria

Pauline, attirant sur eux les regards curieux des courtisans.

— Toujours aussi spontanée, à ce que je vois... On va encore jaser, mademoiselle !

— Moi qui pensais être enfin tranquille !

— Ne vous inquiétez pas, les courtisans oublient vite. Et, dit-il en la quittant, continuez à bien servir la reine, je sais qu'elle est très seule. »

Certains se méprirent sur la nature de cette conversation, et plus encore Mme de Montespan, qui, depuis le rez-de-chaussée du château où le roi lui avait donné le somptueux appartement des bains, regardait la scène, rongée de jalousie.

« Madame, fit Claude des Œillets, le tailleur insiste encore pour être payé, il paraît que nous lui devons 35 000 livres.

— "Insiste !" reprit la marquise outrée. Ces manants ont de ces audaces ! Mme de Montespan s'habille chez lui, et ce faquin "insiste" pour être payé, avec la renommée que je lui apporte ! Faites-le jeter dehors, et s'il revient, que mes gens le bâtonnent ! »

La marquise reprit son observation des jardins, l'air buté.

« Faites venir Héloïse de Montviviers, j'ai une mission à lui confier. »

Claude sortit à reculons, étonnée de la hargne de sa maîtresse. Encore la jeune Saint-Béryl, pensa-t-elle.

Pourtant leurs espions étaient formels, le roi ne la fréquentait pas. Mais la belle Athénaïs avait la rancune tenace, elle ne serait satisfaite que lorsque cette Pauline aurait disparu de la cour, de gré ou de force.

La marquise serra les poings. Cette mijaurée de Saint-Béryl ne l'ennuierait plus longtemps. Elle se retourna lorsque son chambellan fit entrer celui qu'elle faisait attendre depuis une bonne heure dans son antichambre.

« Cher marquis ! » dit-elle tout sourire en tendant ses mains.

Lourmel s'étonna de tant d'amabilité, puis se courba servilement pour lui baiser les doigts.

« Madame, je me permets de faire appel à vous, commença-t-il en serrant son chapeau à deux mains. Vous pourriez intervenir, pour une affaire que j'ai en cours...

— Vous savez bien que je n'ai plus de crédit auprès du roi, coupa sèchement Athénaïs.

— Mais vous êtes au mieux avec Colbert.

— Il se peut... »

La marquise s'assit à son bureau et se mit à chercher un document dans une pile de papiers. Un instant décontenancé, Lourmel poursuivit pourtant :

« Vous savez que l'on rétribue ceux qui trouvent de nouvelles taxes pouvant faire rentrer de l'argent dans les caisses de l'État. Vous savez aussi que, bien que cela soit interdit par la loi, la plupart des livrées des domestiques sont agrémentées de galons dorés. J'avais donc pensé à une taxe d'un écu par domestique. J'ai bien écrit plusieurs placets au roi, mais sans réponse. »

La marquise ne broncha pas.

« Cela rapporterait près d'un million de livres à l'État... Je me contenterai, quant à moi, de dix sols par livrée. »

Il se balançait d'un pied sur l'autre :

« J'ai quelques difficultés financières ces temps-ci, admit-il enfin. Bien sûr, je vous donnerai un sol par livrée.

— Il est vrai que vous vous y connaissez en galons, monsieur le marquis », laissa-t-elle tomber en martelant chaque mot.

Il se sentit blêmir lorsqu'elle continua :

« Figurez-vous qu'une âme charitable m'a fait savoir que vous aviez usurpé votre titre.

— Impossible, se défendit Lourmel en déglutissant péniblement. D'ailleurs, j'ai des lettres de noblesse qui prouvent...

— De mauvais faux, semble-t-il... »

Elle exhuma fort à propos une lettre :

« Antonin Normand, né à Lourmel en 1656, petit-fils d'un mercier de Bourges qui a fait fortune dans la dentelle et les galons. »

Le marquis, muet, l'écouta poursuivre :

« Imaginez qu'une personne malintentionnée vous dénonce. Colbert fait la chasse aux bourgeois comme vous, qui se font passer pour nobles afin d'échapper à l'impôt. Dans votre cas, ce serait la Bastille et sans doute l'échafaud... »

Lourmel, effondré, était à point. Elle poursuivit donc avec un sourire mielleux :

« Mais il y a certainement moyen de s'arranger, mon cher marquis. Un généalogiste de mes amis vous fera des certificats plus vrais que nature. Je vous demanderai juste quelques petits services en échange.

— Je suis à votre disposition, répondit péniblement Lourmel en s'épongeant le front de son mouchoir.

— Il s'agirait de faire une farce à une demoiselle. Pour commencer...

— J'adore les farces, fit-il en riant jaune.

— J'en suis persuadée. Vous verrez Mlle de Montviviers, qui vous expliquera. »

La marquise se leva et sonna, signifiant à Lourmel que l'entretien était fini :

« En ce qui concerne votre affaire, ma commission sera de trois sols par livrée. »

Une fois seule, elle reporta son attention sur les jardins. Le roi parlait à présent avec cette vieille bigote d'Harcourt.

« Mlle de Montviviers est là, madame, fit Claude dans son dos.

— Alors, que lui a dit le roi ? fit la marquise à Héloïse sans même se retourner.

— J'ai entendu Mlle de Saint-Béryl qui disait : “Je

suis si heureuse, Votre Majesté", et le roi a répondu : "On va encore jaser." »

— J'en étais sûre ! fit la marquise en se tordant les mains. Cette pimbêche veut séduire le roi ! »

Athénaïs regarda le cortège descendre jusqu'à l'allée royale, où, à l'ombre des arbres, on avait dressé quelques tables pourvues de rafraîchissements.

« Elle promène bien les chiens de la reine ? demanda-t-elle en se retournant vers Héloïse.

— Oui, madame, presque chaque jour.

— Faites en sorte qu'elle les perde ! »

Héloïse resta un moment interdite.

« Mais comment, madame ?

— Servez-vous de votre imagination, Héloïse, et je saurai être généreuse. »

Héloïse acquiesça en souriant, mais la marquise poursuivait déjà :

« Notre reine tient plus à ses chiens qu'aux bijoux de la couronne : si les chiens disparaissent, cette sainte-nitouche sera renvoyée. Simple, mais efficace.

— Je ferai au mieux, madame.

— M. de Lourmel vous aidera. Venez me rendre compte dès que la chose sera faite. »

Dehors, les dames, telles des couleuvres repues, s'étaient affalées sur les sièges ou dans l'herbe, suivant leur condition, et dégustaient avec délices sorbets de citron ou sirop d'orgeat. À quelques pas, deux musiciens entamèrent des airs légers au luth et à la guitare. Le paradis devait ressembler à ce jardin, se dit Pauline en s'asseyant aux pieds de la souveraine. Dans une douce torpeur, elle regarda la magnifique perspective du Grand Canal et du bassin d'Apollon, les fontaines crachant une eau irisée sous le soleil. Et cette paix. Plus de bruit, plus d'odeur de peinture.

Les chiens semblaient souffrir de la chaleur. Pauline se leva et se dirigea vers la fontaine la plus proche pour y remplir leur bol en argent ciselé. Elle mouillait sa nuque d'eau fraîche, lorsqu'elle aperçut Cécile qui venait à sa rencontre.

« Je suis épuisée, lui dit-elle en posant sa sacoche. Tu permets ? »

Cécile prit sans façon le bol des chiens et y but à longs traits avant que Pauline n'ait pu ébaucher un geste.

« Beaucoup de malades ? demanda Pauline.

— Tu penses ! Une hécatombe, avec cette chaleur ! Les ouvriers tombent des échafaudages comme des mouches. Je reviens de la nouvelle pièce d'eau, les gardes suisses qui creusent dans la boue jusqu'aux genoux sont tous atteints par les maladies des marais : fièvres tierces, quartes, et j'en passe...

— Et où vas-tu comme ça ?

— Je file au bosquet de l'Étoile voir La Quintinie, le responsable du potager royal, il y plante des arbres avec Le Nôtre. Je vais le supplier de me donner des plantes médicinales, je n'en ai plus », lui dit Cécile alors qu'Élisabeth s'approchait d'elles avec des mines de conspirateur :

« Cécile, la reine est sûre de t'avoir déjà vue quelque part. Elle veut te parler... »

Toutes trois se regardèrent, étonnées.

« Sans compter que ce n'est pas tous les jours que quelqu'un boit dans la gamelle de ses chiens ! » ajouta-t-elle en pouffant.

En suivant ses amies, Cécile regarda le bol en argent avec étonnement. Ça une gamelle ? Alors que la plupart de ses malades mangeaient dans des écuelles de bois ! Elle savait les nobles bizarres, mais à ce point !

« Esté pétite, ié la connais, no ? fit la reine à Pauline.

— Voici mon amie, Votre Majesté, Cécile Drouet. Elle est guérisseuse. »

Cécile, tout intimidée, mit un genou à terre, respectant sans le savoir l'étiquette de la cour d'Espagne.

« Votre Majesté, c'est un tel honneur pour moi », fit-elle spontanément en espagnol en baisant l'ourlet de sa robe.

La reine, étonnée, continua dans sa langue maternelle en fronçant les sourcils :

« Je te connais ? Tu es espagnole ?

— Je l'ignore, Votre Majesté », répondit Cécile à la stupéfaction de Pauline qui, comprenant que quelque chose d'anormal se passait, interrompit aussitôt son amie en français :

« Votre Majesté, beaucoup d'ouvriers sont malades et Cécile n'a plus de plantes. Peut-elle se servir au potager ?

— Attendez, ié reviens », fit la reine en se levant.

Elle marcha avec précaution sur ses hauts talons jusqu'aux musiciens.

Louis XIV, comme souvent, remplaçait le guitariste. Depuis sa plus tendre enfance, il se passionnait pour cet instrument, et tous s'accordaient à dire que, s'il n'avait pas été roi, il aurait pu faire un excellent musicien.

Il s'interrompit une seconde, écouta sa femme, puis hocha positivement la tête. La reine revint aussitôt, l'air triomphant :

« Lé roi il a dit que oui ! »

Cécile poussa un soupir de soulagement, puis à genoux embrassa la main de la souveraine pour la remercier.

Mme de Morloix, qui jouait aux cartes avec Héloïse un peu plus loin, ne put s'empêcher de pester :

« Quelle époque ! La reine accepte dans sa suite des filles de rien, sorties d'on ne sait où, et voilà maintenant qu'elle reçoit la canaille ! On aura tout vu. »

Héloïse, ravie, se dit qu'entre la petite farce qu'elle préparait et les renseignements glanés aujourd'hui, elle pourrait sans doute s'offrir une robe neuve...

« Arrêtons-nous une minute pour faire souffler les chevaux », proposa Guillaume à son cousin Thomas.

Il descendit de sa vieille jument et la mena boire au Grand Canal. La pauvre bête n'en pouvait plus. Il lui flatta l'encolure, soulevant un nuage de poussière, puis regarda vers le palais.

« Cela a bien changé depuis la dernière fois que je suis venu, lui dit Thomas. Il y a de nouvelles ailes au château et on a encore agrandi les jardins... »

Thomas, fourbu, s'assit dans l'herbe. Il passa d'un geste las ses doigts dans ses courts cheveux bruns, puis secoua sa chemise qui lui collait à la peau. Partis de Paris sous un soleil de plomb, ils arrivaient enfin, après deux heures de route.

« Quelle chance que tu sois en poste à Versailles, continua Thomas, j'étais sûr de m'ennuyer ferme en rentrant de Hollande. J'espère bien retrouver le comte des Réaux, un ami qui était avec moi à l'ambassade, un joyeux drille. Tu verras, tu l'apprécieras. »

Guillaume se laissa tomber au côté de son cousin.

« Tu oublies que je viens prendre mes fonctions, et que, toi, tu viens t'amuser !

— Et alors ? La garde écossaise marche par roulement, tu auras beaucoup de loisirs.

— Cela me permettra de surveiller les fréquentations de ma sœur, lâcha Guillaume avec amertume.

— Assez ! Tu ne sais pas si ces bruits stupides sont vrais.

— On m'a bien laissé entendre que si j'ai été affecté aussi rapidement à Versailles, c'est parce que le roi avait quelque faiblesse pour ma sœur. Celle-là, elle va m'entendre ! Se conduire comme une...

— Tu te fais des idées, Pauline n'a que quinze ans.

— L'âge n'a rien à y voir ! C'est une femme maintenant !

— Tu ne l'as pas vue depuis deux ans.

— Justement. Tout ce luxe tournerait la tête à de plus sensées qu'elle...

— Eh bien moi, ça y est, la tête me tourne déjà, fit Thomas en tapant sur l'épaule de son cousin. Regarde-moi ces jouvencelles toutes fraîches... »

À cent pas, trois jeunes filles discutaient ; derrière elles, les dames attablées jouaient aux cartes.

« Tu ne penses donc qu'à courir le jupon ! fit Guillaume en riant.

— Bien sûr, pas toi ? répondit Thomas en fixant les sous-bois. C'est la suite de la reine, je reconnais son dais. »

Guillaume, à ces mots, observa les jeunes filles plus attentivement tandis que Thomas poursuivait, avec à l'appui des gestes suggestifs :

« Tudieu ! La petite blonde, là-bas, a de quoi réjouir les mains d'un honnête homme ! »

Guillaume croisa les bras et soupira en hochant du chef :

« Eh bien, laisse donc tes mains dans tes poches, la petite blonde, c'est ma sœur.

— La dernière fois que je l'ai vue, elle jouait encore à la poupée... Et la belle brune, alors ? »

Guillaume observa la robe simple et les gestes gracieux. Elle n'avait pas changé, pensa-t-il avec une inexplicable émotion :

« Ne t'avise pas d'y toucher, c'est Cécile. Quasiment la sœur de ma sœur.

— "Ta" Cécile ? »

Il hocha la tête en la suivant des yeux. Au loin, il la vit soulever sa sacoche et partir presque en courant.

« La troisième, monsieur, je peux ? demanda Thomas un doigt en l'air. Elle est élancée et gracile comme je les aime. Ses traits n'ont pas l'air très réguliers, mais elle ne manque pas de charme...

— Tu es incorrigible. Ta mère n'a pas parlé de te marier ?

— Certes, fit Thomas. Les affaires de mon père vont mal, et la dot de cette demoiselle de Coucy arrive fort à propos pour renflouer ses caisses.

— Cela ne t'ennuie pas d'épouser une fille que tu ne connais pas ?

— Non. Elle ou une autre... Il paraît qu'elle est laide à faire peur, d'où l'importance de sa dot. Ma mère m'a dit qu'elle était à la cour depuis peu, je vais donc pouvoir en juger par moi-même ! »

L'insouciance de Thomas sonnait faux, Guillaume s'en rendait compte. Il fit pourtant mine d'en rire :

« Raison de plus pour en profiter avant d'avoir la corde au cou !

— Trêve de plaisanteries. Nous ne pouvons pas nous présenter devant la reine dans cet équipage, couverts de poussière et sans perruque, fit Thomas en se levant. Je t'emmène aux grandes écuries, tu verras ta sœur plus tard. »

Le comte des Réaux posa son livre sur le banc de pierre avec un soupir d'exaspération : dans le château, les travaux faisaient un vacarme d'enfer, et dehors les courtisans semblaient s'être passé le mot pour le déranger.

Pourtant ce bosquet de buis était parfait : au fin fond des jardins, à l'orée des bois, personne ne s'y promenait jamais. Silvère y passait ses après-midi, à tel point qu'il avait fini par croire que l'endroit lui appartenait.

« Je n'aime pas ça, mademoiselle, criait presque un homme de l'autre côté de la haie.

— Je vous en prie, ne jouez pas les lâches », rétorqua une voix de femme.

Héloïse ? Silvère chercha instinctivement un endroit pour fuir.

Derrière la haie, l'homme poursuivait :

« Mlle de Saint-Béryl risque la disgrâce, cela n'a rien à voir avec une farce !

— Que vous importe ! La marquise vous payera grassement pour cela. »

Silvère se figea. Héloïse préparait-elle un mauvais coup ?

« Vous la bousculez et je m'occupe des chiens, ce n'est pas sorcier ! reprenait hargneusement Héloïse. Je prends tous les risques. »

Comme les voix s'éloignaient peu à peu, Silvère décida de les suivre à distance. Il connaissait mal Mlle de Saint-Béryl, mais il l'avait côtoyée à diverses reprises. Assez, en tout cas, pour lui venir en aide.

Ainsi, pensa-t-il, la marquise voulait perdre la belle Pauline. Comme tout le monde, il avait entendu des bruits sur cette demoiselle et Louis XIV, mais il n'y croyait pas. Elle n'avait rien d'une aventurière capable d'intriguer contre la redoutable marquise.

Héloïse s'arrêta une fois de plus pour houspiller Lourmel qui rechignait encore. Silvère attendit patiemment la suite en se cachant derrière un groupe de statues.

« Remuez-vous, Lourmel, elle arrive ! »

Lourmel regarda peureusement de tous côtés avant de se lancer à la rencontre de Pauline qui descendait l'allée, les chiens en laisse.

Trop loin pour intervenir, Silvère vit Lourmel bousculer violemment la jeune fille qui tomba sous le choc, et laissa filer les chiens.

« Mademoiselle, je suis désolée, lança Lourmel de son horripilant ton mondain en l'aidant à se relever et en l'époussetant. Je suis si maladroit ! »

Héloïse en profita pour récupérer un peu plus loin les petits bichons qui se laissèrent faire, habitués à suivre les dames de la reine, puis elle fila sans attendre.

« Où sont les chiens ? demanda Pauline en essayant de repousser Lourmel qui lui cachait la scène.

— Les chiens ? Quels chiens ?

— Poussez-vous, imbécile, ils vont se perdre ! »

Que faire ? se demanda Silvère. Il décida de suivre Héloïse qui aurait tôt fait de disparaître dans les taillis. Derrière lui, il entendait Lourmel qui entraînait Pauline dans la direction opposée.

« Azur ! Zéphyr ! » appelait la jeune fille à perdre haleine.

Lourmel, sa mission réussie, criait lui aussi de bon cœur pour donner le change.

« Chienchiens, toutous ! »

Héloïse quitta les taillis, et ne tarda pas à s'enfoncer dans les bois. En allant d'arbre en arbre, Silvère n'eut aucun mal à la suivre sans se faire voir.

Elle pestait maintenant comme un beau diable car les chiens, fatigués, refusaient d'avancer. Sa robe, qui s'accrochait aux ronces, partait en lambeaux et sa précieuse fontange de dentelle venait de finir suspendue à une branche. Elle arracha d'un geste rageur l'armature de fer qu'elle avait encore sur la tête et, en se baissant pour attacher les bichons à un arbre mort, elle se promit de réclamer un dédommagement supplémentaire à la marquise pour toutes ces mésaventures.

Puis, sans un regard pour les animaux qu'elle condamnait à une mort certaine, elle repartit en soulevant sa robe à deux mains. Le jeune homme attendit qu'Héloïse soit hors de vue avant d'aller les détacher.

« Qu'est-ce qu'on dit à papa Silvère ? » bêtifia-t-il, pendant que les chiens lui léchaient le visage.

« La belle Pauline m'en fera peut-être autant... », rêva-t-il en soupirant.

Il prit une bête sous chaque bras puis repartit vers le château. Lorsque, après dix minutes de marche, il arriva sur l'allée royale, les jardins avaient été désertés par les courtisans qui venaient d'embarquer sur les gondoles aux couleurs vives de la « flotte » royale. En tête, les souverains remontaient le Grand Canal sur leur galère où un équipage de marins d'opéra vêtus de satin ramait au son des violons.

Seuls quelques malchanceux qui avaient raté le départ cheminaient à pied ou en calèche vers Trianon où aurait lieu la collation.

Silvère n'eut aucun mal à retrouver Pauline qui pleurait à chaudes larmes sur un banc. Se glissant derrière elle, il lui tapa sur l'épaule.

« Oh, vous, fichez-moi donc la paix ! s'écria-t-elle sans se retourner, croyant avoir affaire à Lourmel.

— Vraiment, chère Pauline ? répliqua Silvère en utilisant son prénom pour la première fois. Vous n'auriez pas égaré quelque chose ? »

Pauline se retourna lentement et hurla de joie en étreignant les chiens.

« Zéphyr, Azur, j'ai eu si peur pour vous. »

Silvère s'assit à côté d'elle et trouva le tableau charmant. Pauline, échevelée, sa robe abîmée d'avoir couru dans les taillis, riait comme une enfant, frottant son nez rougi par les larmes dans la fourrure blanche des animaux.

« Et moi, alors ? » fit Silvère.

Pauline s'approcha pour lui embrasser la joue, puis se retint à temps, ne voulant pas choquer le jeune comte qui, hélas ! n'aimait plus les filles.

« Vous, vous avez droit à ma reconnaissance éternelle !

— À défaut d'autre chose... » marmonna Silvère, déçu, qui s'attendait à mieux.

« En êtes-vous sûre ? demanda le gros Bontemps.

— Sûre. Personne ne se méfie d'une petite vieille comme moi, sourde comme un pot et qui radote ! »

Mme du Payol tapota ses jupes d'un air de coquetterie surannée.

Bontemps réfléchit, perplexe, tandis que la dame répétait :

« La marquise prépare un mauvais coup, vous dis-je, sinon pourquoi Héroïse aurait-elle suivi Pauline ? Et pourquoi avec Lourmel ? Pas pour se faire conter fleurette, je vous assure.

— Vous dites qu'à l'embarquement Mlle de Saint-Béryl avait disparu et que Mlle de Montviviers avait changé de tenue.

— Oui, c'est ce qui m'a mis la puce à l'oreille. Elle avait une égratignure sur une joue, comme si elle avait pris une branche dans la figure. Lorsque j'ai vu cela, j'ai prétexté un malaise pour vous prévenir. Sans compter qu'Héloïse et Lourmel avaient l'air de deux chats qui ont boulotté un canari ! »

Bontemps extirpa avec peine son gros corps de l'étroit fauteuil et lui tendit une bourse d'écus.

« Madame du Payol, c'est un plaisir de travailler avec vous.

— Bontemps, je ne mange pas de ce pain-là, vous le savez bien... Je vous renseigne pour... me divertir.

— Pour vous donner des sensations fortes, en somme.

— Voilà, fit la vieille en hochant du chef, et surtout pour qu'on laisse notre reine en paix. Elle est si bonne pour moi. »

La vieille se leva tout en poursuivant :

« Mais Dieu qu'elle joue mal aux cartes, à croire qu'elle le fait exprès ! »

Bontemps la précéda jusqu'à la porte.

« Dites-moi, Bontemps, pour Pauline et le roi, qu'en est-il ? demanda-t-elle sur un ton de conspirateur...

— Mais, il n'en est rien, madame, naturellement.

— Dommage, elle aurait fait une favorite parfaite, comme Louise de La Vallière autrefois : discrète, pieuse et honnête. Celle-là, elle aimait le roi pour lui-même et pas le Trésor royal comme certaine... »

Bontemps ne put s'empêcher de sourire en voyant Mme du Payol sortir en trottinant. La vieille avait un cœur d'or et des idées follement romanesques.

Difficile, se dit-il, de cumuler les charges de valet de chambre du roi et de gouverneur du palais. Et d'être en plus le chef de son service de renseignement ! Le roi voulait tout savoir sur chacun : les intrigues, les dettes, les convictions religieuses...

De plus, ses fonctions ne lui attiraient pas que de la sympathie. Car c'est aussi à lui que revenaient les redoutables charges de distribuer les logements de ce château surpeuplé et d'organiser les entrevues secrètes de son maître.

Sans doute, pensa-t-il fièrement, parce qu'il faisait partie des rares personnes en qui Louis XIV avait toute confiance. En France, un nouveau proverbe se répandait, on disait : « Fidèle comme Bontemps »...

Mais alors que tant de gens couraient après la gloire, Bontemps, lui, rêvait d'une retraite tranquille, dans une petite maison, à voir pousser ses fleurs et grandir ses petits-enfants...

Il sonna le garde suisse en faction devant la porte :

« Dufort, faites-moi ratisser les jardins. Il faut retrouver Mlle de Saint-Béryl et ses deux chiens. Soyez prudent, la marquise recommence à nous faire des misères. »

« Je n'ai rien fait pour mériter cela, soupira Pauline, toujours assise dans les jardins au côté de Silvère.

— Sans doute, mais la marquise croit que vous visez une place... qu'elle-même convoite. Alors de grâce, ajouta-t-il en lui prenant amicalement la main, ne vous mettez plus sur sa route. Je ne serai pas toujours là pour jouer les preux chevaliers. »

Elle poussa un profond soupir. Décidément, la vie de château n'était pas rose. Comment aurait-elle pu imaginer une telle fourberie de la part d'Héloïse et de Lourmel ?

« Je vous prie, monsieur, de laisser la main de mademoiselle ! » cria un Guillaume hors de lui, comme surgi de nulle part.

Pauline et Silvère se levèrent d'un bond, surpris par l'attaque.

« Et toi, hurla-t-il à sa sœur, que fais-tu donc à folâtrer dans les buissons avec ce bellâtre, le roi ne te suffit donc pas ?

— Il suffit, monsieur, s'écria Silvère à son tour. Vous insultez mademoiselle !

— Taisez-vous, monsieur, continua Guillaume, et mêlez-vous de vos affaires !

— Quelle arrogance a cette canaille ! Baissez d'un ton ou il vous en cuira.

— Canaille vous-même, paltoquet. Et toi, dit-il à sa sœur en lui tirant brutalement le bras, est-ce une tenue ? Décoiffée et débraillée, comme une… »

Le sang de Silvère ne fit qu'un tour. Ce fou furieux allait ravaler ses insultes ! Il tira son épée pour provoquer Guillaume.

« En garde, monsieur ! hurla-t-il devant une Pauline éberluée, rendue muette par la violence de la querelle.

— À votre service, monsieur, rétorqua Guillaume en dégainant à son tour.

— Je rêve, fit tout haut Pauline en se prenant le visage à deux mains. Assez ! cria-t-elle en se mettant entre eux. Êtes-vous fous ?

— Laissez, Pauline, je n'en ferai qu'une bouchée.

— Vantard ! rétorqua Guillaume, fais ta prière !

— Arrêtez, je vous en supplie ! Guillaume, cesse tout de suite, dit-elle en le prenant par le bras.

— Vous connaissez donc ce butor ? s'étonna Silvère en fronçant les sourcils.

— C'est mon frère, Silvère ! Et lui, c'est mon ami, Guillaume ! »

Les deux jeunes hommes se toisèrent avec méfiance avant de rengainer, comme à contrecœur. Pourtant, ce fut Pauline qui s'égosilla à son tour.

« J'en ai assez ! Je ne te vois pas pendant deux ans, et la première chose que tu fais est de venir m'insulter ! Quand je pense que j'étais folle de joie de te savoir à Versailles ! fit Pauline en repoussant son frère du plat de la main. Et l'autre qui joue les matamores pour me défendre ! » ajouta-t-elle en se retournant vers Silvère les mains sur les hanches.

Silvère et Guillaume, qui un instant plus tôt étaient prêts à s'entre-tuer, se regardèrent avec stupeur, avant de revenir à Pauline, hors d'elle.

« Dieu ! Aujourd'hui rien ne me sera épargné ! continua-t-elle. La marquise, les chiens ! Je rate l'embarquement, je frôle la disgrâce, je gâte une robe presque neuve ! »

Elle s'assit, puis reprit son souffle, tandis que les deux autres, qui ne pipaient mot, s'asseyaient à ses côtés, croyant l'orage passé.

« Et que me préparez-vous, messieurs ? hurla-t-elle de plus belle. Un petit duel ? Imbéciles ! Si on vous avait vus, vous étiez bons pour la Bastille !

— Pardonne-moi, Pauline, commença Guillaume en essayant de lui prendre la main.

— Ne me touche pas ! lui lança-t-elle, le regard

noir. Et vous non plus ! » ajouta-t-elle à l'intention de Silvère qui tentait de poser une main sur son épaule.

Ne sachant plus que faire, tous deux observèrent la jeune fille qui sortit de sa manche un mouchoir de batiste et se moucha bruyamment.

Guillaume, qui n'avait jamais vu sa sœur dans un tel état, voulut s'expliquer. Mais au moment où il ouvrait la bouche apparut un Thomas à la mine réjouie, comme un diablotin sortant de sa boîte.

« Ah ! çà, quelle surprise ! Mes deux meilleurs amis et ma cousine ensemble ! »

Devant le pesant silence, il eut un instant de doute :

« Vous avez donc fait connaissance ? » continua-t-il tout sourire.

Silvère et Guillaume se regardèrent par-dessus la tête de Pauline, mais aucun d'eux ne répondit.

« Il se passe quelque chose ? demanda encore Thomas en remarquant enfin la tenue négligée de sa cousine.

— Rien, répondit celle-ci d'un air buté. Rien du tout. Pourquoi donc se passerait-il quelque chose ? »

Elle se leva, puis détacha les chiens, faisant mine de partir. Guillaume ébaucha un geste pour la retenir, qu'elle évita.

« Restez où vous êtes ou je ne réponds plus de moi, trancha-t-elle sur un coup d'œil meurtrier, avant de quitter le bosquet, la tête haute.

— Pourrait-on m'expliquer ? demanda Thomas, l'air perdu.

— À moi aussi, pourrait-on m'expliquer ? lança Guillaume en regardant Silvère.

— Est-elle souvent comme ça ? demanda à mi-voix Silvère, comme en confidence.

— Ma foi ! répondit Guillaume en haussant les épaules. De quoi parlait-elle donc ? La marquise, les chiens ?

— Ah, les femmes ! lâcha Thomas en s'asseyant entre eux, sait-on jamais ce qu'elles ont dans la tête ? Te souviens-tu, Silvère, de cette Hollandaise...

— Du diable si je l'oublie ! Une furie !

— Il n'y a pas que les Hollandaises, reprit Guillaume d'un air docte. Tenez, j'ai connu une Anglaise à Rouen...

— Ah bon ? Les Anglaises aussi ? »

11

Malgré l'heure tardive, quelques courtisans se promenaient encore au parterre du midi pour profiter des derniers feux du soleil couchant, tandis que les garçons bleus, les valets du château aux couleurs du roi, disposaient déjà des torches autour de l'orchestre qui répétait en plein air.

Le maestro Jean-Baptiste Lulli battait la mesure, martelant le sol de sa canne ferrée. Le roi exigeait que la première de *Persée* ait lieu cette semaine.

« Rien n'est prêt, s'angoissa le plus célèbre compositeur de France. On court droit à l'échec. »

« *Mamma mia,* cria-t-il aux musiciens en lâchant sa canne pour mieux parler avec ses mains, comme dans son Italie natale. Ce n'est pas possible d'être aussi mauvais. Suivez la partition, que diable ! »

Dans la petite salle de répétition du rez-de-chaussée, les danseurs amateurs commençaient à se rassembler. La plupart se postaient aux grandes portes-fenêtres afin de regarder le maître diriger à quelques pas.

Seule dans le petit vestiaire des dames, Héloïse, le visage défait, s'apprêtait pour la répétition. Elle revécut en pensée la réprimande que lui avait assenée la marquise lorsque celle-ci avait appris le retour inopiné de Pauline et des chiens : adieu argent et robes neuves ! C'était à n'y rien comprendre, tout s'était pourtant si bien passé.

Mais Pauline, la responsable de tous ses maux, s'en repentirait, rumina-t-elle en passant son costume. Elle attacha le corset de tissu doré sur sa longue tunique blanche « à l'antique », puis mit une perruque blonde et la couronne de fleurs qui complétait sa tenue de « bergère grecque ».

Elle s'examina sans complaisance. Pour être remarquée, fallait-il échancrer le corsage ou raccourcir la robe ? se demanda-t-elle en cherchant la couturière du coin de l'œil. Son regard s'arrêta sur les costumes marqués aux noms des danseuses, puis tomba sur la boîte à couture restée à terre. En un quart de seconde, elle comprit comment se venger.

C'était sans doute puéril et mesquin, mais tellement

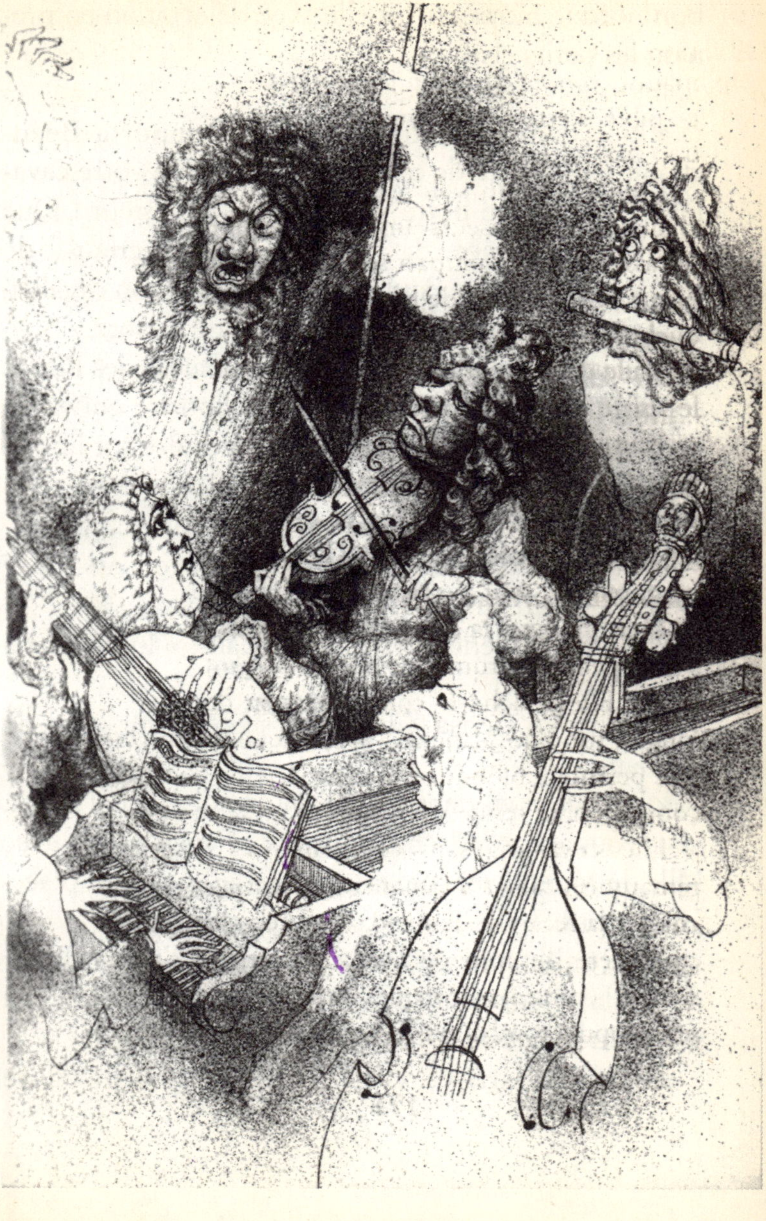

bon pour le moral, se dit-elle avec délectation en prenant les petits ciseaux...

« Non, monsieur de Bellerive, s'emporta Beauchamps, le maître de ballet. Vous soulevez votre cavalière comme une botte de poireaux, monsieur ! Que diable, de la grâce, de l'esprit... Non ! » cria-t-il de nouveau tandis que Pauline, ballottée par son cavalier, atterrissait brutalement, la perruque de travers.

À l'autre bout de la pièce, Silvère Galéas des Réaux suivait la scène d'un sourire amusé. Sourire qui vira à la grimace dès qu'il aperçut Héloïse fondre sur lui.

« M. de Machibois est malade, ce sera donc vous mon cavalier », lui annonça-t-elle en minaudant.

« Qu'ai-je donc fait pour mériter un tel sort ? » se lamenta-t-il en fermant les yeux.

« Monsieur, venez ici, s'il vous plaît ! » lui ordonna Beauchamps.

« Sauvé ! » pensa Silvère en s'exécutant, ravi de l'aubaine.

« Je vous ai vu danser avec mademoiselle il y a peu, vous vous accorderez bien. Et vous, vicomte, allez avec Mlle de Montviviers qui est à votre taille. Prenez place, je vous prie. »

Silvère s'arrangea pour ne pas croiser le regard noir de Pauline, qui ne lui avait toujours pas pardonné la scène du « duel ».

Depuis son arrivée, elle l'ignorait superbement, de

même qu'elle semblait ne pas voir Héloïse. Elle s'était engouffrée dans le vestiaire avec un air de reine offensée pour passer son costume sans attendre.

Dehors l'orchestre s'arrêta de nouveau, houspillé par un Lulli gesticulant.

« Reprenons tous ensemble ! » fit Beauchamps en frappant dans ses mains pour donner la cadence.

Par chance, Silvère avait toujours excellé en danse et en escrime, les deux principales disciplines enseignées dans les académies. Aussi, quand l'intendant des Menus Plaisirs lui avait ordonné de remplacer Machibois, avait-il accepté sans rechigner. Les professionnels qui les encadraient lui avaient appris les pas, du reste très simples, en une heure à peine.

Ils commencèrent à glisser, tandis que Beauchamps comptait les mesures.

« Arrêtez de me serrer, je vous prie, râla Pauline entre ses dents.

— Plaît-il ? s'étonna tout bas Silvère en fronçant les sourcils. Je ne vous serre pas plus que ne le veut la bienséance. »

Il la fit tournoyer sur elle-même, puis pesta :

« A-t-on idée d'être aussi prude ! Et ingrate, avec ça.

— Je ne suis pas prude ! Et vous me serrez trop, c'est tout, insista Pauline avec une évidente mauvaise foi.

— Mais ingrate, vous l'êtes, chuchota-t-il dans son

dos. Pour votre gouverne, votre frère et moi sommes devenus les meilleurs amis du monde.

— Si je ne n'avais pas été là, vous vous embrochiez !

— Avouez que le quiproquo était fort drôle ! Thomas qui arrive en frétillant avec son "se passe-t-il quelque chose ?" fit-il en riant, alors que Pauline commençait à se dérider.

— Dieu, quelle scène ! j'en ai honte », pouffa Pauline en se détendant enfin.

Alors qu'il la reposait, Silvère aperçut la fine épaulette de la tunique qui glissait, découvrant une rondeur ma foi attrayante. L'instinct lui fit appliquer sans attendre la main sur le tissu, ce qui fit tressaillir la jeune fille.

« Veuillez ôter votre main de là ! gronda Pauline, choquée par ces manières et retrouvant toute sa colère.

— Votre costume a les coutures qui lâchent. Si j'ôte ma main, vous aurez la honte de votre vie, lui glissa-t-il à l'oreille, excédé par sa mauvaise humeur. Quoique ce soit exactement ce que vous mériteriez. »

Rouge de confusion, Pauline pencha la tête pour vérifier ses dires, puis remplaçant prestement la main de Silvère par la sienne, elle partit en courant vers le vestiaire. Fort heureusement, personne n'avait rien remarqué, à part peut-être Héloïse, qui ne cessait de la suivre de son regard moqueur.

Lorsqu'elle ressortit un peu plus tard, son costume recousu, elle s'approcha de Silvère, décidée à lui présenter des excuses. Celui-ci regardait Beauchamps exécuter une série de sauts, repris aussitôt par les danseurs professionnels de sa troupe.

« Regardez donc ! lui dit-il en montrant Beauchamps. Cet homme a du génie. Depuis qu'il a codifié la danse, on parle grâce à lui en français d'entrechats et d'arabesques dans le monde entier... »

Beauchamps décomposait à présent ses mouvements, insistant sur les cinq positions pour les bras et les pieds qu'il avait inventées, tandis que ses danseurs mémorisaient chacun de ses gestes.

Il s'arrêta enfin sous les applaudissements et salua les jeunes amateurs qu'on lui avait imposés : la fine fleur de la noblesse, lui avait-on affirmé. Et chacun voulant les premiers rôles même sans savoir les pas, dans l'indiscipline la plus totale ! Mlle de Beaupré, obèse, ne pouvait décoller du sol. Mlle de Chalieu refusait de danser avec quelqu'un de moins titré qu'elle. M. de L'Espine voulait être devant, sous prétexte que son père était amiral, et les autres étaient à l'avenant... Seule la jolie Saint-Béryl relevait le niveau.

« Pause », cria Beauchamps.

Et Lulli, pensa-t-il encore. Toujours à nous faire des caprices de diva ! Peu avant la mort de Molière, en 1674, il avait obtenu le monopole de la musique : rien n'était joué en France sans son accord. Le bougre en profitait pour casser les reins à tous les jeunes qui essayaient de se faire connaître… Il observa le compositeur qui s'égosillait, puis l'air désespéré, des sanglots dans la voix, faisait mine de s'arracher les cheveux (de sa perruque).

« Attention, voilà Baptiste ! dit Hildie avec une grimace. Nous allons avoir droit à la grande scène de l'acte un. »

Lulli jeta rageusement sa perruque aux pieds du maître de ballet, mettant à nu un crâne aux cheveux clairsemés.

« *Mamma mia !* Ma qué, Beauchamps, dans une semaine, c'est impossible ! Ils sont tous médiocres, postillonna Lulli les mains levées au ciel. Mes choristes sont aphones ! Berain, il n'a pas fini les décors !

— Calme-toi, Baptiste, fit Beauchamps en s'épongeant le front. Mes danseurs et tes musiciens sont presque au point…

— Et qui va danser les premiers rôles ? demanda Lulli en se tordant les mains. Le roi ne nous l'a toujours pas fait savoir !

— Pas la Dauphine, elle est enceinte, ni la reine, énuméra Beauchamps. Le roi ne veut plus danser sur scène. Il nous reste le Dauphin, le prince et la princesse de Conti, Monsieur et Madame…

— *Madonna !* Pas Madame », supplia le musicien en se signant.

Pauline, Silvère et Hildie ne purent s'empêcher de

rire. Bonne vivante et cavalière infatigable, la grande et grosse Madame, à l'opposé de son petit mari si efféminé, était la première à se moquer de son manque de grâce. Aux ronds de jambe, elle préférait la chasse à courre !

Pauline, voyant que l'ambiance se détendait, se jeta à l'eau :

« Pardonnez-moi, dit-elle tout bas à Silvère. Vous avez raison, je suis ingrate.

— Je crois que votre journée a été très mouvementée, répondit-il de bonne grâce.

— Les planètes doivent danser la gigue, pour que les astres me soient si défavorables... », reprit Pauline en riant.

Comme Hildie s'étonnait, tous deux lui racontèrent par le menu leurs aventures. Hildie, abasourdie, ne put s'empêcher de regarder avec horreur Héloïse qui, à l'autre bout de la pièce, essayait sur Bellerive son sourire d'ange.

« Dis-le à la reine, conseilla Hildie. On ne peut pas laisser cette fille agir impunément.

— La reine n'a aucun pouvoir, tu le sais bien. Dorénavant, je resterai sur mes gardes.

— Mais vous, monsieur, vous étiez témoin, insista Hildie.

— Personne ne me croira, répondit Silvère. On pensera que je souhaite discréditer Héloïse qui, comme chacun sait, me poursuit de ses assiduités. »

Hildie et Pauline se regardèrent. Il était vrai que toute la cour jasait sur le beau comte qui n'aimait plus les filles...

« Où est Élisabeth ? demanda Pauline en cherchant leur amie du regard.

— Elle vient d'aller au vestiaire pour une retouche. Il faudra surveiller Héloise, car elle recommencera sûrement, continua Hildie.

— Je demanderai à Thomas de s'occuper de Lourmel, proposa Silvère. Il est encore inconnu à Versailles, il ne se fera pas remarquer.

— Quand on parle du loup... » lança Pauline en apercevant son cousin.

Thomas venait de passer les portes. Il s'arrêta une seconde, étonné à la vue des danseurs costumés, avant de s'approcher de Mlle de Beaupré, qui du doigt lui indiqua le vestiaire.

La grosse bergère avait raison, constata-t-il en poussant la porte, sa cousine était bien là. Thomas espérait qu'elle aurait enfin retrouvé sa bonne humeur.

Pauline était seule dans le vestiaire, de dos, en train d'attacher un corset doré qui semblait lui résister, sa longue perruque blonde lui tombant au milieu du dos.

Elle ne l'avait pas entendu venir. Comme un gamin, Thomas de Pontfavier s'approcha à pas de loup, les mains en avant pour lui chatouiller la taille. Quand elle était petite, cela la faisait toujours rire aux éclats.

« Guili-guili », fit-il bêtement en passant à l'acte.

Contrairement à son attente, la jeune fille n'émit pas d'éclats de rire, mais un hurlement strident. Lâchant le corset fermé à demi, elle se retourna d'un bond pour faire face à son agresseur.

Ce n'était pas Pauline, réalisa Thomas juste avant que l'inconnue ne lui assène une gifle retentissante.

« Goujat ! » hurla Élisabeth, ameutant toute la salle.

Il venait de reconnaître avec effroi la jeune fille de l'après-midi.

« Je suis confus, mademoiselle, bafouilla-t-il en se tenant la joue d'une main.

— Rustre ! cria Élisabeth en le bousculant pour sortir au plus vite du vestiaire, le jeune homme sur ses talons.

— Je vous ai prise pour une autre, mademoiselle. En toute bonne foi, poursuivait Thomas tandis que la jeune fille traversait la salle d'un pas décidé.

— Il suffit, monsieur », trancha Élisabeth en se retournant brusquement pour lui faire face, des éclairs de colère dans les yeux.

Thomas, qui la suivait de près, manqua la percuter, ce qui provoqua dans la salle une cascade de petits rires, au grand désespoir d'Élisabeth.

« Je vous ai prise pour ma cousine, tenta d'expliquer le jeune homme. Pauline de Saint-Béryl.

— Me confondre, moi, avec Pauline ? Vous

m'outragez, monsieur ! poursuivit Élisabeth au bord des larmes.

— Mais de dos..., je vous assure...

— Ce rustre est ton cousin Pontfavier ? demanda Élisabeth à Pauline avant de se retourner sans attendre vers Thomas : Madame votre mère, une femme si bien, ne doit pas être fière de votre éducation !

— Mais, mad..., répétait bêtement Thomas, qui n'arrivait pas à en placer une.

— Se moquer de mon physique en me comparant à toi ! fit-elle pour Pauline.

— Mais qu'a-t-il donc votre physique ? » l'interrompit enfin Thomas, dépassé par les événements.

Les rires, d'abord confus, se firent de plus en plus forts.

« C'en est trop ! lâcha Élisabeth en retournant au vestiaire pour s'y cacher.

— Pauvre Élisabeth. Elle est obsédée par sa prétendue laideur ! expliqua Pauline à ses amis.

— Quel feu, quel fougue ! Tudieu, quel caractère, s'enflamma Thomas avec un sourire béat, sa joue encore marquée de cinq doigts rouges. Mademoiselle ! » cria-t-il en la suivant comme un petit chien.

Silvère, qui avait assisté à la scène sans intervenir, se pencha vers Pauline :

« Les flèches de Cupidon volent bas cette saison.

— Vous aviez remarqué, vous aussi ? ne put

s'empêcher d'ironiser Pauline. Je crois que ce pauvre Thomas vient d'en prendre une en plein cœur !

— Heu... Il ne se fera pas remarquer, disiez-vous ? » conclut Hildie en riant.

12

« Les planètes continuent à danser la gigue, si tu veux mon avis, souffla entre ses dents Pauline à Élisabeth pendant le lever de la reine. Entre Héloïse, le ballet et Mendoza, j'ai l'impression de vivre au galop ! »

Depuis une semaine, Héloïse ne pouvait faire un pas sans tomber sur Pauline ou Élisabeth, relayées par Hildie lorsque la reine se rendait chez la Dauphine.

Lourmel, en courtisan zélé, avait un emploi du temps très chargé : après le lever du roi, il allait présenter ses respects aux grands du royaume. Ainsi retrouvait-il régulièrement Thomas ou Silvère dans l'antichambre de Monsieur, du prince de Condé ou de Louvois. Mais il les retrouvait aussi chez son tailleur, puis chez le perruquier, et encore aux tables de jeu ou à la comédie. Une surveillance qui commençait à coûter cher à nos amis...

Lourmel, comme la plupart des gens à la cour, vivait d'expédients : criblé de dettes pour conserver son train de vie luxueux, il empruntait à Paul pour rembourser Pierre, se vantant auprès de ses fournisseurs de ses relations à la cour dès que ceux-ci avaient le mauvais goût de lui présenter une facture, que de toute façon il ne réglait pas.

Pourtant cette surveillance de tous les instants ne donna aucun résultat. La marquise avait-elle abandonné ses projets ?

La pauvre Cécile avait, quant à elle, tant de travail qu'elle prenait à peine le temps de dormir. La canicule des derniers jours et le manque d'hygiène provoquaient des vagues d'épidémies qui, en plus des accidents, décimaient la population du château.

C'est ainsi que Cécile avait à peine entrevu le frère de son amie. Elle s'était limitée jusqu'à présent à quelques formules de politesse avant de partir comme si elle avait le diable à ses trousses.

Car Guillaume avait pris ses fonctions. L'uniforme bleu de la compagnie d'élite des gardes écossais semblait avoir été créé pour lui. Il avait été affecté pour quinze jours à la salle des gardes de la reine. Son rôle se bornait à rester en faction devant la porte par roulement de deux heures, et à éconduire les importuns et quémandeurs de tous poils qui déambulaient à leur guise dans les couloirs.

La querelle des jardins avait été vite oubliée, et Pauline avait bien du mal à ne pas quitter son service pour retrouver son frère à quelques pas.

À peine le voyait-elle quelques instants lorsque la reine se rendait à la messe ou chez la Dauphine. Le cortège en procession, certaines dames, besicles au poing, s'extasiaient alors sur la carrure et la prestance du nouveau garde. Guillaume, raide comme la justice, supportait les compliments en rougissant, ce qui attendrissait ces dames et redoublait leurs commentaires.

Malheureusement, la reine depuis deux jours sortait peu, car Mendoza était brusquement tombée malade.

On avait aussitôt convoqué Fagon, le médecin de la reine. Mais Mendoza, qu'aucun homme n'avait jamais approchée à part son confesseur, refusa de le voir et entra dans une violente agitation qui aggrava son mal. La reine pleurait et priait, tandis que Mendoza, entre deux nausées, parlait de poison.

Aussitôt la rumeur s'enfla : Poison ? Vous avez dit poison ? Et les regards de se tourner vers la marquise...

Fagon ordonna un purgatif, puis un clystère et enfin une saignée. Mais Mendoza en hurlant comme un goret qu'on égorge, déclara qu'elle préférait mourir.

La reine demanda alors l'assistance de Daquin, le médecin du roi. Ce fut une grossière erreur de diplomatie, car Fagon et Daquin se détestaient, chacun accusant l'autre d'être incompétent et arriviste.

Le vieux Daquin devait sa place à la marquise. Il s'acquittait de sa charge sans problèmes, car par chance son auguste patient avait une santé de fer. Fagon, lui, était le protégé de Mme de Maintenon. On racontait qu'il avait fait retrouver l'usage de ses jambes au petit duc du Maine, le fils infirme du roi et de la belle Athénaïs.

Mme de Maintenon, qui avait élevé les enfants légitimés du roi comme les siens, s'était attiré par son dévouement l'amitié de Louis XIV. Celui-ci, pour lui plaire, avait donc nommé Fagon médecin de la reine et de la Dauphine.

Pour l'heure, Marie-Thérèse finissait sa toilette, le nez rouge d'avoir pleuré. Elle avait veillé une bonne partie de la nuit auprès de sa confidente que l'on avait installée dans un cabinet particulier attenant à sa chambre.

Par la porte entrouverte, on entendait les médecins au chevet de la malade discuter âprement des bienfaits comparés du clystère et du vomitif, chacun étant sûr de détenir le traitement miracle.

« *Purgare primore,* commentait Fagon dans son latin de cuisine.

— Non, répliquait Daquin. La malade est née sous le signe de la Balance et la lune est décroissante. Ce serait criminel !

— *Purgare,* vous dis-je, et *saignare* !

— Ignare. Non, un soupçon de sel d'alun peut-être, pour dégager les humeurs peccantes, et un clystère au séné !

— Pas pour le poison ! Elle vomit bien assez sans votre aide !

— Encore une saignée alors, continuait Daquin en se grattant le menton. À la nuque, cette fois.

— Non au coude, voyons... »

Mendoza, à demi consciente, suivait l'échange sans comprendre. La veille, Gervais, le chirurgien de la reine, l'avait saignée trois fois. Mendoza s'était défendue comme un beau diable, rassemblant le peu de force qui lui restait pour échapper sans succès à la lancette.

« Elle est perdue, j'en ai bien peur, continua Fagon.

— Sûrement, renchérit Daquin, enfin d'accord avec son collègue.

— Prévenez donc un prêtre », ordonna pour toute médecine Fagon en sortant dignement.

La reine se sentit défaillir en apprenant la nouvelle. Et tandis que Mme de Gramont lui bassinait les tempes au vinaigre de roses, Pauline qui l'éventait se dit que perdue pour perdue...

« Votre Majesté... Peut-être accepteriez-vous que mon amie Cécile vienne voir Mendoza..., demanda-t-elle timidement à la reine qui retrouva aussitôt des couleurs.

— La petite qui parle espagnol ?

— Votre Majesté, intervint Mme d'Harcourt, si le grand Fagon ne peut rien, ce n'est pas cette gamine qui la guérira !

— Et porqué no ? rétorqua la reine. Faites-la vénir tout de suite ! ordonna-t-elle à Pauline qui fit sa révérence et sortit sans attendre.

— Va vite chercher Cécile, demanda-t-elle à son frère. Pas le temps de t'expliquer, ordre de la reine ! ajouta Pauline devant son air étonné. À cette heure, elle est sûrement aux communs du roi où elle soigne des domestiques. »

Guillaume partit aussitôt à l'autre bout du château.

« Vous l'avez ratée, lui dit-on, on l'a appelée à la galerie pour une urgence. »

Guillaume pesta en faisant demi-tour. Dire que la galerie jouxtait l'appartement de la reine !

Il la repéra sans peine au milieu des maçons et des peintres. Accroupie près d'un jeune homme qui gémissait, Cécile lui fixait une attelle tandis qu'une servante en pleurs lui tenait la main.

« Seigneur, mon pauvre Toussaint ! sanglotait la jeune fille.

— Ne t'inquiète pas, Suzon, dans six semaines il sera sur pied, expliqua Cécile.

— Je vais boiter ? demanda Toussaint avec angoisse.

— Hélas ! je le crains... Cela ajoutera à ton charme,

essaya de plaisanter Cécile. Remercie plutôt le ciel, Toussaint. Faire une chute de douze pieds et n'avoir qu'une jambe cassée, c'est miraculeux ! ajouta-t-elle en levant les yeux vers l'échafaudage sans rambarde où les maçons enduisaient le plafond avant le passage des peintres.

— As-tu de quoi vivre au moins ? s'inquiéta Suzon.

— Non. Je sais que j'ai droit à une indemnité de trente livres pour un membre cassé. J'espère qu'on me gardera au dortoir des ouvriers et que j'aurai encore du travail après !

— T'inquiète pas, mon gars », le rassura le contremaître.

Celui-ci aperçut alors l'uniforme de Guillaume :

« Que désirez-vous, monsieur ?

— Je viens voir Mlle Drouet. »

Cécile se raidit aussitôt en reconnaissant sa voix, tandis que les ouvriers s'écartaient avec respect.

« Je suis occupée, monsieur Guillaume, repassez plus tard », répliqua Cécile plus sèchement qu'elle ne l'aurait voulu, sans même se retourner.

Guillaume se demanda une fois de plus quelle sorte de mouche la piquait. Les années passaient, mais la tension entre eux restait la même...

« Ordre de la reine, Cécile, répondit-il sur le même ton.

— Ben ça ! quand ma Margot va savoir que tu connais la reine ! ironisa un vieux plâtrier.

— Mais, mon cher Fulbert, fit Cécile comme en confidence, elle m'invite tous les jours à prendre le chocolat ! »

Elle se leva en riant, aidée par deux marbriers avec qui elle semblait être à tu et à toi, remarqua Guillaume avec un brin de jalousie.

« Dépêche-toi, c'est urgent, crut-il bon d'ajouter à Cécile, qui, penchée sur Toussaint, fit mine de n'avoir pas entendu.

— Tu pourras t'occuper de Rémi avec Suzon ? demanda anxieusement le jeune maçon. Il est au *Coq d'or.* J'ai peur que le patron le jette dehors.

— Je m'en charge, il faut que j'y aille. »

Enfin ! se dit Guillaume qui bouillait. Comment pouvait-elle être si gentille avec ces gens et l'ignorer, lui, de cette façon ?

« Qui est Rémi ? questionna-t-il en allant vers les appartements de la reine.

— Son frère. Un enfant de huit ans. Ils viennent du Limousin. La famine y a été telle cet l'hiver que le père, qui ne pouvait plus nourrir sa famille, s'est débarrassé de ses gosses : il a mis les trois plus jeunes à l'orphelinat et Toussaint est parti sur les routes pour chercher du travail. Toussaint a pu récupérer Rémi. Ils sont venus ici à pied avec une centaine d'autres miséreux en mendiant et en chapardant, car le bruit courait qu'on embauchait sur les chantiers. Toussaint est logé et nourri, mais il lui faut régler la pension de Rémi. »

Du plus loin qu'il se souvienne, jamais Cécile ne lui avait parlé si longuement !

« Excusez-moi, monsieur Guillaume, continua Cécile, je vous ennuie avec mes histoires de pauvres. Ces choses-là n'intéressent pas les gens de qualité.

— Et pourquoi donc ? » rétorqua Guillaume froidement.

Cécile, qui préparait son habituel « vous, les nobles... », préféra se taire. Ils arrivaient devant les appartements de la reine et tandis que la porte s'ouvrait devant elle, elle constata que, pas une seconde, elle n'avait pensé à ce que la souveraine pouvait lui vouloir !

Cécile regarda la pauvre chose recroquevillée dans le lit, jaune comme un coing, desséchée comme une momie. Elle s'empara d'une longue main glacée au pouls indistinct.

« Qu'a-t-elle bu depuis deux jours ? s'enquit Cécile.

— Rien, bien sûr. Le médecin l'a interdit, afin que l'eau ne se transforme pas en mauvais sang dans son corps, expliqua la garde-malade.

— Faites apporter du bouillon, il faut qu'elle boive.

— Mais le médecin...

— Faites ! ordonna la reine dans le dos de Cécile.

— Qu'a-t-elle mangé avant d'être malade ? continua Cécile.

— Rien de spécial, expliqua la garde-malade. Elle

a mangé une omelette au lard et... des sardines marinées. On a dû glisser le poison dans son eau de Vichy !

— Des sardines ? par cette chaleur ?

— Oui. Elle était ravie, car c'était de vraies sardines espagnoles, pêchées il y a à peine huit jours !

— Il faut être fou pour manger des sardines vieilles de huit jours ! s'emporta Cécile. Pas la peine de parler de poison, les sardines suffisent, je vous assure !

— C'est vrai qu'elles sentaient un peu... fort », admit la garde-malade.

Un laquais arriva avec le bouillon. Cécile entreprit de desserrer les lèvres gercées de Mendoza, toujours inerte, pour le lui faire boire. La malade geignit un peu, puis commença à déglutir péniblement.

Après quelques cuillerées, elle ouvrit les yeux, puis un sourire béat aux lèvres, elle commença à parler en espagnol, d'une faible voix :

« Je suis au paradis, doña Maria Luisa ?

— Pauvre femme ! reprit la garde-malade. Voilà qu'elle délire ! »

Mendoza serra la main de Cécile et l'observa de ses yeux éteints.

« Calmez-vous, répondit doucement Cécile en espagnol. Il faut vous reposer. »

La reine se pencha sur son amie pour lui tamponner le front d'un linge humide :

« Guéris vite, mon cœur, que ferais-je sans toi ? » lui dit-elle avec sa familiarité habituelle dans sa langue maternelle. Puis elle se tourna vers Cécile : « Bien sûr, c'est à cette chère doña Maria Luisa que tu ressembles ! Enfin, quand elle était jeune. Elle est morte depuis bien longtemps », soupira la reine.

Mendoza lâcha la main de Cécile et agrippa avec un sanglot la médaille qui pendait au cou de la jeune fille.

« Oh ! vous avez toujours la médaille du roi... poursuivit-elle dans son délire. Avec les armes de votre...

— Vous faites erreur, Mendoza, la coupa Cécile en français, affolée par ses divagations. Je m'appelle Cécile Drouet. »

Elle arracha la médaille des mains de la malade et la rentra vivement dans son corsage.

« Cécile Drouet », répéta-t-elle comme pour s'en convaincre avant de se tourner vers Pauline, restée sur le pas de la porte.

Derrière Pauline, Héloïse, tout sourire, se dit qu'il y avait peut-être là matière à s'offrir une fontange neuve...

13

« Je suis déshonoré ! s'écria Lulli au bord de la crise de nerfs, un bras replié sur les yeux. Je suis perdu, humilié, déshonoré...

— Tu l'as déjà dit, Baptiste, soupira Beauchamps avec un soupçon de lassitude.

— Fais-le taire, supplia entre ses dents Bérain, le premier décorateur du roi. Sinon je le tue.

— Drame en trois actes, commenta leur ami Jean Racine avec humour. Acte un : il pleut et le vent se lève. Entendons-nous, un vent royal, à décorner les bœufs ! On ne peut pas jouer *Persée* dans la cour de marbre comme prévu ce soir. Acte deux : le roi insiste. On jouera donc dans le manège des Grandes Écuries :

on démonte les décors de-ci, pour les remonter de-là. Acte trois : on installe au manège cinq cents banquettes et cent flambeaux, tout va très bien, le roi-est-content !

— Racine a raison, ce sera un triomphe.

— D'ailleurs, poursuivit Racine, Boileau et moi avons lu le livret de *Persée* au roi, et il l'a fort apprécié.

— Et les danseurs ? s'étrangla encore d'une voix suraiguë Lulli.

— Ils sont prêts, les danseurs ! » cria Beauchamps.

En quelques heures, les menuisiers avaient construit ce petit théâtre de bois et réglé la lourde machinerie des décors. Il n'existait pas de théâtre fixe à Versailles, car le roi préférait suivre la comédie en plein air « côté cour » ou « côté jardin », à sa convenance.

Dans les coulisses, Pauline s'habillait, verte de peur pendant qu'Héloïse, à son côté, souriait aux anges. Pauline savait qu'elle avait rencontré Mlle des Œillets, et à voir son visage, on devinait que les renseignements avaient plu.

Les courtisans commençaient à affluer, prenant place sur les sièges que les « garçons bleus » leur désignaient ou restant debout, selon leur rang. Pour se détendre, Pauline alla retrouver ses deux amies qui, depuis les coulisses, observaient les spectateurs.

« La famille royale arrive, annonça Hildie. Le roi et le Dauphin à pied, la reine en chaise à porteurs... Seigneur ! ajouta-t-elle, voilà même ma maîtresse la Dauphine ! Elle ne devait pas venir ! Dans son état, ce n'est guère prudent... »

Pauline détailla le cortège de la reine par-dessus l'épaule de son amie.

« Regarde la robe de la marquise ! Il y en a pour cent mille livres de perles et de diamants brodés ! Tiens, Mme de Maintenon et le duc du Maine... »

La mise modeste de l'amie du roi tranchait sur les toilettes luxueuses des dames de l'assistance. À son côté, le petit duc marchait en boitant, appuyé sur une canne. Ce n'était un secret pour personne que l'enfant aimait sa gouvernante plus que sa propre mère qui, à vrai dire, ne s'était jamais occupée de sa nombreuse progéniture.

« Croyez-vous que Mme de Maintenon deviendra favorite ? demanda Pauline en observant la femme et l'enfant.

— Pourquoi veux-tu que le roi choisisse une vieille de quarante-cinq ans, alors qu'il peut avoir les plus jeunes et les plus belles ! »

Élisabeth avait sans doute raison. Pourtant, dans la salle on s'effaçait avec respect sur le passage de celle que certains s'amusaient à appeler Mme de « Maintenant ».

« Voilà ton imbécile de cousin, deux pas derrière Lourmel, reprit Élisabeth.

— Le pauvre Thomas a été assez puni, tu pourrais lui pardonner !

— Il peut toujours courir ! Jamais personne ne m'a humiliée de cette façon ! » s'indigna Élisabeth, l'air pincé.

Lulli, levant sa canne, donna le signal à l'orchestre qui entonna l'ouverture. Bientôt, le théâtre improvisé retentit des trilles des chanteurs. De mémoire de cheval, on n'avait jamais rien entendu de tel dans une écurie !

Quatre heures de musique commencèrent, devant le roi et la reine impassibles, assis au premier rang.

Pauline, la peur au ventre, se retrouva bientôt sur scène. Sans même s'en rendre compte, elle accorda ses pas à ceux de Silvère, glissa, sauta, tourbillonna avec grâce. Elle en ressortit les jambes tremblantes sous les applaudissements, fière de son succès, tandis que la princesse de Conti rentrait sur scène à son tour.

La veille, le roi avait choisi sa fille aînée pour le premier rôle. Elle avait dû travailler d'arrache-pied pour être prête à temps, mais Marie-Anne de Conti, comme le reste de la famille royale, était rompue aux spectacles depuis sa naissance.

À quinze ans et demi, la fille du roi et de Louise de La Vallière était connue comme la plus jolie fille de la cour. Son père l'avait mariée à treize ans au prince de Conti, qui en avait seize. Elle eut beau supplier et sangloter qu'elle lui préférait son frère cadet, le beau prince de La Roche-sur-Yon, le roi ne céda pas : Conti était le seul parti digne d'elle. Et depuis deux ans, le jeune couple mal marié se déchirait et se raccommodait, alimentant par ses disputes incessantes les potins de la cour.

« Pas mal pour des débutantes ! s'exclama en riant Hildie, tandis qu'elles se déshabillaient. En cas de disgrâce royale, nous pourrons toujours monter une troupe, notre avenir est assuré !

— J'ai cru mourir, souffla Élisabeth en s'affalant sur un banc. Tous ces yeux à me regarder... Et le roi, là, juste à mes pieds !

— Où est Héloïse ? » demanda brusquement Pauline.

Profitant de l'inattention générale, Héloïse avait filé, son éternel sourire plaqué sur son visage.

Lorsque Cécile avait quitté le chevet de Mendoza, à neuf heures du soir, Guillaume, qui était au repos, lui avait tout naturellement proposé de l'accompagner au *Coq d'or.* Elle avait refusé poliment mais Guillaume l'avait suivie contre son gré, prétextant que les rues n'étaient pas sûres pour une jeune fille seule.

Cécile, les yeux rivés au sol, pestait intérieurement. Elle, d'habitude si maîtresse d'elle-même, se trouvait, comme par le passé, paralysée par la présence du frère de son amie.

À son côté, Guillaume marchait d'un bon pas, la

main sur la garde de son épée. Ils cheminaient sans un mot, traversant les faubourgs de la ville nouvelle en construction. La spéculation immobilière allait bon train. On construisait à tour de bras, car le château était continuellement surpeuplé.

Ce soir, les carrosses de la noblesse parisienne encombraient les rues, tandis que les cochers et les postillons attendaient la fin de l'opéra en se rinçant le gosier dans les gargotes du coin.

Guillaume se félicita d'avoir accompagné Cécile, car elle aurait été à coup sûr importunée par les domestiques qui traînaient. La plupart avaient l'habitude de voler et de rosser les passants en toute impunité. Le fait de porter une livrée connue les rendait inattaquables, car s'en prendre au valet, c'était s'en prendre au maître. Et plus le maître est puissant, plus le valet est arrogant...

Sans être mal famée, l'auberge du *Coq d'or* ne brillait pas par sa réputation. Enfumée et sentant le graillon, elle était surtout fréquentée par les marchands de passage qui venaient au château dans l'espoir d'y décrocher quelques contrats.

« Monseigneur désire ? demanda l'aubergiste entre deux âges, un tablier crasseux ceinturant sa bedaine.

— Nous cherchons Rémi Magloire, répondit Cécile.

— Il s'est fait pincer à voler ? Je l'savais que ce mouflet m'attirerait des ennuis ! Aidez donc les pauvres, et ils vous amènent la garde ! cria l'aubergiste en prenant les clients à témoin.

— Il ne nous a rien fait, dit sèchement Guillaume, nous désirons lui parler.

— Il est là, Monseigneur. J'allais le flanquer dehors. Pensez, y'm'doit deux jours de loyer, huit sols ! » râla l'aubergiste en levant haut huit doigts aux ongles noirs.

Ils suivirent l'homme à travers la grande salle basse de plafond, puis arrivèrent devant l'escalier de bois qui desservait l'étage. L'aubergiste le contourna, puis souleva le rideau en loques qui cachait la soupente. Deux paillasses en occupaient la surface, le gosse était là, roulé en boule.

« Sors de là, morveux, ce seigneur veut te causer ! »

L'enfant, réveillé en sursaut, fit un bond. Cécile se pencha aussitôt pour le rassurer.

« Rémi, je suis une amie de ton frère. »

Le gosse sortit à quatre pattes de dessous l'escalier. Sa ressemblance avec son frère était frappante. Cécile et Guillaume remarquèrent alors sa main gauche atrophiée qu'il tenait serrée contre son ventre.

« Toussaint ne viendra pas, il est blessé. Mais ce n'est pas grave, dit doucement la jeune fille. Je suis Cécile.

— Ah ! j'ai entendu parler de vous, fit Rémi en lorgnant peureusement du coin de l'œil l'homme en uniforme.

— Prends tes affaires, petit, tu viens avec nous, lui lança Guillaume à la stupéfaction de Cécile.

— J'peux pas, répondit l'enfant, sérieux comme un pape. Et mon travail ?

— Qu'est-ce qu'on te fait faire ici ? demanda Guillaume, tandis que l'aubergiste semblait tout à coup mal à l'aise.

— De tout, j'fais le "savoyard[1]" , raconta fièrement Rémi. Je porte l'eau et le bois, je vide les pots, je balaye, je fais les courses des clients... Ça paie une partie de ma pension, quoi.

— Il est guère efficace avec sa patte folle, expliqua l'aubergiste devant le regard noir de Guillaume. Je l'emploie par charité ! »

Prenant de nouveau les clients à témoin, il affirma bien haut :

« Si la place ne convient pas à ce fainéant, il y a dix miséreux comme lui qui attendent sa paillasse !

— Tu sais t'occuper des chevaux ? demanda Guillaume à l'enfant.

— Pour sûr ! Et je sais graisser les harnais, même avec une seule main.

— Alors, je t'engage.

— Monsieur Guillaume, souffla Cécile. Réfléchis-

1. À cette époque, la Savoie était un duché souverain dont la capitale était Turin. Les Savoyards « montaient » à Paris dans l'espoir d'y trouver du travail. C'était, par dérision, le surnom donné aux gamins des rues qui survivaient tant bien que mal en faisant des petits boulots. « Savoyard » était synonyme de débrouillard.

sez que cet enfant sera à votre charge... Ce n'est pas un engagement à la légère que vous prenez là.

— Mais pour qui me prends-tu, Cécile, pour un irresponsable ? J'ai besoin d'un valet, Rémi fera l'affaire.

— Qui dit que demain vous ne vous sentirez pas encombré par cet enfant ? insista-t-elle. Vous, les nobles...

— De grâce, Cécile ! Comment crois-tu que j'ai vécu jusqu'ici ? J'ai payé mes études par mon travail. Suis-je donc si différent de toi ? Tu me connais bien mal ! »

Il s'arrêta pour reprendre son souffle et Cécile baissa la tête, consciente d'avoir été désobligeante. Mais Guillaume reprenait :

« Lorsque nous t'avons sauvée, voilà six ans, est-ce que nous t'avons remise à la rue ? Aujourd'hui, ce gosse a besoin d'aide et je lui offre un travail décent. Oui, moi, un noble.

— Excusez-moi, monsieur Guillaume, réussit à articuler Cécile, toute penaude. J'ai mérité cette leçon. C'est vrai que je vous connais bien mal...

— Fais un effort pour y remédier, je t'assure que je gagne à être connu », lui affirma Guillaume en souriant.

Cécile ne répliqua pas, évitant ainsi une promesse qu'elle n'aurait pas tenue. Devant le mutisme de la jeune fille, Guillaume poussa un soupir de résignation, puis revint à Rémi :

« Prends tes affaires, nous partons », reprit-il cette fois sans appel.

Cécile rentra sous l'escalier, pour aider l'enfant à boucler son balluchon pendant que Guillaume comptait huit sols pour l'aubergiste. Celui-ci les avait abandonnés au profit d'un couple qui descendait l'escalier.

« Le signor désire ? demanda-t-il avec force courbettes.

— La paix », répondit sèchement l'homme à l'aubergiste, qui, douché, fit deux pas en arrière.

L'homme de dos avait, pensa Guillaume, quelque chose de vaguement familier. Grand et carré, tout habillé de noir, il portait au côté une épée de prix, sans doute trempée à Tolède, comme on n'en voit qu'aux officiers ou aux... mercenaires. La femme n'était autre que Claude de Vin des Œillets, la suivante de la marquise. Instinctivement, Guillaume se plaqua contre l'escalier.

« Je reviendrai avec des ordres, disait cette dernière. Ne quittez pas l'auberge.

— J'attendrai », répondit laconiquement l'homme avec un léger accent italien.

Elle sortit en rabattant son capuchon sur ses yeux. L'homme, quant à lui, remonta aussitôt l'escalier. Guillaume ne put qu'entrevoir son visage, mais il le reconnut sans peine.

« Seigneur, cette soupente est pleine de vermine, râla Cécile en époussetant sa robe. Dès demain, je t'emmène chez l'épouilleuse !

— Taisez-vous et sortez vite », ordonna Guillaume, un doigt sur la bouche.

Cécile ne chercha heureusement pas à discuter, elle prit aussitôt l'enfant par l'épaule tandis que Guillaume se chargeait du balluchon. Il lança au passage la monnaie à l'aubergiste et sortit sans attendre, entraînant Cécile par le bras. Malheureusement, la suivante s'était évaporée.

« Qu'y a-t-il, monsieur Guillaume ?

— Rien de bon, je le crains. Des Œillets sort d'ici... Dis-moi, Rémi, qui est le grand homme tout en noir qui loge ici ? demanda Guillaume en se penchant vers l'enfant.

— Avec une épée de maréchal ? C'est le signor Benvenuti. Y dit qu'il est marchand à Florence, mais ça m'étonnerait, pa'ce qu'y parle jamais aux aut' marchands. »

Comme chaque fois que l'on parlait d'homme en noir, Cécile frissonna.

« Qui vient le voir ? demanda encore Guillaume.

— Il est souvent avec un rouquin... Tabarin ! se rappela Rémi après quelques secondes. C'ui-là aussi, l'est marchand comme moi j'suis archevêque ! L'a une de ces paires de pistolets dans son bagage, j'vous raconte pas !

— Et tu l'as déjà vu avec une belle dame ?

— Oui. Belle, belle comme la Sainte Vierge des églises ! Elle vient, elle cause et elle repart en chaise ou à pied.

— Tu l'as déjà entendue lui parler ?

— Ben, hier elle sortait de la chambre du signor quand j'lui portais d'l'eau. Elle disait qu'elle convaincrait sa maîtresse, que dans quelques jours on serait fixé...

— Convaincrait ? répéta Guillaume. Se peut-il qu'elle travaille pour son compte ?

— Elle a bien dit "convaincrait", confirma l'enfant.

— Pourquoi pas, après tout, réfléchit tout haut Guillaume. La marquise est désespérée, le pouvoir et le roi lui échappent. Mlle des Œillets en profite peut-être pour la manipuler... »

Cécile secoua la tête, convaincue du contraire :

« Je sais par les servantes qu'elle est toute dévouée à la marquise. C'est elle qui participait aux messes noires de la Voisin pour sa maîtresse. Encore elle qui achetait les philtres qu'on faisait boire au roi...

— Mais qui te dit qu'elle n'en a pas donné l'idée à la marquise ? Si sa maîtresse est disgraciée, elle perd sa place à la cour !

— Non... Elle vit la moitié du temps à Paris depuis l'affaire des Poisons... De toute façon, laquelle est la plus coupable, celle qui a les idées, celle qui donne les ordres ou celle qui les exécute ? »

Depuis son arrivée à la cour, elle ne voyait que bassesses. Ces nobles, si fiers de leur naissance, étaient prêts à tout pour une miette de pouvoir. Un courtisan en disgrâce, et c'était une meute à la curée pour avoir sa charge vacante...

« Rentrons, dit Cécile en se mettant en marche avec un Rémi qui bâillait à s'en décrocher la mâchoire. Je dois voir Mendoza et il faut installer votre nouveau valet. »

Après plusieurs minutes de marche, Cécile rompit le silence :

« Cet homme en noir, comment est-il ? » osa-t-elle enfin demander, le regard au sol.

Elle était sûre de connaître la réponse. Elle retint son souffle tandis qu'une sueur glacée lui coulait entre les épaules, comme après chaque cauchemar.

« Il ressemblait au tien. En fait, c'était le tien », admit enfin Guillaume en lui prenant la main.

Louis XIV était satisfait, *Persée* était conforme à ses goûts. Il complimenta donc le compositeur, puis s'en fut vers le château, suivi par ses courtisans qui étaient bien aise de se dégourdir les jambes après quatre heures cloués sur une chaise ou, pire, debout.

Comme le roi avait apprécié l'œuvre, les courtisans, à l'unisson, crièrent au génie, vantant le talent des artistes.

Seuls quelques indélicats osèrent penser tout bas

que cela était bien long et pompeux, en un mot barbant. Mais il eût été inconvenant de contrarier le roi.

Par chance, la pluie et le vent avaient cessé. On regagna le château sous les étoiles, encadré par les porteurs de torches, tandis que les dames qui cheminaient en chaise accordaient déjà leurs danses pour le bal qui suivait le spectacle.

Héloïse, ce soir-là, fit sensation. Outre sa belle fontange, elle arborait une robe neuve du plus beau vert, rebrodée d'argent, qui ne venait certes pas de chez le fripier. Jouant de son éventail de dentelle avec grâce, elle allait de groupe en groupe, échangeant comme il se doit potins et compliments.

« Dites donc, l'espionnage, cela rapporte, souffla Silvère à Pauline.

— Cette fille vendrait sa grand-mère pour de l'argent ! persifla Élisabeth.

— En tout cas, si Cécile a des ennuis par sa faute, je m'en vais lui apprendre les bonnes manières, moi », conclut sèchement Pauline.

Dès ce soir, elle mettrait son amie en garde. La réaction de Mendoza avait été trop étrange pour ne pas être prise au sérieux. Que devait-on penser chez la marquise ? Un, la reine croit connaître une fille du peuple. Deux, voilà que la fille soigne Mendoza à la place du grand Fagon. Trois, Mendoza lui donne du « doña » et croit reconnaître sa médaille...

Que de coïncidences, diront les sceptiques ! Déjà le

bruit courait que la reine s'était entichée d'une belle diseuse de bonne aventure qui vendait des philtres. D'autres juraient que la fille parlait si bien espagnol qu'elle ne pouvait être qu'un émissaire secret de la cour d'Espagne...

« Oh ! quelle chance, voilà notre bon ami Lourmel ! dit en raillant Élisabeth. Croyez-vous qu'il ait gagné son beau justaucorps tout neuf à la loterie ?

— Nenni, répondit Silvère, il a raflé dix mille livres au billard au duc de La Rochefoucauld, j'y étais. Il a dû en donner quelques miettes à son tailleur...

— Oh ! quelle chance, voilà notre bon ami Thomas ! fit Hildie en imitant le ton d'Élisabeth, tandis que cette dernière prenait sa tête des mauvais jours.

— Si ce mufle m'approche... commença Élisabeth en lui tournant carrément le dos.

— Il approche..., constata Hildie.

— ... S'il ose me parler...

— Il va le faire », poursuivit Silvère en roulant comiquement des yeux.

Élisabeth, rouge pivoine, ouvrit son éventail pour cacher son visage. Elle jeta un bref coup d'œil par-dessus son épaule et ne put que constater que Thomas était là, un pas derrière elle.

Celui-ci, mal à l'aise, déglutit péniblement avant de se lancer :

« Voulez-vous danser, mademoiselle ?

— Certainement pas, fit Élisabeth avec un calme qu'elle était loin de ressentir.

— Et pourquoi donc, je vous prie ? insista Thomas.

— Parce que.

— Voilà qui est original, commenta Silvère alors qu'Élisabeth le clouait d'un regard assassin.

— M. des Réaux vient de m'inviter, répliqua Élisabeth en mettant Silvère au défi de la contredire.

— Bon, d'accord, fit ce dernier. Mais à la prochaine danse, que lui donnerez-vous comme excuse ?

— Aucune, monsieur. Je ne danse pas avec les malappris.

— Logique féminine », souffla Silvère à son ami en passant avec Élisabeth à son bras.

Le pauvre Thomas avait un air de désespoir, que Pauline trouva touchant.

« Et si elle me préférait Silvère ?

— Ah ! çà, ton père en aurait une attaque, tenta de plaisanter Pauline.

— Seigneur ! se lamenta Thomas. Si elle apprend que mon père veut que je l'épouse, je suis fichu.

— Elle croira sûrement que vous vous intéressez à elle à cause de sa dot, approuva Hildie compatissante.

— De toute façon, tu n'as rien à craindre de Silvère, le consola Pauline. Il ne chasse pas ce genre de gibier ! »

Thomas mit un moment à réaliser :

« Il continue à laisser croire cela ?

— Quoi donc ? demandèrent en chœur les deux jeunes filles.

— Il a eu une fâcheuse affaire, en Hollande, expliqua Thomas. Une des filles de nos hôtes entendait le traîner contre son gré à l'autel. Pour lui échapper, il a dû quitter l'ambassade et rentrer précipitamment à la cour.

— Et ensuite ? demanda Pauline.

— Il y a trois mois, Mlle de Laval a essayé de lui mettre le grappin dessus mais il l'a repoussée. Pour se venger, elle a raconté partout qu'il avait des goûts italiens, afin de le déconsidérer. En fait, il m'a écrit que cela l'arrangeait, car ainsi il échappe aux marieuses en tout genre.

— J'en connais plus d'une qui apprécierait la nouvelle, pouffa Pauline en regardant Héloïse. Que Silvère ne s'inquiète pas, son secret sera bien gardé... »

Mendoza reposait. Cécile était sûre qu'elle était en bonne voie de guérison, n'en déplaise à l'illustre Fagon !

« Je retirerai ma médaille dès ce soir, dit Cécile à Pauline. Le passé semble me sauter tout à coup au visage, poursuivit-elle avec lassitude. D'abord mes cauchemars qui sont de plus en plus violents, et puis Mendoza qui semble me reconnaître. Ce soir, l'homme en noir réapparaît ! »

À côté, dans la chambre d'apparat, la reine quittait

avec satisfaction sa lourde robe de velours noir rebrodée d'or et de pierreries. Après l'opéra, le bal et le repas de minuit, le « médianoche », elle était rompue, les pieds en marmelade. Et elle n'avait qu'une hâte : retrouver sa Mendoza.

« Cette robe, c'est oune vraie armoure », soupira Marie-Thérèse encore sanglée dans son corset à baleines que délaçait Mme d'Arpajon.

La marquise pinça les lèvres avec mépris devant cette petite nature, incapable de supporter une robe à traîne de soixante livres huit heures durant. Ah ! çà, pensa-t-elle méchamment, si elle était reine, elle ne se plaindrait pas, elle.

« La chemise de Sa Majesté ! » ordonna la surintendante.

Héloïse s'exécuta aussitôt en apportant une merveille de finesse qui avait dû coûter ses yeux à plus d'une ouvrière dentellière.

« La coiffe de nuit, mademoiselle de Saint-Béryl ! Saint-Béryl ? Où est-elle donc ? appela la marquise.

— Avé Mendoza, fit la reine en bâillant.

— C'est moi qui dirige votre maison, Votre Majesté, s'écria la marquise. Si je lui dis de venir ici, elle doit obéir !

— Pét-être, ma c'est moi la reine, répliqua Marie-Thérèse. Alors elle reste avé Mendoza. »

La marquise se sentit bouillir, respira un bon coup et reprit le cérémonial :

« La coiffe, mademoiselle de Coucy.

— Ah ! pétite, vous étiez très bien au ballet, la complimenta Marie-Thérèse, pendant qu'Élisabeth ajustait son bonnet de nuit.

— Merci, Votre Majesté.

— Et ma pétite Pauline, qué grâce ! continua la reine en observant la réaction de la surintendante. Lé roi m'a dit : "Mlle dé Saint-Béryl est divine en bergère, ié la férai peindre par Mignard." »

Elle se mit au lit, puis regarda la marquise s'approcher pour en fermer les rideaux, blême de rage. Les dames dans son dos pouffaient sans retenue, ravies de voir la reine lui clouer enfin le bec.

« Ça né va pas, Athénaïs ? » demanda hypocritement Marie-Thérèse en croisant ses mains potelées sur les draps.

La marquise ne répondit pas, mais frappa dans ses mains pour signifier aux dames de sortir afin de laisser la reine dormir. Pourtant, une fois seules, la marquise ne put s'empêcher de répliquer :

« Ne jouez pas à ce jeu, Votre Majesté, vous n'y êtes pas de force ! »

Sans même la regarder, la reine se releva pour aller au chevet de sa femme de chambre.

« Sans doute, répondit-elle en cherchant ses pantoufles, mais ié n'ai plous peur dé vous. C'est moi la reine, vous, vous n'êtes plous rien.

— Pour l'instant, Votre Majesté, mais le roi m'aime

toujours, j'en suis sûre. D'ailleurs, le roi me revient toujours, vous le savez bien ! »

Il n'y avait plus, dans la pénombre de la chambre, ni reine, ni marquise, seulement deux femmes rongées de jalousie qui se retrouvaient face à face après des années de rancœur.

Pauline et Cécile, alertées par les éclats de voix, se rapprochèrent de la porte, prêtes à intervenir au moindre appel.

« C'est faux, il né vous aime plous ! s'écria Marie-Thérèse, des sanglots dans la voix. Grâce à cette bonne Mme dé Mainténon, lé roi m'est révénou. Plous tard, mon fils lé Dauphin régnera et, si Dieu veut, ié resterai la reine-mère. Vous, vous n'avez que des bâtards... et vos yeux pour pleurer ! »

C'est vrai que Mme de Maintenon poussait le roi vers la reine. La marquise, à son grand dépit, ne pouvait que le constater, jour après jour. Cela fit encore monter d'un cran sa fureur. Elle attaqua alors avec le seul argument qui lui restait :

« Si le roi le voulait, mes bâtards pourraient régner aussi, et...

— Saleté ! Si vous touchez à mon fils... ou à mon pétit-fils qui va naître...! »

Les deux femmes, hors d'elles, se mesurèrent du regard.

« Priez pour qu'il vive longtemps, Votre Majesté, s'écria la marquise, à qui la colère faisait perdre toute mesure. Les bébés sont si fragiles ! Vous le savez mieux que personne, vous qui avez vu mourir cinq de vos six enfants. »

La reine, au souvenir de ses enfants morts se mit à pleurer, tandis que la marquise, contente d'avoir frappé au point sensible, sortait en claquant la porte. Pauline et Cécile se précipitèrent aussitôt.

« Vous l'avez entendue ! sanglota Marie-Thérèse en espagnol. Cette garce m'a déjà pris mon mari et j'ai eu le malheur de perdre cinq enfants ! Et maintenant, elle attend la mort du seul qui me reste pour que ses bâtards puissent régner !

— Calmez-vous, Majesté, supplia Pauline, vous allez alerter les chambrières !

— Vous avez raison, dé la dignité, se reprit Marie-Thérèse en français, oune reine né pleure pas. Co-comment va Mendoza ? demanda-t-elle avec un pauvre sourire en hoquetant.

— Mieux, Votre Majesté, elle demande même à vous voir. »

Pauline s'empressa de tendre à la reine son négligé de dentelle puis, bougeoir en main, elle la précéda jusqu'au lit de Mendoza, Cécile fermant la marche.

Le regard de Marie-Thérèse tomba sur le superbe tableau représentant le repas de Cléopâtre, à peine éclairé, qui ornait le mur. Elle observa les fruits sur la toile et ne put s'empêcher de soupirer amèrement en espagnol :

« Autrefois, Claude de France, l'épouse de François Ier a donné son nom à une prune, la reine-claude. Comme elle, je n'ai eu que du malheur dans ma vie, mais moi je resterai sans doute associée à la poire : la marie-thérèse, reine des poires... »

Les courtisans, à l'autre bout du château, sortaient à reculons de la chambre de Louis XIV, Daquin le dernier, pendant que Bontemps tirait les rideaux du lit et mouchait enfin la dernière bougie. La porte ne s'était pas refermée que le roi se relevait et passait sa robe de chambre.

« Ce simulacre de coucher est une perte de temps, râla Louis XIV. Alors que nous avons tant de travail ! »

Bontemps ralluma les bougies, puis sortit les dossiers sur lesquels le roi travaillait.

« Malheureusement l'étiquette est nécessaire, reprit le roi. Tant que les courtisans se battront pour tenir mon bougeoir ou pour me tendre ma chemise, ils ne penseront pas à conspirer... Seigneur, il est deux heures passées, commençons, Bontemps », demanda Louis XIV en lui montrant un siège.

Le gros Bontemps se cala comme il put sur le petit tabouret, puis sortit ses notes de son porte-documents en cuir.

« La marquise nous envoie encore ses factures, commença le valet en ajustant ses lorgnons. Cinquante mille livres pour son château de Clagny, vingt-cinq mille de bijoutier, vingt mille livres pour l'appartement des bains... Ses deux ours savants y ont saccagé les boiseries...

— Payez, fit le roi. Mais faites-lui bien comprendre que cela ne durera pas. Ensuite ?

— M. de Chalonseau s'est battu en duel avec M. de Robincourt. Le premier voulait la place assise du second à l'opéra, fit Bontemps en hochant la tête d'un air navré.

— Envoyez-les un mois ou deux à la Bastille réfléchir aux lois sur le duel !

— Mme de Chastignac, qui est protestante récemment convertie, ne s'est pas présentée à la messe...

— Si elle récidive, faites-la enfermer au couvent, pour affermir sa foi. Je ne tolérerai pas que l'on bafoue la religion dans ma maison.

— Mme de Morasse souhaite racheter la charge de dame d'atour de Mme de Nouville, qui veut se retirer sur ses terres.

— Non. Morasse est une intrigante et j'ai toute confiance en Nouville. Elle reste. À ce propos, Bontemps, vous ferez dire à Mme de Saint-Ange d'être discrète avec ses amants, toute la cour jase sur les cornes de son mari. Sinon, elle devra se contenter d'aguicher les hobereaux de son fief de Normandie.

— Vous avez raison, Sire, elle doit acheter ses

rubans en gros, car tous les hommes valides de la cour portent ses couleurs ! »

Louis XIV se mit à rire, en se rappelant que, lui aussi, en possédait un bout, de ce fameux ruban...

« Et puis il y a cette affaire qui concerne la reine, reprit Bontemps. Elle aurait fait mander une guérisseuse pour soigner sa Mendoza.

— Je l'ai vue, en effet. Elle ne m'a pas l'air d'une mauvaise fille.

— Elle travaille au château depuis un mois, sous couvert d'un emploi de servante chez Mlle de Saint-Béryl. Elle est très appréciée des petites gens. Mais ce qui est étonnant, c'est qu'elle parle l'espagnol le plus pur, et que la Mendoza la connaîtrait.

— Une espionne ? fit le roi, sceptique.

— Je ne sais, Sire, mais en tout cas, elle a guéri Mendoza, que Fagon disait perdue.

— Dommage, nous en aurions été enfin débarrassé ! » fit Louis XIV, pince-sans-rire.

Bontemps, qui connaissait l'antipathie de Mendoza pour le roi, ne put s'empêcher de sourire en coin.

« Faites surveiller cette fille, reprit plus sérieusement Louis XIV. Je veux tout savoir sur elle. Et si vous croyez qu'elle va entraîner la reine dans une affaire louche, n'hésitez pas à intervenir. La reine doit rester irréprochable. Ensuite ?

— C'est tout, Votre Majesté, dit Bontemps en rassemblant ses papiers.

— Faites chercher Louvois, reprit Louis XIV en signant les lettres préparées par Roze, son secrétaire. Je veux que l'on en finisse au plus tôt avec les huguenots ! »

14

Mardi 4 août 1682

« Vous allez être en retard à la comédie », déclara Cécile en bouclant sa sacoche.

Ses deux amies, affalées sur leur lit en chemise et jambes nues, s'étaient autorisé un moment de détente, après une journée caniculaire passée dans une ambiance épaisse à couper au couteau.

Hildie ne quittait presque plus le chevet de la Dauphine qui allait accoucher d'un jour à l'autre. Afin qu'elle repose en paix, le roi avait exigé que l'on filtre les entrées. Aussi se battait-on bruyamment dans son antichambre à coups de titres, de quartiers de noblesse et d'arbres généalogiques pour avoir le privilège d'apercevoir quelques secondes la future mère. Car il fallait être au mieux avec la jeune femme, qui était au mieux avec son beau-père le roi.

La pauvre Dauphine supportait ce remue-ménage avec un calme digne d'éloges, pendant que ses demoiselles essayaient de refouler les importuns.

Pour Pauline, les derniers jours n'avaient pas été meilleurs. La reine et la marquise se battaient froid devant les dames éberluées par tant d'animosité. L'une insinuait que la reine bouleversait le protocole pour une vulgaire femme de chambre ; l'autre s'empiffrait de chocolat en marmonnant des insultes en espagnol. Personne, fort heureusement, n'avait eu vent de leur dispute, aussi supposait-on que Pauline était cause de la discorde.

« Écoutez ça, dit Hildie en brandissant la gazette : "Le roi fit donner aux Grandes Écuries *Persée,* opéra-ballet de Lulli, devant sa cour et sa noblesse. Mme la princesse de Conti, en Flore, y fit merveille, mais l'on y remarqua, par sa grâce et sa beauté, la nouvelle demoiselle de la reine, Mlle de Saint-Béryl..."

— Pitié, s'écria Pauline avec de grands gestes. Ne me jetez plus de fleurs !

— Comédienne ! pouffa Cécile en arrangeant sa coiffure du bout des doigts. Quelqu'un a vu ma médaille ? J'étais sûre de l'avoir mise là avant-hier ! »

Elle vida sa boîte à rubans, les sourcils froncés.

« C'est à devenir folle, souffla-t-elle entre rire et grimace. Toute la journée, j'ai eu l'impression que l'on m'observait, et maintenant mes affaires qui disparaissent ! Non, elle n'y est pas.

— On t'observe ? Il fallait nous prévenir ! fit Pauline, toute hilarité envolée.

— Pour quoi faire ? C'est de toi que la marquise est jalouse, pas de moi.

— Mais c'est à toi que l'on vole les médailles ! insista Pauline.

— Cette médaille n'a rien d'intéressant.

— Elle n'a apparemment rien d'intéressant, rectifia Pauline. Mendoza disait qu'elle venait du roi d'Espagne.

— Mendoza raconte n'importe quoi ! Surtout quand elle mange des sardines vieilles de huit jours ! » rétorqua Cécile en sortant pour mettre fin à la discussion.

Jamais, pensa-t-elle, elle n'avouerait à son amie la peur incontrôlable qu'elle ressentait depuis qu'elle savait l'homme en noir de retour. D'ailleurs, Pauline avait déjà bien assez de ses problèmes, sans qu'elle y rajoute les siens. Elle se composa un sourire et poursuivit crânement :

« Ne m'attendez pas ce soir, je traîne Rémi chez l'épouilleuse et j'ai plein de malades à voir... »

« Ma cassette ! » hurlait Harpagon en faisant de grands moulinets avec ses bras, provoquant les rires de l'assistance.

Cécile, qui passait près du parterre du nord où l'on donnait ce soir la comédie, se dit que dans cent ans *L'Avare* de Molière ferait encore recette.

La nuit était tombée, une nuit calme et sereine d'été, qui embaumait la rose et le jasmin. Accoudée à la balustrade de pierre, en haut des escaliers, elle s'offrit cinq minutes de pause pour voir les comédiens jouer la pantomime.

Cécile riait aux éclats, lorsqu'elle entendit les graviers crisser derrière elle. Elle se retourna vivement en sursautant. À quelques pas se tenait un vieux garde suisse, attiré comme elle par les cris de désespoir de l'avare volé. Le cœur battant à tout rompre, elle passa devant lui en le saluant, puis poursuivit sa route vers le château où Mendoza l'attendait.

Elle avait choisi de voir la femme de chambre en dernier, car à cette heure tardive les appartements de la reine étaient vides, ce qui lui permettait de faire son travail sans susciter la curiosité des courtisans.

À cette heure-ci, pensa-t-elle, M. Guillaume serait de repos. Depuis leur visite au *Coq d'or,* il affichait envers elle des mines de protecteur qui l'agaçaient au plus haut point. Ne lui avait-il pas demandé d'abandonner ses visites, sous prétexte que cela pouvait être dangereux ?

« Cécile ! » l'appela Guillaume, lorsqu'elle entra dans la salle des gardes.

Pas de chance, il était là. Elle fit semblant de ne pas entendre et poursuivit son chemin vers l'antichambre.

« Où étais-tu ? Je me suis fait un sang d'encre ! dit-il en l'arrêtant par le bras.

— Monsieur Guillaume, expliqua-t-elle patiemment en se dégageant, je dois gagner ma vie, comprenez-le enfin ! »

Elle franchit la porte sans attendre sa réponse. Mais au lieu de continuer sa garde, Guillaume pénétra à sa suite dans les appartements de la reine.

Ennuyée à l'idée d'une nouvelle discussion, elle obliqua vers les cabinets particuliers, puis s'enfila à l'aveuglette dans la garde-robe. L'entrée leur en était interdite à tous deux, mais qu'importe pensa-t-elle, avec un peu de chance, il ne l'y suivrait pas.

« Raté », soupira Cécile en se mordant les lèvres. Il devait avoir des yeux de chat, pour la voir dans le noir !

« Il faut que je te parle. Pauline m'a dit pour ta médaille.

— Monsieur Guillaume, vous n'avez rien à faire ici !

— Je sais. Mais j'ai le droit de m'inquiéter, tout de même. Je serais plus tranquille, si je pouvais t'accompagner dans tes tournées.

— Je n'ai pas besoin d'aide, monsieur Guillaume, Pauline se fait des idées.

— N'y va plus seule. Rémi t'accompagnera, insista Guillaume.

— En voilà un vrai garde du corps ! »

Elle ne put s'empêcher de rire en repensant au gamin qui avait appelé sa mère, pendant que l'épouilleuse le coinçait entre ses genoux pour lui ôter ses poux.

« Je ne plaisante pas ! » dit-il en la secouant par les épaules.

Elle allait répondre lorsqu'un bruit de porte les interrompit. Ils se turent, l'oreille aux aguets dans l'obscurité. Les bruits de pas approchaient. Guillaume empoigna Cécile et l'entraîna sans attendre dans une encoignure de fenêtre aux rideaux fermés, suffisamment profonde pour les cacher tous les deux.

La porte s'ouvrit sur un bruissement de soie et la faible clarté d'une bougie transparut derrière le rideau.

« Ici, nous serons tranquilles, disait la voix de la marquise. Mes appartements sont surveillés en permanence, Bontemps y a mis des mouchards.

— Faisons vite, madame, fit Mlle des Œillets, je crains que l'on vous cherche. »

La marquise prit tout le même le temps de s'asseoir.

« Alors, votre homme est-il sûr ?

— Oui, madame. Moyennant finance, cela va de

soi. Il a une réputation excellente. Benvenuti demande vingt mille livres pour lui et son complice. Il ira lui-même chercher le poison, et l'autre l'administrera. »

Claude posa sa bougie sur le rebord de la cheminée et les deux jeunes gens l'entendirent déplier un papier.

« Il faudra donner dix mille autres livres à la Leroux pour ses bons offices, reprit-elle. Elle est efficace, vous pouvez m'en croire. J'ai là son adresse...

— Il faudra être sûr qu'elle se taise après, ordonna anxieusement la marquise.

— J'y veillerai, madame. »

Cécile, derrière le rideau, frémit au nom de Leroux. Instinctivement, elle se serra contre son compagnon. Celui-ci, la sentant paniquer, lui mit un bras autour des épaules. Tous deux étaient conscients de s'être fourrés dans un sacré pétrin. Tandis qu'ils retenaient leur souffle, la marquise poursuivait d'une voix mal assurée en se levant :

« Je ne peux m'empêcher de penser que nous nous attaquons à un bébé sans défense. Comment suis-je donc tombée si bas ?

— Vous ne pouvez plus reculer, madame, répliqua Claude d'un air doucereux. Le roi ne vous reviendra peut-être pas cette fois-ci, et votre avenir et celui de vos enfants est en jeu... »

La marquise ne répondit pas, mais arpenta nerveusement la pièce de long en large. Le pouvoir, l'argent et la jalousie lui faisaient faire de bien terribles choses !

« Madame, reprit Claude plus persuasive encore, n'ayez aucune crainte, ce petit enfant est vierge de tout péché, il ira tout droit en paradis !

— Intriguer est une chose, assassiner en est une autre !

— Voulez-vous donc voir triompher la reine et Mme de Maintenon auprès du roi ? répliqua Claude. Voulez-vous finir votre vie au couvent, comme Mlle de La Vallière ou Mme de Ludres ? »

La marquise sembla s'agiter nerveusement, Claude des Œillets ajouta :

« Votre fils, le petit duc du Maine, est le préféré du roi... Ne comprenez-vous pas que c'est là votre seule chance ? De toute façon, nous ne passerons à l'acte que si l'enfant de la Dauphine est un mâle... »

Cécile ferma les yeux, au bord de la nausée. Elle essaya de s'arrêter de trembler, tandis que Guillaume la pressait contre lui pour tenter de la calmer. Qu'on les découvre, et il ne donnait pas cher de leur peau.

« Faites au mieux, dit enfin la marquise, vaincue, en soupirant.

— Et pour cette jeune Saint-Béryl qui vous gêne tant, demanda la suivante, voulez-vous que Leroux fasse d'une pierre deux coups ? »

Guillaume sentit une sueur froide lui glisser au long de l'échine, alors qu'à quelques pas les deux femmes décidaient de la vie ou la mort de sa sœur.

« Non, reprit la marquise, j'ai encore des cartes dans

ma manche. Je vais lui racheter sa charge à un prix si intéressant qu'elle ne pourra refuser !

— Elle n'est pas cupide, cela ne marchera pas...

— Alors je la marierai à un duc ou un comte. Cette fille de rien ne pourra pas refuser un tel honneur. Du reste, j'ai déjà écrit à sa mère pour avoir son accord...

— Vous avez raison, fit Claude en riant, mieux vaut des noces que des funérailles. Avez-vous eu les renseignements sur la guérisseuse ? » demanda encore Claude en reprenant la bougie pour sortir.

« Seigneur, qu'elles se taisent », pensa Guillaume en sentant la respiration de Cécile s'emballer sous ses doigts.

« Elle n'est pas qu'une simple guérisseuse, de cela nous sommes sûres, commenta la marquise. J'ai fait fouiller sa chambre à la recherche de la fameuse médaille, hélas ! en vain. Sa famille n'a pas été très loquace, mais nous savons qu'elle a été adoptée et qu'elle se dit amnésique.

— C'est bien commode, l'amnésie, quand on a des choses à cacher ! railla Claude des Œillets sur le pas de la porte. Voulez-vous que l'on vous en débarrasse ? »

Cécile laissa échapper un gémissement, Guillaume tenta de la bâillonner de sa main, mais trop tard.

« Qui va là ? » s'écria Claude des Œillets en scrutant l'obscurité.

Derrière le rideau, les deux jeunes gens se tassèrent l'un contre l'autre.

« Sortez ou j'appelle la garde », continua la suivante en avançant d'un pas ferme.

Guillaume, réfléchissant à toute vitesse, décida que perdus pour perdus il fallait tenter une sortie.

« Cours », cria-t-il à Cécile en la tirant par le bras de derrière le rideau.

Il bouscula au passage la suivante qui tomba sous le choc, éteignant du même coup la bougie. Dans le noir le plus complet, la marquise se mit à hurler : « À la garde ! À la garde ! »

« Suivez-moi », fit Cécile en ouvrant à tâtons une porte de service dissimulée dans les boiseries, puis en grimpant le petit escalier menant aux combles.

Ils coururent à perdre haleine dans le labyrinthe de couloirs étroits réservés aux domestiques, puis Cécile s'arrêta un instant, désorientée, avant de pousser une porte sous laquelle filtrait de la lumière.

Une jeune lingère était là, qui, sous la surprise, lâcha son ouvrage et manqua renverser sa bougie.

« Marguerite, cache-nous, par pitié ! » s'écria Cécile.

La fille, bouche bée, mit une seconde à réagir, puis entendant des bruits de bottes dans le couloir, elle leur montra du doigt le réduit où s'entassait le linge à raccommoder.

La lingère fila ensuite sur le pas de porte, au-devant de leurs poursuivants.

« C'est pourquoi donc, tout ce tintouin ? demanda-t-elle en bâillant.

— Vous n'avez vu personne ? lui demanda l'un des gardes portant haut une torche.

— Personne, monsieur, mais j'ai entendu des pas par là, y'a pas une minute », déclara Marguerite avec aplomb en leur montrant le bout du couloir.

Elle lui offrit en prime un sourire si ravageur, que le jeune garde faillit en tomber à la renverse, puis elle rentra dans la lingerie en refermant doucement la porte sur elle. Les bruits de pas s'éloignèrent en un instant.

« Cécile, qu'as-tu donc fait ? Non, je ne veux pas savoir, poursuivit-elle. Filez, avant de vous faire prendre. »

Elle les conduisit trois portes plus loin à un escalier en colimaçon qui les mena tout droit vers l'extérieur.

« Il faut quitter le château au plus vite ou nous sommes fichus. Peux-tu courir jusqu'aux écuries ? demanda Guillaume.

— Jusqu'en enfer, pour partir d'ici », répondit Cécile d'une voix chevrotante.

La cour était heureusement mal éclairée et les nombreux échafaudages leur fournissaient des abris de fortune. Ils firent les derniers cent pas sur la place d'armes à découvert en courant jusqu'aux portes des écuries.

« Suis-moi ! dit Guillaume en reprenant son souffle. Il n'y a qu'à Paris que nous serons en sécurité ! »

Il la conduisit dans le dédale des stalles, à la recherche de sa jument, et poursuivit amèrement :

« Dire que nous fuyons comme des voleurs, alors que nous n'avons rien fait !

— Notre parole ne vaudra rien contre celle de la marquise. Et il faut prévenir Pauline, elle aussi est en danger, répondit Cécile.

— Viens, Rémi lui portera un message. »

Il secoua le gamin qui dormait dans la stalle, faute de place dans les dortoirs, puis caressa sa jument en soupirant : sa vieille complice ne pourrait pas les mener bien loin...

« Rémi, trouve-nous deux chevaux frais, ordonna-t-il. Et ne traîne pas ! »

L'enfant ramena sans tarder deux bêtes de race que Guillaume commença à seller aussitôt. Il ne préféra pas savoir comment Rémi s'était procuré de si belles bêtes, mais ne put que se féliciter de la débrouillardise de son valet.

« Tu vas faire une commission à ma sœur, lui dit-il en sanglant la seconde monture. Tu connais ma sœur Pauline ?

— Au château, tout le monde connaît vot' sœur,

monsieur ! » répliqua Rémi, comme si c'était une évidence.

Guillaume en aurait ri, si la situation n'était si grave.

« En ce moment elle est à la comédie. Tu iras la voir à la fin du spectacle et tu lui diras que la marquise veut faire du mal au bébé de la Dauphine si c'est un garçon. Qu'elle prévienne la reine ! Nous sommes obligés de fuir à Paris... »

Cécile poursuivit :

« Tu lui diras aussi que nous allons chez la Duchesse à confesse, elle comprendra. Dis-lui bien de faire attention à elle. »

Les chevaux étaient prêts, Guillaume se tourna vers Cécile :

« Désolé, nous n'avons pas de selle d'amazone. Tu sais monter au moins ? » s'inquiéta-t-il un peu tard.

Elle siffla entre ses dents, puis regarda l'étrier, comme pour en comprendre le mode d'emploi.

« Nous allons bientôt le savoir, finit-elle par avouer.

— Comme pour le clavecin ? »

Elle ne prit pas la peine de répondre, mit son pied sur l'étrier en s'agrippant au pommeau de la selle et se propulsa à califourchon, gênée par ses jupes.

« Je sais », dit-elle sans plus d'explication en partant au pas jusqu'à l'entrée.

Après avoir fait de nouvelles recommandations à Rémi, ils partirent au petit trot pour ne pas éveiller l'attention du garde.

Cécile avait raison, elle savait monter, et très bien même, constata Guillaume en souriant. Comme pour le clavecin. Cécile l'étonnerait toujours !

Il leur faudrait trouver un abri pour la nuit, songea-t-il, le clair de lune leur permettait de progresser sans peine, mais sa compagne, en jupes et chaussures de ville, ne soutiendrait pas ce rythme longtemps.

Sans compter que la marquise avait de nombreux appuis dans la police et dans la maréchaussée. Arriveraient-ils seulement jusqu'à Paris ?

À l'entrée du petit village d'Auteuil, ils trouvèrent une auberge à l'écart du chemin et décidèrent de s'y arrêter pour la nuit. Le lendemain matin, ils profiteraient de la cohue des maraîchers se rendant aux halles pour entrer dans Paris.

Guillaume aida Cécile à descendre de sa monture. La chevauchée avait été si éprouvante qu'elle se demanda, en posant le pied à terre, si elle arriverait à marcher de nouveau.

Ensuite, ils firent rapidement le tour de leurs richesses : deux chevaux volés au roi et trois livres, douze sols, quatre deniers...

« Ça va ? lui demanda Guillaume en la voyant masser son postérieur.

— Ça va, répondit-elle sans conviction. Enlevez votre veste, monsieur Guillaume, on ne doit pas voir souvent des gardes écossais par ici ! »

Cécile avait raison. Il quitta son justaucorps et sa

perruque qu'il fourra dans les fontes de sa selle, puis prenant le bras de Cécile, il poussa la porte. La salle était vide. Seul un couple nettoyait à grande eau les quelques tables à la lueur des braises de l'âtre.

« Je suis désolé, nous ne servons plus après dix heures, c'est la loi ! s'excusa l'aubergiste en venant à leur rencontre.

— Nous voudrions une chambre, je vous prie, demanda Guillaume.

— Votre dame a l'air bien fatiguée, reprit aimablement l'aubergiste en rallumant une bougie. Vous venez de loin ?

— De Chartres, répondit Guillaume sans réfléchir.

— Ça fait une trotte, dites donc. Donnez voir vos bagages, que je les monte.

— Nous n'en avons pas... »

L'aubergiste, étonné, étudia le couple avec suspicion : elle décoiffée, lui en chemise, et consulta sa femme du regard.

« Vous n'auriez pas enlevé la petite demoiselle, par hasard ? demanda-t-il à Guillaume en fronçant les sourcils. Je ne veux pas d'ennuis avec la police, moi !

— Pitié ! supplia Cécile. Oui, nous nous sommes enfuis. Nous nous sommes mariés sans l'accord de nos parents ! »

Guillaume la regarda bouche bée, puis, prenant la balle au bond, continua :

« Donnez-nous asile pour ce soir, fit-il en regardant

la patronne qui, l'œil humide, avait déjà décidé pour son mari.

— Pauv' petits, va ! fit-elle émue. On ne peut pas les laisser sur les routes, ça ne serait pas chrétien. »

Le mari bougonna, mais sa femme revint à la charge, leur rendant l'espoir :

« T'as été jeune, mon Joseph, rappelle-toi que mon père voulait pas que tu me maries ! Ben, tu m'as mariée quand même... »

Le patron se tourna vers sa femme pour lui faire un doux sourire de connivence :

« T'as raison, ma mie, et même que je recommencerais, s'il fallait... »

Cécile et Guillaume poussèrent un soupir de soulagement, remerciant le ciel d'être tombés sur de braves gens. La patronne, avec des airs protecteurs de mère poule, les conduisit sans plus de questions dans une chambre au mobilier rustique d'une propreté rigoureuse.

Ankylosée et rompue, Cécile alla s'asseoir sur le grand lit. Guillaume, adossé à la porte, ne put s'empêcher de remarquer :

« Comment t'est venue cette idée ?

— Je n'ai aucun mérite, répondit Cécile en riant. J'ai souvent remarqué que les gens du peuple étaient sensibles aux histoires d'amours contrariées !

— Les gens du peuple, et pas les autres ?

— Non, vous les nobles, commença Cécile, vous ne

vous mariez que par raison : pour un titre, une terre ou une dot. Les gens du peuple, eux, se marient par amour.

— Et quand un noble aime une fille du peuple ? demanda Guillaume en la regardant gravement.

— C'est seulement dans les contes pour enfants que les princes épousent les bergères. Dans la vie, les princes se marient uniquement avec les princesses et les gens du peuple entre eux ! »

Guillaume soupira, une fois de plus agacé par ses jugements sur la noblesse. Il vint s'asseoir à côté d'elle, les coudes sur les genoux :

« Nous voilà dans de beaux draps ! Comment allons-nous nous en sortir ?

— Je ne vois qu'une solution : il faut retrouver la mère Leroux, déclara Cécile. D'abord, c'est elle qui a le poison, ensuite, c'est notre seul témoin pour confondre la marquise.

— Avec l'homme en noir », laissa tomber son compagnon.

Cécile frémit. S'attaquer à l'homme en noir, la clé de son passé, lui semblait impossible.

« S'il me retrouve, je ne pense pas qu'il m'épargne une seconde fois... répondit-elle lugubrement.

— Essayons de nous reposer, fit Guillaume en s'allongeant tout habillé. Demain dès l'aube, nous partirons à la recherche de la mère Leroux. Avec un peu de chance, Pauline a déjà prévenu la reine... »

15

La jeune Dauphine Marie-Anne, les mains crispées sur son gros ventre, se mit à crier de douleur. Hildie, qui rentrait de la comédie pour le coucher de sa maîtresse, accourut aussitôt.

« Vite, hurla-t-elle à la vieille Montchevreuil, Madame entre en travail ! »

La gouvernante, si austère d'habitude, s'en fut aussitôt chercher le médecin en couinant de joie.

Lorsque Daquin et Fagon arrivèrent, Julien Clément, l'accoucheur, avait déjà installé la Dauphine sur un lit de travail, entourée de nombreuses bougies.

« Cela va être long, déclara-t-il avec une grimace. Faites prévenir la famille royale. »

La reine arriva bientôt, essoufflée d'avoir couru, suivie par un troupeau de dames en folie. Car ce mardi 4 août 1682 était jour historique : le futur maître de la France allait naître, là, sous les yeux de tous. Si toutefois c'était un mâle.

Après quelques mots d'encouragement à sa belle-fille, la reine se mit aussitôt en prière sur les précieuses reliques de sainte Marguerite, patronne des accouchées, qu'elle avait fait venir tout exprès.

Le roi se présenta peu après, suivi de son fils, le Dauphin. Le bruit de la naissance imminente se répandit comme une traînée de poudre. Malgré l'heure tardive, tout ce que la cour contenait de princes et de ducs accourut aussitôt chez la Dauphine qui criait sa souffrance dans l'indifférence la plus totale. Car il fallait être bien placé pour le spectacle. Certains se mirent à prendre des paris : fille ou garçon ? D'autres regrettèrent de n'avoir pas apporté de quoi grignoter. Puis les duchesses et les princesses commencèrent à se disputer les chaises trop rares...

La pauvre Dauphine, incommodée par les violents parfums dont s'inondaient les courtisans, se trouva mal. Clément ordonna une saignée que le chirurgien du roi pratiqua aussitôt.

Les heures passant, la foule se fit moins dense dans la pièce surchauffée : l'on avait faim, l'on avait soif, l'on avait sommeil. Rendez-vous fut donc pris au lendemain.

À deux heures du matin, le roi se fit amener un lit de camp, mais il ne lâcha pas la main de sa belle-fille de la nuit, la réconfortant tandis que Marie-Thérèse et le Dauphin partaient se reposer.

« Courage, m'amie. Faites-moi un beau petit », répétait-il doucement à sa belle-fille qui gémissait.

Pauline, Élisabeth et Hildie, ainsi que bon nombre de dames du palais, rompues de fatigue, s'endormirent dans le salon contigu, couchées à même le sol sur un tapis, prêtes à intervenir au moindre appel.

Branle-bas de combat à cinq heures ! Clément annonça que le grand moment arrivait. Mais rien ne se passa. À six heures, le roi ordonna que l'on dise la messe dans la chambre et que l'on prie pour la délivrance de la Dauphine.

Enfin à sept heures, les demoiselles reprirent leur service en massant leur dos endolori et en bâillant à s'en décrocher la mâchoire. Mais malgré le protocole, on expédia le lever de Marie-Thérèse :

« Presto, criait-elle à une Athénaïs d'une pâleur inaccoutumée, qué mon pétit-fils va venir, et ié né sérai pas là ! »

Et de nouveau la colonne des dames de la reine s'ébranla dans un grand envol de jupons. En passant devant les gardes, Pauline constata avec regret que Guillaume, qu'elle n'avait pas vu la veille au soir, avait été remplacé.

« Tu sais où est Cécile ? demanda Élisabeth tout en marchant.

— Non, cela m'inquiète, elle n'est pas passée voir Mendoza, ni hier, ni ce matin. »

Au détour d'un couloir, elles croisèrent Silvère, qui semblait les attendre.

« Guillaume et votre amie se sont enfuis cette nuit, dit-il à Pauline en l'entraînant à l'écart.

— Comment ? Guillaume n'aurait jamais abandonné son poste, ni Cécile ses malades !

— Mon valet Jolibois les a vus partir à cheval. Il paraît que peu après quatre hommes sont passés aux écuries et s'en sont pris au petit Rémi, sans que Jolibois ne puisse intervenir...

— Mon Dieu, elle disait qu'elle était surveillée. Nous aurions dû la protéger ! »

Pauline cacha son visage dans ses mains, tandis que Silvère poursuivait :

« Reprenez vos fonctions, Thomas et moi allons essayer de retrouver le petit valet de votre frère. »

Il partit, laissant Pauline désemparée. Elle respira profondément pour retrouver son calme, puis s'en fut en courant reprendre sa place dans le cortège.

La patronne leur avait donné sa meilleure paillasse d'herbe fraîchement coupée, avec des oreillers qui sentaient bon les fleurs des champs. Mais ils n'avaient guère dormi, fixant le plafond les yeux grands ouverts, à ressasser sans fin leurs problèmes.

Ils étaient partis au chant du coq après avoir remercié les aubergistes. Cécile avait pensé aller d'abord chez les Saint-Béryl, mais Guillaume était persuadé que la maison serait surveillée. En effet, elle l'était. Face à l'entrée, se tenait un homme dans l'ombre d'une porte cochère. Après un regard entendu, ils firent aussitôt demi-tour au trot.

Ils passèrent ensuite le pont au Change et se dirigèrent vers le marché aux simples, bien décidés à coincer la mère Leroux.

À leur grande déception, le *Destin amoureux* était fermé, mais par chance la Duchesse avait déjà ouvert sa bicoque. Ils attachèrent leurs chevaux puis se serrèrent pour rentrer tous les deux dans le « Confessionnal. »

« Cécile ! Et M. de Saint-Béryl ? Mais oui, je vous reconnais ! s'exclama la Duchesse, ravie.

— Mère Ringot, commença Cécile, nous avons besoin de votre aide.

— Dame ! Si je le puis, pourquoi pas, déclara cette dernière en glissant son regard étonné de l'un à l'autre.

— Il semble que la mère Leroux poursuive son commerce de... poudre de succession. »

La brave femme eut un hoquet de surprise et ouvrit de grands yeux.

« J'en étais sûre, souffla-t-elle en levant un doigt

accusateur, elle se vante partout de quitter bientôt sa baraque en bois pour une boutique en dur. Elle raconte qu'elle va gagner tellement d'argent qu'elle pourra rouler carrosse !

— Elle doit vendre un poison, poursuivit Guillaume. Nous devons l'en empêcher...

— Ma foi, je ne l'ai point vue depuis huit jours ! Elle a une petite maison à la campagne avec quelques arpents de vigne à Montmartre près de l'église Saint-Pierre, elle doit y être.

— Allons-y, fit Guillaume en s'apprêtant à sortir.

— Dans cet équipage ? fit la Duchesse en montrant du menton leurs chevaux de prix, puis leurs vêtements froissés. On va vous repérer depuis le bas de la butte !

— Mère Ringot, expliqua Guillaume, c'est une question de vie ou de mort, pour nous deux et pour un enfant !

— Nous ne pouvons pas aller chez Catherine et nous n'avons pas d'argent », ajouta Cécile.

La Duchesse hocha la tête, réfléchit, puis claqua des doigts :

« Le sieur Gaillard est-il toujours de tes pratiques ? demanda-t-elle à Cécile.

— Plus depuis que j'ai quitté Paris.

— Va le voir de ma part, il vous aidera. Ses idées déplaisent aux gens d'Église, mais il est fort honnête. Vous pouvez vous confier à lui, il ne vous trahira pas. »

Cécile remercia, et entraîna Guillaume aussitôt. Le

choix était judicieux : Charles Gaillard, dit Malibourg, était un ancien comédien de la troupe de Molière. Depuis qu'il avait quitté la scène voilà trois ans, cet original, jadis débauché, ne rêvait plus que de respectabilité.

Guillaume aida Cécile à se remettre en selle. Paris se réveillait doucement. Les ménagères qui sortaient de la première messe se rendaient au marché, caquetant et potinant avec leurs voisines. Les lève-tard s'éveillaient doucement aux cris des marchands ambulants : « À l'eau », « Chauds les pâtés » ou « Pain blanc de Gonnesse ».

Les servantes, qui passaient leurs commandes depuis les étages, lançaient leur panier ou leur pot à lait attachés à une corde, puis les remontaient lentement avant d'envoyer au marchand la monnaie emballée dans un bout de papier.

Cécile et Guillaume eurent bien du mal à se frayer un chemin. Les commerçants aux boutiques trop petites n'hésitaient pas à s'installer dans la rue, encore encombrée par les voitures à bras des marchands ambulants et par les chaises et les carrosses.

« Pousse ta quincaille, fesse-mathieu ! Va au diable, voleur ! Écraseur de pauvres gens ! Dégage, pisse-vinaigre ! Alors, cul de singe, tu la vires ta couenne ! » Et tout ce beau monde s'insultait à qui mieux mieux, sous l'œil goguenard des passants.

Ils laissèrent leurs chevaux dans la minuscule cour

de l'immeuble à la garde du fils du concierge, puis montèrent le vieil escalier de bois.

Gaillard, dit Malibourg, vivait au troisième étage, dans deux pièces exiguës. Sur le palier, un jeune abbé, bréviaire en main, remerciait mielleusement le comédien, un bel homme grisonnant à l'allure distinguée, qui lui tendait une bourse. Pourtant lorsqu'ils croisèrent l'ecclésiastique qui s'en allait, celui marmonnait un « Y'a en enfer, suppôt de Satan » guère charitable.

Cécile sourit sous cape en frappant à son tour à la porte.

« Mademoiselle Drouet ? Entrez donc, proposa l'homme en s'effaçant devant eux. Je croyais que c'était ce corbeau qui revenait peser mon âme... »

Il referma la porte en soupirant.

« Vous avez toujours des problèmes avec les gens d'Église ? demanda Cécile après avoir présenté Guillaume.

— Hélas, mademoiselle ! La religion ne fait pas bon ménage avec le théâtre. Ils sont après moi comme les puces sur le dos d'un chien. J'ai beau aller chaque jour à la messe et donner pour les pauvres, on me prend toujours pour un mécréant, fit-il en riant. Ah ! la respectabilité, en voilà un beau rôle de composition pour un acteur ! Et à vrai dire, cela me ferait peine de finir enterré de nuit sans sacrements, comme le fut mon ami Molière... Mais entre nous, poursuivit-il avec un soupir exagéré, c'est si ennuyeux, la respectabilité ! »

Il invita les jeunes gens à s'asseoir sur deux lourdes chaises datant de Louis XIII.

« Trêve de balivernes, fit-il en lissant sa moustache grise. Que puis-je pour vous ? »

Cécile, sans attendre, déballa toute l'histoire.

« Vous vous êtes mis dans une sacrée panade, conclut Malibourg. Se mettre en travers des grands de ce monde est toujours dangereux.

— La marquise a des espions partout et bon nombre d'amis dans le gouvernement, renchérit Guillaume. Souvenez-vous de l'affaire des Poisons... Heureusement, ma sœur Pauline a certainement prévenu la reine.

— Votre sœur en a peut-être été empêchée. Vous ne pouvez compter que sur vous-même. De plus, le bruit court que la Dauphine accouche en ce moment, il vous faut donc coincer la Leroux avant qu'elle ne vende le poison. »

Il s'interrompit un instant pour réfléchir, les sourcils froncés, puis poursuivit :

« La Leroux a mauvaise réputation et ces hommes ne prendront pas le risque de se faire remarquer en plein jour dans un petit pays comme Montmartre. Il vous faudra donc agir avant la nuit, et dans une autre tenue », ajouta-t-il en montrant leurs vêtements.

Il se dirigea vers la pièce contiguë, farfouilla dans

un coffre et en revint avec un paquet d'habits sur les bras.

« Vous serez mieux en garçon, mademoiselle, dit-il à Cécile. Et vous, monsieur, les chemises à poignets de dentelles ne sont pas courantes à Montmartre, voici de quoi changer d'apparence.

— Bien sûr ! approuva Guillaume. Ils cherchent un couple et non pas deux jeunes garçons en goguette. »

Cécile regarda le vêtement de valet de comédie que le sieur Gaillard lui tendait et ne pût s'empêcher de dire :

« Les femmes n'ont pas le droit de se vêtir en homme en dehors du carnaval. Si je suis prise, je serai enfermée à la Salpêtrière avec les filles de mauvaise vie...

— Il faudra en prendre le risque, si nous voulons passer inaperçus », lui répliqua Guillaume.

Il avait raison, elle piqua du nez et fila aussitôt dans la pièce d'à côté pour se changer.

« Avec ce costume-ci, j'ai joué devant le roi dans *Le Malade imaginaire* », expliquait avec nostalgie le comédien en tendant à Guillaume un vieux justaucorps marron, lustré et déformé aux coudes.

Il avait l'air d'un fils d'artisan, constata gaiement Guillaume en s'habillant. Il détacha son épée qui ne cadrait pas avec son nouveau personnage, puis enleva les boucles d'argent, trop voyantes, de ses chaussures.

Cécile, en le voyant, oublierait peut-être qu'il était noble ?

Celle-ci revint bientôt, se sentant nue, avec ce pantalon coupé à mi-mollet et cette ample chemise blanche sur laquelle elle portait un gilet noir sans manches. Pour finir, elle avait caché ses cheveux dans un grand bonnet à la mode des valets italiens.

« Vous faites un charmant jeune homme, mademoiselle », fit Charles Gaillard en s'inclinant galamment.

Guillaume la détaillait aussi, ébahi par la transformation. Étonnant, se dit-il, que le pantalon aille si bien aux femmes !

« Ne me regardez pas, monsieur Guillaume, je suis ridicule, ronchonna Cécile en rougissant.

— Non, tu es très bien, répondit Guillaume avec un petit sourire que Cécile prit pour de la dérision.

— Moquez-vous ! » rétorqua la jeune fille vexée en faisant mine de retourner se changer.

Guillaume l'arrêta d'un geste.

« Il n'est plus temps de jouer les coquettes. Et je te jure que tu es ravissante. »

Le regard qu'il lui lança était si sincère, qu'elle détourna les yeux brusquement.

Le comédien les observa tour à tour, surpris de leur attitude, puis frappa dans ses mains :

« Mes enfants, je suis au regret de vous abandonner. Le "corbeau" de tout à l'heure m'attend pour l'office de neuf heures. Ensuite je dois faire la lecture à quelques bourgeoises du quartier pour gagner ma croûte. Je m'en voudrais de décevoir un si bon public ! »

Sur le pas de la porte, il ajouta :

« Retrouvez-moi ce soir à sept heures à *La Clé de saint Pierre.* Renseignez-vous discrètement sur la maison de la Leroux, mais surtout ne tentez rien sans moi. »

Ils partirent à pied dès cinq heures. La chaleur était suffocante, rendant insupportable la puanteur des immondices qui jonchaient les pavés.

La Reynie, le chef de la police, avait bien ordonné que les ordures soient ramassées trois fois la semaine, mais les habitudes avaient la vie dure : pourquoi mettre ses ordures aux tombereaux municipaux, quand il est si commode de les jeter par la fenêtre ?

La montée de la butte fut pénible, le soleil cognait fort et les arbres étaient rares. Ils auraient pu louer des ânes, mais l'état de leurs finances ne le leur permettait pas. Ils s'asseyaient de temps en temps à l'ombre d'une haie pour se reposer, saluant au passage les paysans qui allaient aux champs, et respirant goulûment l'air pur « de la montagne ». Paris s'étalait à leurs pieds ; au sommet de la butte, ils voyaient les ailes d'une vingtaine de moulins, blanches ou rouges, qui tournaient sur un ciel sans nuages. Pour un peu, ils se seraient crus en vacances !

Cécile, depuis un moment, s'essoufflait. Les mauvaises sandales qui complétaient son costume lui blessaient les pieds et elle se ressentait de sa nuit sans sommeil.

« Donne-moi la main, proposa Guillaume pour l'aider à grimper.

— Vous voulez qu'on jase ? » répliqua Cécile en souriant. Elle désigna son pantalon et ses mollets nus couverts de poussière.

« C'est finalement bien agréable de porter la culotte, dit-elle en reprenant sa respiration. Je ne sais pas comment j'aurais fait avec des jupons et mes bas. »

Elle se tut en croisant trois jésuites en prière qui se rendaient au célèbre pèlerinage des Martyrs, où saint Denis avait eu la tête tranchée.

La très riche abbaye de Montmartre devait sa fortune à ce saint lieu, et sa réputation aux nombreuses vignes et moulins que les paysans de la butte exploitaient pour le compte de la mère-abbesse, Françoise de Lorraine.

Celle-ci dirigeait l'abbaye d'une main de fer. Par décret royal, elle avait droit de justice sur toute personne entrant sur ses terres. On disait l'abbesse si riche, qu'elle possédait une crosse en or massif de seize livres[1]...

Une fois au sommet, ils s'installèrent place du Tertre, à *La Clé de saint Pierre,* face à la potence de

1. Unité de poids. Une livre = 489,5 g ; 16 livres font environ 8 kilos.

l'abbaye, et commandèrent du vin du pays allongé d'eau de source. Guillaume lia aussitôt connaissance avec la jeune servante qui semblait le trouver fort à son goût, constata Cécile avec un brin de jalousie.

« La maison de la dame Leroux ? répéta la jouvencelle en se dandinant. Contre le mur de l'abbaye, à deux pas de l'église Saint-Pierre.

— Merci, vous êtes bien aimable.

— J'vous y accompagne si vous voulez, reprit la servante en papillonnant des cils.

— Pas besoin, on trouvera, répliqua sèchement Cécile.

— L'est pas aimable, vot' petit valet, monsieur, persifla la fille qui s'incrustait. Faudrait voir à lui apprendre les bonnes manières.

— J'y penserai, lança ironiquement Guillaume en regardant Cécile, qui, pour une fois, le fixait droit dans les yeux, avec une envie de meurtre.

— Y'a bien du monde qui veut la voir, la Leroux, continua la fille.

— Vraiment ?

— Pas plus tard que tout à l'heure, quatre hommes la cherchaient !

— Un grand en noir ? demanda Guillaume mine de rien tandis que Cécile retenait sa respiration.

— Si fait ! Et un petit rouquin avec une verrue sur le nez. Les deux autres sont restés dehors. Des amis à vous ?

— Hé, la servante, hurla-t-on derrière eux, c'est-y pour aujourd'hui ou pour demain ? »

La fille partit nonchalamment en balançant des hanches, non sans lorgner Guillaume une dernière fois.

« Voilà, voilà, râla-t-elle.

— Allons-y, fit Guillaume en se levant, sinon ils vont trouver la Leroux avant nous.

— Non, l'arrêta Cécile, nous avons promis à Malibourg de l'attendre.

— Et si elle leur vend le poison tout de suite, que comptes-tu faire ?

— Allons voir la police, supplia Cécile en agrippant son bras.

— On ne nous croira pas. Tu veux finir à la Salpêtrière ?

— Nous n'avons rien fait !

— Rien ? répliqua Guillaume. Un, nous étions dans les cabinets particuliers de la reine. Deux, nous volons deux chevaux. Trois, je déserte. Quatre, tu te promènes en garçon... »

De la table voisine leur parvint un rire gras, suivi d'un commentaire désobligeant sur le jeune valet à la peau de pêche qui s'accrochait sans pudeur à son beau maître.

Cécile lâcha aussitôt Guillaume, puis se leva :

« Vous avez raison, dit-elle. Partons chez la Leroux. »

Ils trouvèrent la maison sans peine, perchée à flanc de coteau. Guillaume en poussa la porte entrouverte, puis s'arrêta net en entendant un appel étouffé. « Fais-la taire, nom de Dieu ! » cria-t-on, puis ce fut une avalanche de coups portés violemment et le choc d'un corps tombant contre un meuble.

« Reste là, chuchota Guillaume en s'avançant dans la maison à pas de loup.

— Certainement pas ! répliqua Cécile tout bas. Nous restons ensemble. »

« J'ai la fiole », dit-on encore, suivi d'un : « Elle a son compte, la vieille, filons ! » qui ne présageait rien de bon.

Les bruits de pas se rapprochaient à présent.

« Sors vite », ordonna Guillaume, le souffle court, en marchant à reculons.

Ils avaient regagné la porte, lorsqu'un premier spadassin, le fameux rouquin, les cueillit sur le perron.

« Vous cherchez quelqu'un ? demanda-t-il en glissant un flacon en verre dans son pourpoint.

— Ma'me Leroux, déclara Guillaume d'une voix trop forte pour être honnête. J'reviendrai quand elle sera là... »

Il amorçait un lent demi-tour, lorsqu'un second homme arriva derrière le premier.

« Ce sont sûrement eux ! cria l'homme en noir. Attrapez-les, bon sang ! »

Cécile, les jambes sciées par la peur, fixa l'homme,

comme pétrifiée, avant que Guillaume ne l'entraîne. Elle sentait sa tête exploser, et sa vue se superposa par vagues à celle d'une petite fille qui courait, dérapant pieds nus sur les pavés mouillés.

« Attrapez-les ! » hurlait l'homme en noir dans leur dos.

Cette voix, elle la reconnaissait ! La terreur soudaine qu'elle ressentit lui fouetta le sang.

« L'église ! » cria-t-elle à Guillaume.

Ils y entrèrent en courant, sous le regard désapprobateur des bigotes en prière. Avec un peu de chance, ce lieu d'asile qu'était l'église Saint-Pierre les arrêterait.

Effectivement, les hommes s'arrêtèrent net sous la voûte du portail, cherchant leurs proies dans la pénombre. Mais ensuite l'homme en noir, d'un geste de la main, ordonna aux trois autres de remonter les allées.

Cécile et Guillaume tentaient tant bien que mal de calmer leur respiration. Ils s'étaient tapis derrière une colonne du transept de gauche, non loin de la porte de la sacristie. À deux pas, des enfants endimanchés faisaient la queue pour passer au confessionnal.

Ils se lancèrent un regard désespéré : ils étaient faits comme des rats, s'ils restaient ici.

Le rouquin, dague au poing, avait atteint le transept de droite, il contournait à présent le vieux baptistère de pierre, dans un instant il traverserait le chœur et les apercevrait.

Cécile, à court de prières, murmura un « adieu Guillaume » avant de cacher son visage contre l'épaule de son compagnon.

Pourtant un miracle se produisit. Une petite vieille, en se levant, fit tomber sa chaise. Le bruit sembla se répercuter sur les vieux murs de pierre, détournant l'attention des quatre hommes suffisamment longtemps pour que les deux jeunes gens puissent filer vers la sacristie.

Ils s'engouffrèrent dans la petite pièce, surprenant les enfants de chœur qui s'habillaient pour les vêpres.

« Y a-t-il une autre sortie ? » leur demanda anxieusement Guillaume.

Le plus dégourdi des deux, un petit brun ébouriffé, tendit le doigt vers une porte minuscule en rajoutant un « faut pas aller par là, c'est l'entrée du curé » dont ils ne tinrent pas compte.

Ils s'y précipitèrent. Mal leur en prit, car ils se retrouvèrent tout à coup sur le promenoir du cloître de l'abbaye qui jouxtait l'église. Un vent de panique parcourut aussitôt les religieuses qui s'éparpillèrent en criant à la vue de deux hommes dans leur sanctuaire.

« Il faut sortir de l'abbaye, s'écria Guillaume en regardant nerveusement autour de lui. Si je suis pris ici, ce n'est plus la prison qui m'attend, mais l'échafaud !

— Pas question de revenir dans l'église. Le potager est par là, répliqua Cécile en montrant, derrière les arcades du cloître, les allées tirées au cordeau du jardin. Si nous arrivons au fond, nous sauterons le mur ! »

La cloche de l'abbaye se mit à sonner à la volée pour prévenir les résidentes de l'intrusion d'inconnus, tandis que les deux jeunes gens couraient à perdre haleine vers le mur d'enceinte. Ils croisèrent une vieille sœur qui, armée d'un râteau, tenta de leur barrer le passage. Mais effrayée par la grande taille de Guillaume, celle-ci jugea plus prudent de lâcher son arme et partit à grandes enjambées, ses jupes relevées à deux mains.

Ils atteignirent enfin le mur, le cognant rageusement des poings, impuissants devant sa hauteur. Reprenant leur course, ils se tournèrent alors vers le poulailler et la soue à cochons, mais sans plus de succès. Près du colombier, ils trouvèrent enfin une partie du mur éboulée. Guillaume, à bout de souffle, aida Cécile à y grimper puis s'arrêta dans un équilibre incertain devant la pente caillouteuse du coteau presque à pic qui les attendait de l'autre côté.

Déjà les sœurs les plus hardies, escortées de quelques vieux prêtres, se précipitaient pour les déloger. Dans quelques minutes, tout Montmartre serait sur les dents, il fallait faire vite !

« Saute ! » cria Guillaume, tandis que Cécile,

sujette au vertige, s'accrochait à lui en faisant non de la tête.

En désespoir de cause, il la prit à bras-le-corps et sauta avec elle. Ils tombèrent durement puis roulèrent jusqu'au bas de la pente, entraînant les cailloux avec eux.

Cécile se releva aussitôt, cherchant la chaussure et le bonnet qu'elle avait perdus dans sa chute. Elle aperçut alors Guillaume qui paraissait sonné. Comme roulé en boule, il se tenait le bras, et Cécile vit que sa manche déchirée laissait apparaître une grosse entaille. Elle l'aida à s'asseoir, puis tâta avec angoisse une énorme bosse qui pointait sur son crâne.

« Il faut nous en aller », dit-elle en le forçant à se lever. En le soutenant, elle le conduisit derrière une haie à l'abri des regards.

Le cœur au bord des lèvres, il se laissa glisser à terre, puis secoua la tête comme pour dissiper l'éblouissement qui lui brouillait la vue, tandis qu'au-dessus d'eux les nonnes agglutinées près de la faille hurlaient au sacrilège, impuissantes, et demandaient réparation à Dieu.

« Et de cinq, fit Guillaume en fermant les yeux. Nous venons de violer l'enceinte d'un couvent...

— Nous sommes vivants, c'est l'essentiel, dit Cécile en regardant son bras, les sourcils froncés.

— Malibourg aura une attaque, quand il verra ce

que j'ai fait de sa relique », se prit à rire Guillaume en remontant sa manche tachée de sang.

Cécile se mit à genoux, puis tira de sa poche son mouchoir propre pour lui faire un pansement de fortune.

« C'est vrai que c'est bon d'être en vie », s'écria Guillaume dans un éclat de rire.

Il la prit brusquement par le cou, pour la serrer contre lui. Elle protesta par un « Monsieur Guillaume » indigné, qui fit monter d'un cran son hilarité.

« Trêve de balivernes, dit-elle en s'asseyant à son côté. Ils ont le poison et ils vont sûrement nous attendre au pied de la butte. Il n'y a que deux chemins pour aller à Montmartre, tous deux faciles à surveiller. »

Brusquement dégrisé, Guillaume enleva son bras des épaules de sa compagne.

« Malibourg pourrait sans doute nous aider, fit-il, mais il nous attend à la taverne...

— Ou alors il a eu vent de nos exploits, compléta la jeune fille, et il est déjà redescendu en se disant que les blancs-becs de notre espèce n'attirent que des ennuis aux comédiens en mal de respectabilité.

— Possible. Mais descendons tout de même, nous pourrons peut-être passer et retourner chez Malibourg. »

16

Ce mercredi à 22 heures, le roi s'en fut souper chez la reine en « petit couvert », dans l'inquiétude la plus grande. La Dauphine, après vingt-quatre heures de douleurs, n'avait pas mis son bébé au monde. Beaucoup commencèrent à penser que la mère et l'enfant étaient perdus, et tous se préparèrent à une seconde nuit blanche...

Le public, ce soir, était silencieux. Les courtisans, qui profitaient d'ordinaire du repas pour attirer l'attention du roi et présenter leurs requêtes, préféraient se taire prudemment devant l'air soucieux du monarque.

Pauline, debout au second rang devant la reine, était

elle aussi morte d'inquiétude, bien que pour d'autres raisons. Elle ne savait, hélas ! rien de nouveau à part que, curieusement, l'absence de Guillaume n'avait pas été signalée à ses supérieurs.

Pauline regarda la reine qui, pour tromper son angoisse, s'empiffrait de pralines sans dire un mot. À côté d'elle, Élisabeth étouffa un bâillement, puis la poussa discrètement du coude. Dans l'assistance, Silvère cherchait à attirer son attention. Pauline, le cœur battant, quitta sans bruit sa place pour le rejoindre aussitôt.

« Retrouvez-moi au salon de l'Abondance le repas fini, chuchota-t-il. J'ai du nouveau. »

Elle allait poser le flot de questions qui lui démangeait les lèvres, lorsqu'un raclement de gorge de Mme du Payol, suivi d'un coup d'œil réprobateur, la rappela à ses devoirs. Elle regagna donc sa place, et attendit patiemment.

Louis XIV n'en finissait pas de grignoter, changeant de plat, demandant à boire. Tout y passa : les potages, rôts, volailles, œufs durs, salades, entremets... La reine, qui avait épuisé les pralines et les fruits confits, attaquait les compotes...

Après ce qui sembla une éternité, le roi se leva enfin et tendit sa serviette à Monsieur son frère, assis humblement derrière lui sur un tabouret.

Ouf ! laissa échapper Pauline avec soulagement en

voyant la pièce se vider à la suite des souverains, puis elle se tourna vers Élisabeth :

« Trouve une excuse pour mon absence, je file... »

Elle ne put terminer, interrompue par un impérieux coup d'éventail sur le bras.

Pauline et Élisabeth se retournèrent vivement, puis plongèrent aussitôt dans une révérence. Mme la duchesse du Mail-Beaubourg les toisait avec un rien de mépris.

« J'aurais un service à vous demander, mademoiselle.

— Avec plaisir, madame la duchesse », répondit Pauline sur une nouvelle révérence.

Méfiance, se dit-elle. La duchesse était connue comme une des pires intrigantes de la cour. Son immense fortune et ses relations avec les grands du royaume en faisaient un personnage d'autant plus redoutable.

« Vous êtes la dernière arrivée dans la maison de la reine, je crois ? »

Pauline acquiesça, attendant la suite avec curiosité.

« Vous êtes, de plus, de bonne mais de petite noblesse... »

Elle appuya sur « petite » pour bien faire comprendre à Pauline son insignifiante naissance. La jeune fille subit l'humiliation sans broncher, s'attendant de plus en plus à un traquenard. Puis la duchesse, tout en jouant de son éventail, expliqua du bout des lèvres :

« La Grande Mademoiselle cherche à établir une de ses filleules à la cour. Les bonnes charges sont rares, vous le savez. Elle vous demande donc de lui vendre la vôtre. »

Pauline, prise au dépourvu, ne sut que répondre.

« En fait, reprenait la duchesse avec un rire mauvais, on ne vous le demande pas, on vous l'ordonne... Vous n'auriez pas l'audace de refuser cela à la cousine germaine du roi ? »

Pauline lança un regard affolé à Élisabeth. Si elle vendait sa charge, elle devrait quitter la cour.

« Je ne voudrais en aucun cas offenser Mlle de Montpensier, moi de si obscure naissance... commença prudemment Pauline. Mais cette charge me fut donnée par le roi en personne. On ne vend pas un présent du roi... Je le ferai, bien sûr, si Sa Majesté me l'ordonne. Que la Grande Mademoiselle demande donc ma charge directement au roi ! »

Pauline prit un air faussement navré ; la duchesse s'empourpra sous l'affront, mais attaqua de nouveau :

« Feriez-vous taire vos scrupules pour vingt mille livres ?

— Ce que le roi donne, seul le roi peut le reprendre, répliqua doctement Pauline. Je reste votre servante, madame. »

Sur une dernière révérence, les deux jeunes filles s'éloignèrent, laissant la duchesse estomaquée par tant d'impertinence.

« Tu viens de te faire une nouvelle amie, ou je me trompe ? souffla Élisabeth entre ses dents.

— Cela sentait le piège à plein nez ! Mme du Mail-Beaubourg est la grande amie de Mme de Thianges, la sœur de la marquise... Tires-en toi-même les conclusions...

— Que la marquise veuille ta perte, cela n'est pas nouveau. Mais qu'a-t-elle à gagner à la disparition de Cécile et de ton frère ?

— Silvère me l'apprendra peut-être », fit-elle en la quittant.

Lorsqu'elle arriva au salon de l'Abondance, Silvère l'attendait déjà.

« Venez par ici, nous serons tranquilles », dit-il en lui montrant la pièce en travaux qui s'ouvrait sur le salon.

Il grimpa les quelques marches qui menaient au nouveau cabinet, puis s'effaça pour la laisser passer.

Louis XIV avait dans l'idée de regrouper ici ses « curiosités », médailles, gemmes, tableaux et pièces d'orfèvrerie. Pour le moment, en matière de curiosités, il n'y avait guère que des échafaudages, des pots de peinture couverts de bâches et quelques corniches de bois que l'on avait posées au sol.

« Alors ? demanda Pauline.

— Jolibois a rencontré à la taverne une jeune lingère qui les a vus hier soir. Ils sortaient des cabinets particuliers et se sont enfuis par un escalier de service. Les gardes qui les ont pris en chasse disent que Mme de Montespan avait surpris deux voleurs chez la reine...

— Toujours la marquise !

— Je pense qu'ils ont dû entendre ou voir des choses... »

Il se tut brusquement, et alla sur la pointe des pieds jusqu'à l'entrée. De l'autre côté, dans le salon de l'Abondance, la vieille Mme du Payol, besicles au poing, semblait détailler la fresque du plafond avec le plus profond intérêt. Elle les rejoignit tout doucettement dans le futur cabinet des raretés et constata en hochant du chef :

« Ah oui, les travaux avancent...! Mme d'Arpajon me disait justement : “Les travaux avancent.” Alors je suis venue voir... C'est vrai que les travaux avancent... Au fait, ajouta-t-elle mine de rien, j'ai cru comprendre que la marquise vous cherchait par ici, Pauline. »

Pauline et Silvère se regardèrent, étonnés, puis entendirent effectivement des bruits de pas qui se rapprochaient.

« Faites donc comme si je n'étais pas là, s'excusa la vieille en redescendant les marches avec eux, vous savez bien que je suis sourde comme un pot ! »

Puis, le nez de nouveau en l'air, elle se perdit dans la contemplation des fresques du salon de l'Abondance :

« Décidément, enchaîna-t-elle en clignant des yeux, je ne comprendrai jamais rien à la peinture moderne... À quoi cela ressemble-t-il, toutes ces déesses païennes à demi nues ? Cela n'est guère chrétien... »

La marquise arriva bientôt, suivie d'un homme dans la quarantaine, aux bas en accordéon et à la perruque défrisée. Son habit puait le corps mal lavé, avec un col de dentelle qui n'avait pas vu de savon depuis fort longtemps. Que pouvait bien faire la marquise avec cet épouvantail ?

« Je suis bien aise de vous trouver, mademoiselle, fit la marquise d'une voix de miel. Je souhaiterais vous entretenir d'un projet que j'ai, vous concernant.

— Vraiment, madame ? répondit prudemment Pauline.

— Vous savez que l'avenir des demoiselles de la reine me tient particulièrement au cœur... »

Pauline en aurait ri, si elle n'avait pressenti un nouveau coup fourré : elle venait de refuser de vendre sa charge, la marquise allait sûrement la relancer.

« M. le duc de Monteaublanc, que voici, vous a remarquée lors de *Persée* et m'a fait l'honneur de me demander votre main. »

La marquise donna un coup de coude à l'homme qui enleva précipitamment son chapeau avant de s'incliner devant Pauline.

« L'honneur sera pour moi, mademoiselle. Jamais duchesse ne sera plus belle. »

Pauline en eut la respiration coupée. Dans sa tête, les idées tournaient au ralenti, que répondre, Seigneur ?

« ... Je suis indigne d'un tel honneur, monsieur le duc, glissa-t-elle pour refuser.

— Vous êtes trop modeste, coupa la marquise. Nous signerons le contrat de fiançailles dès ce soir.

— Ce n'est pas possible, madame, répondit Pauline qui perdait pied. Pas sans le consentement de ma famille.

— Votre mère m'a écrit depuis son couvent, pour me donner son accord. Vous voyez qu'il n'y a pas d'obstacle à votre bonheur. Quelle promotion ce sera pour vous ! Duchesse ! Je vous vois déjà sur vos terres en Picardie, élevant avec amour les cinq enfants que le duc a eus de sa première femme... »

Pauline regarda le duc, ses mains crasseuses, son visage boursouflé d'alcoolique, et trouva encore la force de répliquer :

« Ma mère n'est pas ma tutrice, madame. Seul mon grand-père a ce droit !

— Qu'avez-vous donc à rechigner à la fin ? Je vous offre un duc et vous n'êtes pas contente !

— Madame, je ne puis l'accepter ! » s'affola Pauline, des sanglots dans la voix.

La marquise, qui sentait la curée proche, sonna l'hallali :

« Vous ferez un effort, ma chère, ou vous pourriez bien finir au couvent avec votre mère. »

Pauline vacilla. Plutôt la mort que le couvent, pensa-t-elle en fermant les yeux. Sa mère vivait retirée du monde depuis maintenant sept ans. Chaque visite au parloir était une torture pour Pauline, qui pouvait à peine lui prendre la main au travers des grilles qui les séparaient. Comment pouvait-on vivre en recluse parmi ces nonnes muettes, entourée de murs gris et détachée du monde ? Bien sûr, tous les couvents n'étaient pas des prisons, mais celui de sa mère était le plus austère de tout Paris.

« De toute façon, reprit Pauline au bord des larmes, la chose est impossible, je suis déjà... fiancée !

— Comment ? »

Quatre paires d'yeux la fixèrent, incrédules, même ceux de Mme du Payol, qui semblait une seconde auparavant diablement intéressée par les boiseries du nouveau cabinet.

« Avec..., souffla Pauline au désespoir.

— Ne nous faites pas languir, persifla la marquise. Cette comédie est bien sotte.

— Avec M. Galéas des Réaux ! cria-t-elle presque. N'est-ce pas, Silvère, que nous sommes fiancés ! »

Le jeune comte la regarda, abasourdi, n'osant comprendre.

« N'est-ce pas, Silvère ? récidiva Pauline en lui secouant le bras.

— Heu… oui », répondit-il alors sans conviction.

Verte de rage, la marquise se mit à vociférer :

« Je déteste que l'on se moque de moi ! »

Pauline supplia Silvère du regard, toujours accrochée à lui.

« Si, si, nous sommes fiancés, je vous assure, dit enfin Silvère en cherchant ses mots. Cela s'est fait si soudainement, que j'ai du mal à m'y faire !

— Vous m'étonnez, comte. Si l'on en croit la rumeur, vos goûts vous portent davantage vers…

— Si fait, répliqua Silvère d'un air détaché. Mais je suis le dernier de ma lignée et ma mère me tanne pour que j'ai des héritiers rapidement… Alors, mademoiselle ou une autre, rajouta-t-il, morose à souhait, en désignant Pauline du menton.

— Votre mère sait-elle que votre fiancée n'a pas de dot ? »

Silvère contempla distraitement ses ongles, puis soupira :

« C'est ennuyeux, je vous l'accorde. Mais Mlle de Saint-Béryl n'est point trop vilaine, cela compense.

— Cela ne se fera pas, croyez-m'en, rugit la marquise. Je demanderai à la reine, dont vous dépendez, d'y mettre bon ordre !

— Mais… paniqua Pauline avant de mentir effrontément. Nous avons l'accord de la reine ! »

Le pauvre Silvère l'écouta s'enferrer, avant de confirmer de la tête : il fallait gagner du temps.

« Vous mentez ! Jurez sur la croix, si vous l'osez », ordonna la marquise hors d'elle.

Pauline s'affola, jurer sur la croix était trop grave ! Elle allait s'avouer vaincue lorsque la vieille du Payol sortant du cabinet des curiosités la percuta.

« Oh ! pardon, ma petite Pauline, je ne vous avais pas vue. Je regardais en l'air ! s'excusa-t-elle.

— Ce n'est rien, madame.

— Comment ? fit la vieille, sa main en cornet derrière son oreille.

— Ce n'est rien, hurla Pauline.

— Comment ? »

Un début de fou rire hystérique commençait à gagner Pauline, mais la vieille, qui s'incrustait, continua en hochant du chef, comme si la nouvelle était d'importance : « Ah ! çà, je n'en reviens pas comme les travaux avancent ! Mais au fait Pauline, j'ai oublié de vous féliciter. »

Elle laissa passer une seconde, puis poursuivit à la stupéfaction générale :

« Pour vos fiançailles, bien sûr ! Hier, la reine en était charmée. Elle répétait "qué ié souis contente, qué ié souis..."

— Assez ! s'écria la marquise en les regardant tour à tour. Vous avez gagné cette manche, mais je n'ai pas dit mon dernier mot ! »

Elle sortit aussitôt, entraînant le duc à sa suite.

Celui-ci, qui s'était tu jusque-là, lui lança avec acrimonie :

« Mais les dix mille livres pour ce mariage, les aurai-je quand même ? »

Pauline respira plusieurs fois à fond, n'osant croire à sa victoire.

« Madame du Payol, vous êtes un ange, lui dit-elle en l'embrassant spontanément sur les deux joues.

— Comment ? » fit la vieille avec une lueur de malice au fond des yeux.

Et elle sortit sans plus d'explications, en trottinant sur les traces de la marquise.

« Je suis navrée, Silvère, soupira Pauline lorsqu'ils furent à nouveau seuls. Je vous ai encore embarqué dans une sale histoire ! Je sais, par Thomas, que vous ne voyez pas le mariage d'un bon œil...

— Vous non plus, à ce qu'il semble, répliqua-t-il. Vous venez de refuser un duc !

— Seigneur ! Vous l'avez vu. Quel horrible bonhomme ! »

Elle se mit à rire, toute peur envolée.

« Demain, nous démentirons, continua-t-elle. Je suis sûre que la reine me pardonnera, rien que pour embêter Mme de Montespan. »

Silvère réfléchit quelques instants avant de répondre :

« Pourquoi démentir ? Elle vous cherchera aussitôt un nouveau parti. »

Évidemment, pensa Pauline.

« Non, reprit Silvère. La situation est parfaite ainsi : on ne cherchera plus à nous marier, ni vous ni moi. Nous allons avoir de longues, longues fiançailles...

— Vous avez raison, il nous faudra bien quelque temps avant de comprendre que nous n'avons pas d'avenir ensemble !

— Disons que nous nous séparerons dès que l'un de nous aura trouvé chaussure à son pied. Cela vous va-t-il ? »

Pauline acquiesça avec une courbette, puis prit le bras qu'il lui tendait cérémonieusement. Pourtant, sur le seuil, Pauline l'arrêta, les sourcils froncés :

« Nous nous en sommes bien sortis, aujourd'hui. Mais Cécile et Guillaume, sont-ils seulement en sécurité ? »

Benvenuti était là, assis sur une borne au bord du chemin, avec l'air tranquille du promeneur sans soucis.

Guillaume rentra précipitamment la tête derrière la haie d'aubépine où ils s'étaient cachés, puis entraîna Cécile à quelques pas.

« C'était à prévoir, chuchota celle-ci. Le rouquin a dû partir avec le poison et les autres vont essayer de nous coincer : si nous remontons, les gens de l'abbaye nous prennent, si nous descendons... »

Elle poussa un soupir à fendre l'âme.

« Impossible de franchir les haies des jardins sans se faire voir, renchérit Guillaume. Attendons la nuit, peut-être se lasseront-ils de nous guetter... »

Cécile fit la moue, pas convaincue du tout.

« En attendant, il nous faut trouver un abri. »

Ils remontèrent d'une centaine de pas, puis s'installèrent au fond d'un petit jardin à l'abandon, à l'écart du chemin. Assis côte à côte, ils savourèrent ce calme précaire, bercés par le cri-cri d'un grillon et le bourdonnement des abeilles.

La nuit tombait doucement, apportant un peu de fraîcheur, quand Cécile s'endormit sans même s'en rendre compte.

Une fois de plus, la porte du carrosse s'ouvrit. Cécile gémit dans son sommeil, comme pour échapper au rêve qui l'emportait. Une ombre à contre-jour, immense ! Elle se mit à ruer comme une désespérée, griffant et mordant, mais l'homme en noir venait de la saisir, l'extirpant de force de la voiture couchée sur le flanc.

« Liquide-la ! » fit le rouquin dans son dos.

Cécile se mit à crier. L'homme en noir la maintenait d'une poigne de fer par la taille. Il sortit son coutelas et l'approcha de sa gorge, puis, contre toute attente, baissa l'arme.

« Tuer les gosses, ça porte malheur !

— Poule mouillée ! persifla le rouquin en s'approchant pour faire le travail lui-même.

— Arrête ! gronda l'homme en noir. C'est une belle petite, la mère Liétard nous en donnera sûrement un bon prix !

— Pas de témoin, qu'il a dit le vicomte. Faut qu'ça ait l'air d'une attaque de bandits.

— Tu ne vas quand même pas cracher sur deux ou trois cents livres ! » répliqua l'autre.

L'argument fit mouche. Le rouquin tâta les bras et les côtes de l'enfant, puis regarda ses dents, comme un maquignon un cheval à la foire.

« T'as raison, elle les vaut. On dira au vicomte qu'elle s'est fait dévorer par les loups... Ils pullulent dans cette région ! Mais par précaution, je m'en vais tout de suite lui couper la langue, pour pas qu'elle cause... »

Il joignit aussitôt le geste à la parole. Son couteau à la main, il prit la tête de Cécile sous son bras et tenta de lui ouvrir la bouche.

« T'es fou, s'insurgea l'homme en noir. Si tu l'abîmes, elle vaudra plus rien ! Et puis à quoi bon ? Les gosses de riches, ça sait écrire. »

Cécile, qui sentait les doigts du rouquin lui desserrer ses dents, se mit à hurler.

« Réveille-toi, Cécile ! » entendit-elle au fin fond d'elle-même.

Pour la faire taire, l'homme en noir lui retourna une paire de gifles qui lui coupa le souffle.

Guillaume, inquiet de la voir si agitée, la secoua

encore. Elle se débattit un moment entre cauchemar et réalité, puis ouvrit enfin les yeux.

« Ils ont tué mes parents, pleura-t-elle en se recroquevillant contre son compagnon. Et Marieta et le cocher aussi ! Tabarin voulait me couper la langue !

— C'était juste un mauvais rêve.

— Non, sanglota-t-elle, ils ont tué mes parents, j'en suis sûre. Et maintenant cela va être notre tour !

— Nous avons encore une chance de passer, lui rappela Guillaume en la serrant contre lui. Et nous devons la tenter. Pour le petit-fils du roi.

— Mais je ne veux pas retrouver la mémoire... J'ai si peur ! »

Elle tremblait de tous ses membres. Guillaume, pour l'apaiser, lui murmura des mots doux à l'oreille en la berçant. Après quelques minutes, Cécile commença enfin à se calmer.

« Je serai toujours là pour t'aider, osa-t-il enfin. Tu sais pourquoi, n'est-ce pas ? »

Elle hocha la tête, gênée. Pourquoi ne faisait-il pas, comme elle, semblant d'ignorer le trouble qui les liait ?

« Monsieur Guillaume, commença-t-elle en avalant péniblement sa salive. N'oubliez pas ce que je suis et qui vous êtes... »

Guillaume soupira. Elle avait éludé sa question. Comment lui faire comprendre que leur avenir pouvait s'arrêter là, au pied de la colline, et qu'il avait besoin de savoir ce qu'elle éprouvait pour lui ? Il trouva le courage d'insister :

« Et si je n'étais pas noble, m'aimerais-tu un peu ?

— Sans doute un peu », avoua-t-elle enfin à mi-voix.

Guillaume se sentit pousser des ailes. Mais sa joie retomba aussitôt lorsqu'elle poursuivit sèchement :

« Oubliez ces fadaises, toutes ces émotions m'ont tourné les sangs. »

Elle fit mine de se lever pour mettre fin à la discussion, mais il la retint par son gilet.

« Un peu seulement ?

— C'est déjà beaucoup trop ! »

Elle se dégagea, puis se tendit, l'oreille aux aguets.

« On vient ! » chuchota Cécile.

Sur le chemin, une voiture passait. Le cocher, passablement éméché, hurlait d'une voix avinée une chanson aux paroles de plus en plus proches et claires :

« En revenant de confesse,
j'rencontrai la Duchesse
qui m'dit, sieur Malibourg,
je m'en vais à la cour,
danser le rigodon-don-don !

— Malibourg ? Vite, ou il va passer sans nous voir ! »

Reprenant espoir tout à coup, Guillaume courut

jusqu'au chemin. Le comédien, en sarrau couvert de farine, juché sur une vieille carriole de meunier, s'égosillait, reprenant sans cesse le couplet de sa composition.

« Nous sommes là, lança Guillaume depuis la barrière du jardin.

— Grimpez vite ! ordonna-t-il. Je suis rudement content de vous avoir trouvés.

— Et nous donc ! fit Cécile. Ils nous attendent en bas de la butte.

— Je sais, je les ai entendus en parler à *La Clé de saint Pierre.* Cachez-vous vite sous les sacs de toile. »

Ils s'installèrent tant bien que mal à l'arrière, puis Malibourg repartit en chantant :

> *« Dans les prisons de Nantes*
> *y'avait un prisonnier...*
> *Personne ne le vint vouèèère*
> *sauf la fille du geôôôlier... »*

Quelques minutes plus tard, ils sentirent la carriole s'arrêter.

« Holà ! l'ivrogne, cria Benvenuti en se mettant devant le cheval. Qu'est-ce que tu as là-dedans ?

— Des sacs vides, mon gars. Si c'est de l'argent que tu veux, j'en ai point. Tu veux boire un coup ? »

Malibourg lui tendit avec aplomb un cruchon de vin que l'autre refusa. Sans un mot, Benvenuti grimpa à l'arrière et commença du bout de son épée à soulever les sacs. S'attendant au pire, Cécile et Guillaume retinrent leur respiration.

« C'est pas de la piquette, t'as tort ! » ânonna Malibourg, la bouche pâteuse.

Il but une grosse lampée au cruchon et poursuivit, mine de rien :

« C'est les bonnes sœurs qui régalent, parce que je leur ai ramené les deux gaillards qui ont sauté le mur du couvent...

— Ils ont été pris ? fit Benvenuti en s'arrêtant de fouiller.

— C'est comme j'te le dis ! J'les ai coincés dans mon moulin et j'les ai ramenés au bout de ma fourche à la mère-abbesse. L'est pas commode la mère-abbesse ! Elle les a collés au cachot, y z'en sortiront que pour monter à la potence de la place du Tertre ! Tudieu, la religion ça se respecte !

— Allez, va cuver ton vin ailleurs ! » s'écria Benvenuti en sautant de la carriole, mécontent de voir ses proies lui échapper.

Malibourg ne se le fit pas dire deux fois, il repartit sans attendre, en beuglant de nouveau :

« Dans les prisons de Nantes... »

Arrivé aux premières maisons du faubourg Saint-Denis, le comédien rentra dans l'enclos d'une masure délabrée entourée d'un pré. Les deux jeunes gens sortirent aussitôt, aspirant l'air pur avec délectation tandis que Malibourg dételait le cheval, et l'envoyait d'une claque sur le postérieur brouter l'herbe fraîche.

« Vous me coûtez cher, dites donc. J'ai loué cette haridelle et ce costume pour dix sols à l'ivrogne qui vit ici. À *La Clé de saint-Pierre,* on ne parlait que de vos exploits : de l'abbaye sens dessus dessous et de l'agression de la mère Leroux.

— Pour l'agression, nous n'y sommes pour rien, répliqua Cécile. Ils ont pris le poison avant nous et malheureusement Tabarin, le rouquin, doit être rendu à Versailles à l'heure qu'il est.

— Sans compter que la mère Leroux ne pourra pas vous renseigner, soupira Malibourg. Il paraît qu'elle a détalé sans demander son reste dès qu'elle a repris connaissance, bien contente d'être encore en vie...

— Et Pauline n'a pas eu notre message, sans quoi la police serait déjà intervenue, renchérit Guillaume, lugubre.

— Maintenant, notre seule chance est de retourner au château pour arrêter Tabarin.

— Très bien, leur dit Malibourg. Allons chercher vos chevaux chez moi. Eh ! Qu'avez-vous fait à mon justaucorps ? » glapit-il comme un gosse qui retrouve son jouet cassé.

« Où sont-elles, les lanternes ? ronchonna Malibourg, Paris, la ville aux cinq mille lanternes que le monde entier nous envie ! »

Ils enfilèrent une nouvelle rue obscure et déserte, uniquement éclairés par la petite lampe agrémentée d'un trognon de bougie que Guillaume tenait à bout de bras.

« Depuis que le roi a fait installer les lanternes, avouez que la criminalité a baissé à Paris, lui fit remarquer Cécile.

— Pas de chance que nous ne profitions de ces merveilles que l'hiver ! Mais pour votre gouverne, jeune fille, ce ne sont pas les lanternes qui font baisser la criminalité mais plutôt les rafles de la police qui ramasse tous les pauvres hères qui traînent... Paraît qu'on a besoin de bras pour ramer aux galères et de filles pour peupler le Nouveau Monde ! Nous arriverons chez moi dans une bonne demi-heure, ajouta le comédien. Si nous ne nous faisons pas égorger dans un recoin sombre avant... »

Ils s'arrêtèrent à un carrefour, indécis sur la direction à prendre. Puis, se repérant aux grandes enseignes des commerçants qui se balançaient au vent, ils poursuivirent leur chemin en tâtonnant.

« Alors, mes gaillards, on se promène ? » fit une voix rauque dans leur dos.

Ils se retournèrent d'un bond. Dans la pénombre se découpaient deux silhouettes, épée au poing.

« Toi, le meunier, donne ta bourse ! » entendirent-ils sur un ton menaçant.

Son compère pointa son arme sur Guillaume :

« Si tu bouges, je t'embroche. Passe ta lanterne au valet et vide tes poches ! »

Guillaume s'exécuta en maudissant le sort. Être le meilleur escrimeur de son académie, et n'avoir pas même un canif pour se défendre !

« Une livre et trois sols ? C'est tout ? » râla le premier truand en menaçant Malibourg.

« En cas d'agression, ne pas résister... » pensa ce dernier. Il avait suffisamment fréquenté de gens peu recommandables pour savoir que cette engeance-là avait la lame facile.

Sans compter que les bonnes gens qui devaient les observer derrière leurs volets clos ne feraient pas un geste pour les aider, par crainte de recevoir un mauvais coup... Loi de la rue, article un : « Qui se risque dehors la nuit tombée doit en supporter les conséquences »...

« Grâce, pitié ! Nous ne sommes que de pauvres artisans, sanglota Malibourg d'une voix chevrotante qui aurait tiré des larmes à une pierre.

— Et toi le valet, qu'est-ce que t'as ? »

Cécile, qui n'en menait pas large, se sentit prise de panique.

« Ne la touchez pas, gronda Guillaume. Vous avez déjà tout notre argent ! »

Voyant l'homme attraper Cécile par son gilet, Guillaume se mit à ruer. Il détourna l'arme, puis frappa à l'aveuglette. Aussitôt l'autre laissa Malibourg pour aider son acolyte à maîtriser Guillaume.

« Que personne ne bouge ! » cria un nouveau venu à deux pas dans l'ombre.

On voyait dans la nuit briller le canon d'un mousquet. Aussitôt les deux malandrins lâchèrent leurs armes et levèrent les mains en signe de reddition.

« Te fâche pas, camarade, fit la voix rauque. On cède le terrain... Mais y z'en valent pas la peine.

— Dégagez », rugit l'homme au mousquet en les mettant en joue.

Il éclata d'un rire mauvais en regardant les deux truands détaler sans demander leur reste.

« Merci, monsieur, vous nous sauvez la vie, soupira Guillaume en soutenant Cécile, un bras sur ses épaules.

— Si j'étais vous, je ne crierais pas victoire », fit ironiquement une autre voix. Une voix teintée d'un léger accent italien qu'ils auraient reconnue entre toutes.

Voilà qu'une deuxième ombre se découpait derrière l'homme au mousquet, puis une troisième... Cécile s'accrocha à Guillaume qui ferma les yeux. Seigneur ! toutes ces aventures pour en arriver là...

« Monsieur, mademoiselle, quelle joie de vous revoir !... »

Benvenuti s'approcha de Cécile et saisit la lanterne qu'elle avait toujours à la main.

« Qu'allez-vous faire de nous ? demanda Malibourg.

— De toi le meunier, rien, fit l'homme au mousquet en assenant un violent coup de crosse au comédien qui s'effondra.

— Vous les jeunots, vous nous suivez, continua Benvenuti. Et tâchez d'être raisonnable, monsieur, ou mademoiselle pourrait en pâtir. Autant vous dire que mon ami Trois-Doigts adorerait cela. »

Guillaume sentit une pointe de couteau lui chatouiller les côtes et vit le dénommé Trois-Doigts prendre Cécile par le poignet pour l'entraîner. Encadré par les deux autres, il suivit, la rage au cœur, mais passivement, jetant au passage un regard angoissé sur le corps du comédien qui gémissait. Avec un peu de chance, espéra-t-il, les gens du quartier lui porteraient secours dès qu'ils se seraient éloignés.

Après une interminable marche dans des ruelles étroites, les trois hommes les firent entrer dans une petite maison.

« On peut dire que vous nous avez fait courir ! grogna Trois-Doigts en bousculant Cécile pour la faire avancer plus vite.

— Il ne nous a pas fallu plus d'un quart d'heure pour remonter à Montmartre et découvrir que le meunier nous avait menti..., ajouta l'homme au mousquet.

— Qu'allez-vous faire de nous ? demanda Guillaume.

— Si cela ne tenait qu'à moi..., lâcha Benvenuti avec un rictus féroce, vous ne nous gêneriez pas longtemps. Mais je dois attendre les ordres. Descendez », ordonna-t-il en les poussant dans un étroit escalier débouchant sur une cave minuscule.

Il entraîna Cécile à l'intérieur, Guillaume suivit aussitôt, puis la porte se referma sur eux.

Dans un coin, une paillasse, un tabouret bancal, quelques fagots... Un soupirail laissait passer un clair de lune lugubre.

« Les murs suintent d'humidité, fit remarquer Cécile. Nous ne devons pas être loin de la Seine... Vous croyez que nous sommes...

— Fichus ? poursuivit amèrement Guillaume en cherchant une issue. Il faut absolument sortir d'ici. »

Avec l'énergie du désespoir, il s'agrippa à la grille du soupirail et la secoua de toutes ses forces. Quelques éclats de plâtre se détachèrent du mur et lui tombèrent sur la tête, sans plus de résultat.

Puis il fonça sur la porte qu'il tenta de défoncer à coups d'épaule, sans succès... Dans un accès de découragement, il lui décocha un dernier coup de pied rageur qui lui arracha un cri de douleur.

« Pas la peine de vous blesser, fit Cécile avec lassitude. Nous avons affaire à des professionnels... »

Elle alla s'asseoir avec précaution sur la paillasse qui dégageait une forte odeur de moisi. Le jeune homme la regarda faire, puis se résigna à l'imiter. En soupirant, il vint mettre son bras autour de son cou pour la serrer contre lui, au désespoir de la voir courir tant de dangers sans pouvoir la protéger.

« Depuis que vous m'avez sortie de l'eau, je ne vous ai causé que des ennuis, soupira Cécile contre son épaule.

— Ne dis pas de bêtises !

— Il ne m'a pas reconnu...

— Benvenuti ? Comment aurait-il pu ? Tu étais une enfant à cette époque.

— Seigneur, le bébé est sans doute né et Tabarin... Je n'ose pas y penser !

— Essayons de dormir un peu, demain nous aurons peut-être plus de chance... »

« Décidément, cette jeune Saint-Béryl ne manque pas de ressources », fit admirativement Bontemps.

Mme du Payol se mit à pouffer derrière son éventail.

« Ils ont mouché la marquise, sac à papier !... Mais ceux qui m'inquiètent, ce sont la guérisseuse et le garde... Sapristi, quel beau gars ! Tout le portrait de mon défunt à vingt ans. Je l'ai connu au Louvre en 1638, l'année de la naissance du roi... Vous ai-je dit qu'il était mousquetaire ? »

Bontemps, qui s'impatientait, lorgna la pendule : si la vieille commençait à radoter, on en avait pour la nuit...

« Mais je m'égare, fit tout soudain Mme du Payol en se redressant sur sa chaise. Donc ensuite, la marquise est allée retrouver Lourmel au salon de Mars. J'ai tout entendu : il lui a dit que, avec un certain Benvenuti, il avait fait parler un petit valet : les deux fuyards auraient rendez-vous à Paris avec une duchesse dans un confessionnal. Étonnant, non ? J'ai connu autrefois... »

Bontemps s'épongea le front avec lassitude.

« Je vous remercie, fit-il avant que la vieille ne continue. Tout cela m'est fort précieux. »

Il la raccompagna courtoisement à la porte, puis se rassit à son bureau, ouvrit un tiroir et en sortit une enveloppe. Une petite médaille en or toute mordillée en tomba. Bontemps se félicita de l'avoir « empruntée » à sa mystérieuse propriétaire, car le rapport d'expertise était formel. Hormis une vague forme d'arbre, on y distinguait nettement le poinçon du plus célèbre orfèvre de la cour d'Espagne.

« Dufort ! » appela Bontemps.

Le garde suisse accourut aussitôt.

« Faites demander à La Reynie de surveiller les confessionnaux des églises parisiennes, et plus particulièrement ceux fréquentés par des duchesses... »

17

6 août 1682

Le jeudi matin, des terrassiers découvrirent Rémi blessé dans une tranchée du chantier du Grand Commun. L'enfant n'était pas beau à voir, couvert de terre et d'ecchymoses. On l'avait porté sur un lit de camp, dans la minuscule chambre d'entresol que Silvère partageait avec un gentilhomme de la « bouche du roi », son valet, et Thomas depuis peu.

Avec force détails, Rémi raconta à Silvère et Pauline comment on l'avait entraîné vers une masure de campagne, battu comme plâtre, puis comment il avait réussi à s'enfuir en cassant une lucarne. Hélas ! il s'était effondré bien vite, à bout de forces, avant d'avoir atteint le château.

« M'sieur Guillaume, y m'a dit d'vous dire qu'y z'allaient voir une duchesse qu'allait à confesse à cause d'une marquise qui voulait point de garçon... qué'que chose comme ça, expliqua le gosse en tâtant son œil au beurre noir et sa joue tuméfiée. Et puis il a dit d'faire attention et de prévenir la reine... »

Silvère interrogea Pauline du regard.

« Je sais où ils sont allés, et je crois savoir pourquoi.

— Ben, reprit l'enfant, j'espère qu'ils courent vite, pas'que les hommes qui sont à leurs trousses, c'est canaille et compagnie. Celui en noir qui les commande surtout, une vraie brute !

— Un homme... en noir ?

— Oui, Benvenuti qu'y s'appelle, même que la Cécile, elle a failli tourner de l'œil en apprenant qu'il était au *Coq d'or*... J'voulais pas parler, j'le jure ! fit Rémi d'une voix suppliante. Mais quand ils m'ont battu... »

« Pauvre enfant », pensa Pauline en le rassurant d'un geste. Elle se tourna vers Silvère :

« La fameuse "duchesse" n'est autre que l'herboriste de Cécile et Mme de Montespan a sans doute peur que la Dauphine ait un fils. Cela réduirait les chances de ses propres enfants à la succession au trône.

— Mais quel rapport y a-t-il avec l'herboriste ?

— Mme Ringot, la Duchesse, connaît tous les potins du marché aux simples et surtout ceux concernant les empoisonneurs qui s'y approvisionnent...

— Donc, si c'est un garçon, ils vont l'empoisonner. Et cet homme en noir ?

— C'est une longue histoire... Disons que Cécile a un vieux compte à régler avec lui. Je vous raconterai. »

Pauline se leva du chevet de Rémi, puis se tourna vers son « fiancé » :

« Je cours chez la Dauphine prévenir la reine ! L'idéal, en fait, serait de joindre Mme Ringot et Catherine, la mère de Cécile. Sans doute ont-elles eu de leurs nouvelles...

— Entendu, occupez-vous de la reine, fit Silvère en s'avançant vers la porte. Et moi, si vous le voulez, je file à Paris chez votre Duchesse. Avez-vous parlé à la reine de nos prétendues fiançailles ?

— Oui. J'avais raison, elle a trouvé cela très drôle et nous a soutenus rien que pour avoir le plaisir de contredire la marquise ! »

Silvère ouvrit la porte en riant puis s'arrêta net, manquant s'étaler sur une Mme du Payol à genoux, l'œil au niveau du trou de la serrure.

« Heu... J'ai perdu mon gant », expliqua la vieille.

Avec un petit rire de bête, elle fit mine de chercher par terre.

« Savez-vous que c'est très vilain d'espionner les

gens, madame ? lui demanda Silvère en l'aidant à se relever.

— Comment ? répondit celle-ci, la main en cornet derrière son oreille.

— Madame ! Pas à nous, je vous prie ! »

Comme si de rien n'était, Mme du Payol tapota sa robe, arrangea sa coiffe à l'ancienne sur ses cheveux blancs, sifflota quelques notes de menuet, puis croisa enfin leurs regards :

« Oui, je sais que c'est très vilain, avoua-t-elle en pouffant. Mais c'est si drôle ! Et puis vous, je vous aime bien. »

Silvère et Pauline se regardèrent en souriant : Mme du Payol était pardonnée.

« Pas la peine d'aller voir la reine, poursuivit la vieille à leur grand étonnement. Vous n'entreriez pas même si vous étiez l'ambassadeur du Grand-Turc : le roi a fait fermer les portes. Il paraît que la Dauphine est perdue, les médecins tentent en ce moment de la ranimer... Vos empoisonneurs n'auront pas à faire leur sale travail, car la nature va s'en charger...

— Pauvre Dauphine, elle a à peine vingt ans ! Pourquoi faut-il donc que tant de femmes meurent en couches ? s'emporta Pauline.

— Quoi qu'il arrive, fit Silvère en soupirant, cela ne change rien pour Céline et Guillaume, ils sont toujours en danger.

— Quoique... réfléchit tout haut la vieille. L'ambassadeur du Grand-Turc ne passerait pas, mais Mendoza, si. Suivez-moi, Pauline. »

Mendoza ouvrit son petit coffret de cuir rouge. Au fond se trouvaient ses pauvres trésors : bouts de ruban, images pieuses, quelques lettres, un chapelet de nacre : les souvenirs de toute une vie.

« Je vous jure que je ne délirais pas, elle ressemble à s'y méprendre à doña Maria Luisa. »

D'une main tremblante, elle sortit avec respect une miniature ovale. Puis de cet air tendre qu'elle n'avait que pour la reine, Mendoza caressa du bout du doigt le visage peint avant de montrer le portrait à Pauline :

« Elle était belle, n'est-ce pas ? Ma mère était sa femme de chambre. Et elle nous a fait la grâce d'être ma marraine.

— C'est incroyable, s'étonna Pauline en fronçant les sourcils. Mêmes cheveux noirs, mêmes yeux bleus, jusqu'au sourire qui est le même... »

Au creux de sa main, il y avait Cécile en robe de cour à corset rigide à la mode espagnole, vertugadin et coiffe à plumes...

Mais Mendoza poursuivait :

« Elle était dame d'honneur de notre reine et m'a fait entrer à quinze ans comme femme de chambre de notre petite infante Marie-Thérèse qui n'avait que deux ans. Depuis je ne l'ai plus quittée. Ma pauvre doña Maria Luisa est morte en 1669, Dieu ait son âme ! Elle avait deux fils. L'aîné, don José, a épousé une Française. J'ai appris qu'ils étaient morts tragiquement, tués par des bandits de grand chemin avec leur petite fille.

— Et ils n'avaient qu'une fille ? demanda Pauline, prise d'un espoir insensé.

— Oui. À l'époque l'affaire a fait grand bruit. On a retrouvé leurs corps à demi dévorés par les loups dans la campagne. À vrai dire, je crois que l'on n'a pas retrouvé l'enfant... C'était pendant l'hiver 1675 ou début 1676. »

Pauline sentit son pouls s'affoler, n'osant trop y croire.

« Nous avons recueilli Cécile en février 1676. Elle était amnésique. »

À son tour, Mendoza pâlit, tandis que Mme du Payol s'éventait avec force, au bord de l'apoplexie.

« Se peut-il que cette petite...? demanda prudemment la vieille en regardant la femme de chambre.

— Cela tiendrait du miracle, répondit Mendoza. Mais ce ne peut être qu'elle. D'ailleurs elle a la médaille, je l'ai vue avec. Le feu roi Philippe IV l'avait offerte à doña Maria Luisa lors de son mariage, ainsi qu'un magnifique collier de perles.

— Une médaille avec un arbre ? Un sapin ou un saule ? s'écria Pauline tout excitée.

— Non, pas un arbre, une fontaine qui jaillit. Elle

était comtesse d'Altafuente. Haute-Fontaine, si vous préférez.

— Cela me fait tout drôle de savoir que Cécile a une vraie famille, fit Pauline d'un air ébahi.

— Je ne sais rien de sa famille française, poursuivit Mendoza. Je sais par contre que le vieux comte, le mari de doña Maria Luisa, est mort en 1677. Leur fils cadet, don Antonio, est décédé peu après dans un duel. C'était un mauvais sujet, une vraie plaie pour sa famille. Ensuite, faute d'héritier, le titre et la fortune familiale sont retournés à la couronne d'Espagne.

— Cécile comtesse ? fit Pauline en riant dans ses mains. Elle ne va pas s'en remettre ! Maintenant, il va falloir qu'elle trouve une autre rengaine que son "vous, les nobles" !

— Si on la retrouve... » souffla Mme du Payol d'un air lugubre.

La remarque leur fit l'effet d'une douche froide. Pauline soupira, puis reprit sur un ton suppliant :

« Aidez nous, Mendoza, allons voir la reine. Je sais bien que nous ne pouvons rien faire pour la Dauphine et le bébé, mais nous devons retrouver Cécile et mon frère avant les hommes de la marquise. »

Comme pour conjurer le mauvais sort, la femme de chambre se signa, puis croisa les doigts dans une prière muette :

« Ne rêvez pas, mademoiselle, la "*puta*" de Montespan ne me laissera pas entrer chez la Dauphine pour voir ma reine, alors que la pauvre doit avoir tant de peine. Sorcière ! *Puta !* Ah ! çà, elle doit jubiler, la garce ! »

Rouge de colère, Mendoza fit mine de cracher par terre avec mépris.

« Alors c'est sans espoir ? s'indigna Pauline.

— Non, moi j'ai une autre carte dans ma manche ! répliqua Mme du Payol en mettant la miniature dans la poche de son jupon. Bontemps nous aidera. »

Cécile chuchota dans son sommeil...

Les sens en alerte, Guillaume se réveilla en sursaut. Cécile s'agitait, en proie à un nouveau cauchemar. Il se souleva sur un coude pour la regarder dormir. Depuis combien d'heures étaient-ils enfermés ? Le jour s'était levé depuis longtemps, mais leurs ravisseurs n'avaient plus donné signe de vie.

Au point du jour, un groupe de gagne-deniers[1] étaient passés dans la rue en plaisantant bruyamment. Ils avaient hurlé à l'aide sans succès, jusqu'à en perdre la voix...

Puis la faim qui les avait tenaillés une bonne partie de la nuit avait fait place à une grande lassitude. Ils s'étaient rendormis l'un contre l'autre, à bout de force, au bord du désespoir.

Retrouvait-elle vraiment la mémoire ? se demanda-

---

1. Ouvriers sans qualification que l'on embauchait à la journée pour quelques deniers. C'était en général des portefaix ou manouvriers.

t-il. Que lui importait à lui, qui était Cécile, il l'aimait comme elle était : fille du peuple, bourgeoise ou même noble...

Elle commença à se débattre, la respiration saccadée.

« Cécile, réveille-toi ! »

Il la secoua doucement jusqu'à ce qu'elle ouvre les yeux et le regarde avec incrédulité. La jeune fille respira profondément, puis parla d'une voix hachée :

« La porte était ouverte et je me suis enfuie... »

Comme Guillaume la fixait avec étonnement, elle insista, des larmes plein les yeux :

« Toute la scène est là, dans ma tête, bien en ordre... Il n'y a pas de doute ! »

Il cherchait les mots pour la réconforter lorsqu'un bruit de pas devant le soupirail attira leur attention. Sans réfléchir, ils se levèrent d'un bond.

« Au secours ! À l'aide ! » hurlèrent-ils aussitôt en se pendant au soupirail.

Les pas s'arrêtèrent enfin, quelqu'un les avait entendus ! Mais dans le silence de la rue un gros rire méprisant retentit. Puis la porte d'entrée claqua, leur ôtant tout espoir.

« Vous croyez qu'ils reviennent avec l'ordre de nous éliminer ? » demanda Cécile avec angoisse.

Guillaume hocha la tête en fixant le sol. Il était évident que leurs ravisseurs n'avaient aucun intérêt à les laisser en vie. Ils devaient tenter quelque chose, coûte que coûte. Pas question de se laisser mener comme des animaux à l'abattoir !

« Dès que la porte s'ouvre, commença Guillaume d'une voix sourde, essaye de détourner leur attention, je foncerai sur eux et tu en profiteras pour fuir...

— Non, je ne pars pas sans vous. »

Guillaume allait répliquer lorsque la porte de la cave s'entrouvrit, puis se referma aussitôt derrière Benvenuti, mettant un terme à leurs projets d'évasion. Celui-ci posa une cruche d'eau et une demi-miche de pain avec du fromage par terre, sans toutefois les quitter des yeux.

« Vous avez de la chance dans votre malheur, fit-il aux jeunes gens avec une fausse sollicitude. Notre employeur pense qu'il est plus sage d'attendre quelques jours avant de vous liquider, afin que l'on ne fasse pas le rapprochement entre les deux affaires... Ce sera un vrai drame : un jeune garde qui enlève une jolie fille contre son gré. Ils se disputent et il la tue par accident, puis, désespéré, il se suicide... Sans compter qu'après un tel scandale, votre sœur devra décamper de la cour... puisqu'elle vous aura sans doute aidé à commettre votre forfait.

— À qui devons-nous ce roman ? demanda Guillaume avec amertume. À la marquise ou à sa suivante ?

— À Claude, bien sûr, répondit Benvenuti. La marquise est obsédée par le roi. Elle est d'une jalousie féroce et tellement imbue de sa personne qu'elle ne se rend pas compte qu'elle est une proie facile à manipuler... Sans compter que Claude a un vieux compte à régler avec le roi...

— Je ne vous crois pas ! fit Guillaume entre ses dents.

— Et pourtant ! Figurez-vous qu'il y a six ans la marquise était encore enceinte jusqu'aux yeux, difforme, et de très mauvaise humeur. Le roi a alors remarqué la suivante de sa maîtresse, fraîche, rose et appétissante... Seulement, lorsque Claude a mis au monde sa fille, neuf mois plus tard, le roi a refusé de la reconnaître. Reconnaît-on l'enfant d'une dame de compagnie, presque une domestique, lorsqu'on s'appelle Louis le Grand ? Non, on légitime seulement ceux d'une La Vallière ou d'une Montespan... Disons que Claude lui en a gardé une certaine rancœur, d'autant que la marquise ne l'a pas épargnée durant cette grossesse humiliante. Mais, depuis, Claude a su se rendre indispensable, la marquise ne fait rien sans elle. »

Benvenuti s'arrêta un instant pour jouir de l'incrédulité qui se peignait sur leurs visages, puis il poursuivit :

« Nous avions besoin d'une alliée à la cour, et Claude voulait sa vengeance, nous nous sommes donc entendus. En fait, la marquise servait bien nos projets tant qu'elle était favorite. Malheureusement, depuis l'affaire des Poisons, le roi la supporte mal. Maintenant, ce sont ses bâtards qui nous intéressent...

— Pour qu'un de ses trois fils règne, intervint Guillaume, il vous faudrait éliminer le bébé, le Dauphin, puis le roi : cela fait beaucoup de morts...

— Le jeu en vaut la chandelle. Et puis on peut mourir de tant de choses : maladie, accident de chasse, attentat ; faute de descendance, nous nous arrangerons pour que le Parlement autorise alors les bâtards à régner. La marquise obtient la régence, et pendant qu'elle dépense sans compter les deniers de l'État en toilettes et au jeu, nous nous occupons de gouverner.

— De gouverner, rien que cela ! s'indigna Cécile.

— Pas de notre propre chef, mademoiselle. Un pays... ennemi nous aidera de ses précieux conseils. Vous savez que la politique du roi inquiète bon nombre de ses voisins. La France est devenue trop puissante.

— Les princes du sang ne vous laisseront pas faire », s'insurgea Guillaume.

Benvenuti hurla de rire.

« Les princes ? Le roi les a si bien matés, qu'ils sont comme des petits chiens qui font le beau pour avoir un sucre !

— Qu'avez-vous fait à ma sœur ? demanda brusquement Guillaume.

— Rien, monsieur. Heureusement pour elle, elle n'a pas eu votre message. Votre valet est coriace, vous savez, nous n'avons rien pu en tirer : il a persisté à nous raconter des fables stupides de duchesses et d'églises. »

Dieu sait ce qu'il avait pu faire à l'enfant... Cécile ferma les yeux, comme prise de nausées.

Le regard moqueur, Benvenuti s'adossa à la porte. Il les contempla l'air sûr de lui, et poursuivit :

« Votre sœur se doute peut-être de quelque chose, mais sans preuves que pourrait-elle faire ? Pour le bébé, nous avons une méthode qui ne laisse pas de traces. En fait, nous avions espéré que la Dauphine ne s'en relève pas, ce matin on la disait même perdue, mais hélas ! elle s'accroche à la vie. Il nous reste donc une chance sur deux que le bébé soit un mâle...

— Vous êtes un monstre, fit tout bas Cécile.

— Non, je sers bien qui me paie bien », répliqua Benvenuti avec une courbette.

Puis, sans leur tourner le dos, il frappa trois coups secs à la porte qui s'entrouvrit comme par magie, et disparut.

« Et il y a six ans, demanda Cécile dans le vide, qui donc vous a payé ? »

« C'est pas Dieu possible que des chrétiens se conduisent comme ça ! » s'indigna Catherine Drouet en changeant le pansement de Malibourg.

La pauvre allait de surprise en surprise. D'abord, il y avait eu ces deux nouveaux clients qui n'arrêtaient pas de poser des questions sur Cécile ; depuis, on surveillait sa maison, elle en était sûre. Aujourd'hui la Duchesse lui avait raconté une incroyable histoire de poison et voilà que ce comédien parlait maintenant de tueurs et d'enlèvement...

Jusqu'à ce jeune comte, dont Pauline parlait dans ses lettres, qui s'était déplacé depuis la cour pour la voir !

Silvère, qui faisait nerveusement les cent pas devant le comédien, s'arrêta brusquement puis demanda :

« Êtes-vous sûr, monsieur, que vos amis sauront les retrouver ?

— Mais oui, fit Malibourg sur un ton rassurant. Lorsque ces crapules m'ont frappé, j'ai fait semblant d'être à l'agonie. Un de mes meilleurs rôles, je gémis comme personne ! Le coup a été rude, mais j'en ai vu d'autres... »

Il s'arrêta un instant, un rictus de douleur sur le visage, pendant que Catherine entourait son crâne d'un linge propre.

« Je les ai suivis de loin du mieux que j'ai pu, mais je les ai perdus entre le Marais et le port Saint-Paul. Mais n'ayez aucune crainte, mes vieux amis de la cour des Miracles nous renseigneront.

— Si j'étais vous, râla Catherine, je ne me vanterais pas de ce genre de relations !

— Je n'en ai pas honte. C'est là-bas que j'ai débuté. Avec trois comparses, nous avions un numéro très au point. Je jouais les "sabouleux". Je tombais en syncope et mimais une crise d'épilepsie avec du savon dans la bouche, pour baver. Les bourgeois se précipitaient pour m'aider pendant que les trois autres leur faisaient les poches... Main-d'or, un des trois, a fini sur la roue, place de Grève, en 1662. Je suis entré chez Molière, et les deux autres, Grand-Pierre et Casse-Bobine, tiennent aujourd'hui un cabaret où se rassemblent les tire-laine, coupe-bourse et autres "argotiers"... »

Il fut interrompu par un coup frappé à la porte. Aussitôt Catherine se précipita pour ouvrir, puis se poussa pour laisser entrer deux hommes à la mine patibulaire. Ceux-ci regardèrent avec suspicion la femme et le jeune gentilhomme puis quêtèrent du regard l'approbation du comédien avant de parler :

« Ils sont bien au port, au bout de la rue Broc-de-Fer, dans une maison au milieu des entrepôts de bois de construction. La porte est surmontée d'une coquille Saint-Jacques », commença le premier, une montagne de muscles aux petits yeux de myosotis, qui poursuivit en connaisseur : « Un endroit de rêve, peu d'habitants le jour et personne la nuit, à part de la mauvaise graine. »

Son compère approuva en souriant de toute sa bouche édentée. Il enleva son grand chapeau et salua Catherine. On peut être truand, et avoir des manières, que diable ! Pourtant la brave Catherine ne put réprimer un haut-le-cœur en voyant son visage couturé et son nez épaté... C'était à n'en pas douter Casse-Bobine, pensa-t-elle avec une grimace, mais en fait on aurait du l'appeler Bobine-Cassée, car il était sûrement tombé sur plus fort que lui...

« Ce matin, deux des hommes sont partis à l'aube. Ils sont revenus vers midi, fit ce dernier en zézayant, faute de dents de devant. Celui en noir est ressorti ce soir vers six heures. Il est parti à cheval par le Pont-Neuf.

— Mes petits, ils vont bien ? demanda Catherine en se tordant les mains.

— Sais pas, madame, répondit-il laconiquement.

— Certainement, mère Drouet, la rassura Malibourg. Sinon, nos hommes ne garderaient pas la maison.

— Dieu vous entende !

— Alors, qu'attendons-nous pour aller les délivrer ? s'impatienta Silvère.

— Mon jeune seigneur, fit Malibourg en riant, ces gens-là sont des mercenaires et pas d'honnêtes truands, comme mes amis, qui volent pour se nourrir. Ils n'ont pas votre sens de l'honneur, pas question de les provoquer en honnête duel. De plus aucun soldat du guet n'ira dans ce quartier, même si vous lui promettez la lune... Mes amis, croyez-en mon expérience, il nous faudra être plus rusés qu'eux et profiter du fait que, pour l'instant, ils ne sont plus que deux... »

La rue était déserte, Catherine, une lanterne à la main, alla d'un pas décidé se planter devant la porte à la coquille. Derrière elle, suivait un Silvère en costume de commis, portant une grande panière.

La guérisseuse jeta un bref coup d'œil de part et d'autre de la porte où Malibourg et ses deux amis, plaqués contre le mur, avaient pris position arme au poing. Elle respira un bon coup pour se donner du courage, puis se lança :

« Holà de la maison ! hurla Catherine en cognant la porte du plat de la main. Y'a quelqu'un ? C'est l'aubergiste de *La Pomme de pin* ! »

Le raffut aurait réveillé un mort. Cécile au sous-sol reconnut aussitôt la voix de sa mère adoptive, et Guillaume, plein d'espoir, se pendit après le soupirail.

« Nous sommes là ! se mit-il à crier en secouant les grilles, pendant que Cécile dansait de joie.

— Taisez-vous, bon sang ! ordonna une voix étouffée contre l'ouverture, alors qu'une énorme main, velue comme une patte d'ours, lui passait une dague entre les barreaux.

— Vous allez tout faire rater. Cachez-vous derrière la porte et attendez.

— J'amène des provisions, ouvrez ! C'est l'aubergiste ! » reprenait Catherine, avec l'aisance d'une comédienne de longue date.

Après quelques instants qui leur parurent des

siècles, la porte s'ouvrit enfin sur Trois-Doigts qui rugit :

« Dégage, la mère, on t'a rien commandé.

— Vous non, mais la jeune dame qui est venue tantôt à l'auberge, oui. Elle a dit que c'était pour fêter votre réussite. J'ai là un chapon rôti, une terrine, du pain tout frais, une tarte et mon meilleur vin bouché. »

Le second homme se profila derrière Trois-Doigts, son épée à la main.

« Qu'est-ce que t'en penses, Tranchelard ? fit Trois-Doigts en salivant. On pourrait améliorer notre ordinaire !

— C'est payé, continua Catherine. Si vous n'en voulez point, j'les remporte. Je trouverai bien à les revendre ailleurs, ça me dédommagera d'être venue dans ce trou à rats. »

En bougonnant, elle fit mine de partir.

« Attends, la mère ! Si c'est payé, autant en profiter ! Donne, entendit-elle avec soulagement.

— Hé ! dites donc, la panière, elle est à moi ! reprit Catherine en râlant. Mon fiston vous la vide dans la cuisine et me la ramène ! »

Silvère gravit aussitôt les marches du perron en sifflotant, puis passa devant Trois-Doigts qui tenait la porte. Arrivé au milieu de l'entrée, il bouscula l'autre d'un violent coup de panière, l'envoyant bouler dans l'escalier. Malibourg et ses acolytes se précipitèrent alors pour maîtriser Trois-Doigts, et n'eurent aucun mal, sous l'effet de la surprise, à le maintenir au sol un couteau sous la gorge.

Mais déjà l'autre, le dénommé Tranchelard, un instant secoué par sa chute, se relevait et ramassait son arme. Silvère sortit alors son épée de la panière puis courut à la rencontre de son adversaire qui s'apprêtait à l'affronter, le regard noir.

« Viens, mon gaillard, ricana le truand, que je te caresse l'échine... »

Silvère se fendit puis frappa de taille, l'autre para le coup sans problème, avantagé par une longue pratique des combats, puis attaqua à son tour, faisant reculer Silvère jusqu'en haut des escaliers. Celui-ci, tout en ferraillant, entraîna son adversaire de l'entrée vers la salle, enchaînant les attaques et les parades. Enfin, Silvère réussit à le déséquilibrer d'un coup habile, mais l'autre se reprit aussitôt...

« Pas mal ! approuva l'homme en connaisseur avec un rire mauvais, on ne t'apprend pas que les ronds de jambe dans ton école ! Mais celle là, mon jouvenceau, est-ce que tu la connais ? »

Il passa si brusquement à l'attaque que Silvère ne put parer à temps le coup qui lui laissa la brûlure d'une estafilade sur le bras. Il y avait un monde entre la théorie de l'académie et la pratique, se rendit-il compte, même s'il avait eu les meilleurs maîtres d'armes de la place de Paris.

Pendant ce temps, Catherine, qui s'était glissée

entre les combattants, fila jusqu'à la cave. Lorsqu'elle ouvrit la porte en pleurant tout à la fois de joie et de peur, Cécile lui sauta au cou. Sans attendre, Guillaume, qui piaffait d'impatience, sortit en courant pour porter main-forte à ses sauveteurs.

« Mon cher Guillaume, quelle joie de vous revoir ! prit le temps de dire Silvère sans lâcher de l'œil son adversaire.

— Besoin d'aide, cher ami ? répliqua Guillaume sur le même ton mondain en remarquant sa manche ensanglantée.

— Non, je vous remercie, ceci est une affaire personnelle. Je l'ai commencée, je la termine.

— Sacridi, grouillez-vous, râla Malibourg en se postant près de Guillaume. Il faut partir d'ici et vite. Si ces angelots ont des confrères dans le coin, je ne donne pas cher de notre peau.

— Très bien, s'esclaffa Silvère. Puisque vous insistez, voilà la spécialité du chef. Parez donc ma botte, monsieur Tranchelard, si vous le pouvez », fit-il pour le truand.

En trois bonds il fut sur son adversaire, le désarma d'un habile moulinet du poignet et lui transperça la cuisse.

« Bravo, joli coup, applaudit Guillaume comme à la parade. Vous me l'apprendrez ?

— Bien sûr, tenez c'est facile, tout est dans...

— Silvère ! fit dans son dos Cécile avec une note

de reproche dans la voix. Croyez-vous que ce soit vraiment le moment ?

— Vous avez raison... Après vous, fit-il galamment en lui montrant la porte, pendant que Malibourg finissait de ficeler l'homme blessé.

— Silvère ? Tu l'appelles Silvère ? s'insurgea Guillaume en sortant dans la nuit. Alors, à moi tu me donnes du monsieur depuis des années, et à lui tu lui...

— Assez... Guillaume. Dieu, que tu es énervant par moments ! »

Il la regarda avec incrédulité en souriant, mais pour une fois, il resta sans voix.

18

Ce jeudi 6 août 1682 à 10 heures 20 du soir, la Dauphine Marie-Anne, après deux jours de souffrances, mit un garçon au monde. Le roi, qui ne l'avait guère quittée pendant toutes ces heures d'angoisse où on la croyait perdue, sortit lui-même sur le palier pour crier fièrement aux courtisans qui encombraient les couloirs jusqu'en bas des escaliers :

« Nous avons un duc de Bourgogne ! »

La suite fut extraordinaire ! Le roi, porté en triomphe par les courtisans en délire, passa de mains en mains aux cris des vivats, sans que ses gardes du corps puissent intervenir.

En quelques minutes, toutes les églises des environs

se mirent à sonner. De mémoire de gentilhomme, on n'avait jamais vu cela ! On chantait et on dansait jusque dans la chapelle, on buvait du saute-bouchon, ce drôle de vin de Champagne pétillant, on s'embrassait !

Le roi, abandonnant son masque de dieu vivant, pleurait de joie : il était grand-père, sa lignée était assurée. Le Dauphin Louis, son balourd de fils, ne lui apportait aucune satisfaction. Mais, de ce petit-fils, il ferait un grand roi, il en était sûr.

Dehors, les ouvriers allumaient des feux de joie, brûlant pêle-mêle les échafaudages et les chaises à porteurs qui leur tombaient sous la main, improvisant des bals champêtres au son de la viole ou du crin-crin.

« Sire, cria Bontemps en sortant le roi de force d'une farandole endiablée. Sire ! »

Louis XIV, la perruque de travers, s'arrêta enfin.

« Vous avez du nouveau ? fit le roi qui retrouva d'un coup sa dignité.

— Non, mais j'ai fouillé la chambre de l'enfant, et je fais enquêter sur les vingt nouveaux domestiques que l'on a engagés pour son service. Ces bruits ne sont peut-être pas fondés...

— Ne prenez aucun risque, Bontemps. Faites doubler la garde et ne quittez pas Mme de Montespan d'une semelle. Mendoza et Payol sont deux vieilles piquées, mais pas la jeune Saint-Béryl. Et questionnezmoi la reine en douceur sur cette prétendue comtesse espagnole... »

Louis XIV fit alors mine de s'éloigner, mais le gros Bontemps le rattrapa in extremis par la manche.

« Autre chose, Sire ! Ils mettent le feu à la galerie, Sire !

— Comment ?

— Ces sauvages arrachent les lambris dorés de la grande galerie et les jettent par les fenêtres pour y mettre le feu, Sire. Il faut donner des ordres !

— Laissez donc ces braves gens s'amuser, Bontemps. Des lambris, on en rachètera !

— Cent mille livres de lambris, Sire... » continua Bontemps dans le vide, car le roi était de nouveau au centre de la farandole.

Bontemps regarda autour de lui avec désespoir. Il faudrait des jours pour remettre de l'ordre dans cette pagaille. Et, bien sûr, tous les problèmes seraient pour lui... Le bon gros valet, s'épongeant de son mouchoir, franchit l'antichambre où la garde avait pris place.

Dans la chambre, la reine à genoux continuait ses prières avec ferveur pour remercier sainte Marguerite, tandis que la jeune Dauphine, épuisée et meurtrie, s'endormait enfin en paix.

Dans la pièce contiguë où l'on avait dressé le berceau royal, Clément lavait l'enfant dans un mélange de vin et de beurre fondu pour le fortifier. À côté de lui, la nourrice, Anne Composine, solide jeune femme à la

poitrine généreuse, attendait de nourrir l'enfant qui, malgré une naissance éprouvante, braillait à qui mieux mieux.

« À la santé du prince ! » lui lança gaiement un des nombreux valets embauchés pour le service du petit duc.

Anne regarda l'homme lui servir un verre de ratafia, puis reboucher le flacon.

« Gardez donc la bouteille, c'est une liqueur très spéciale, fit-il aimablement. On dit que le ratafia fait monter le lait aux nourrices. Vous en reprendrez à votre guise. »

Sans trop savoir pourquoi, elle ne pouvait supporter ce petit rouquin au visage de fouine avec cette grosse verrue sur le nez. Mais on ne refuse pas de boire à la santé d'un prince...

Alors Anne prit le verre en le remerciant d'un sourire et le vida à petites gorgées après avoir crié joyeusement :

« Longue vie au prince ! »

La folie avait gagné la capitale. Dès onze heures et demie, la nouvelle s'était répandue, reprise de quartier en quartier. Les taverniers avaient rouvert leurs portes, offrant tournées sur tournées. On dansait et on chantait, les enfants lançaient des pétards, les femmes pavoisaient les fenêtres de draps peints de fleurs de lys.

Tous s'en donnaient à cœur joie, car on savait déjà que les trois jours suivants seraient chômés.

Cécile, Guillaume et Silvère, menant leurs chevaux par la bride, tentaient de se frayer un chemin dans une foule de plus en plus dense. Il leur fallait gagner Versailles au plus vite, car Tabarin, pensaient-ils à juste titre, aurait tôt fait de s'en prendre à l'enfant.

Ils étaient arrivés chez Malibourg à l'instant même où la nouvelle avait retenti. Et, ne prenant que le temps de se changer, ils s'étaient aussitôt remis en route.

Rue de l'Arbre-Sec, des jeunes gens en costumes de carnaval s'agglutinaient en riant autour d'un berceau de bois qu'ils portaient en triomphe. Sur les quais, d'autres lançaient en l'air sur une couverture une jeune fille qui riait à gorge déployée.

Cécile s'appuya contre le mur, prise de vertige. Dans sa tête explosait tout à coup une tempête d'images. La rue et le bruit s'effaçaient, cédant la place à une chambre ensoleillée.

« Ne traînez pas dans mes jambes, fit gentiment Marieta en bouclant une grosse malle en cuir.

— Tu as pris ma poupée ?

— Votre Cécile ? Bien sûr ! répliqua la jeune servante en riant. Dépêchons-nous, ou le carrosse partira sans nous. »

Marieta se mit à genoux sur la malle, pour en tasser le contenu.

« Je ne peux aller en France chez grand-père sans ma Cécile, fit la petite fille le plus sérieusement du monde.

— Enlevez donc cette médaille de votre bouche. Si cette pauvre doña Maria Luisa, Dieu ait son âme, la voyait !... »

« Cécile, ça va ? » demanda anxieusement Guillaume en posant une main sur son épaule.

Elle rouvrit les yeux, désorientée ; le sang lui battait aux tempes, presque au même rythme que le tambour tout proche d'un montreur d'ours. Les porteurs de flambeaux qui tourbillonnaient autour d'eux lui donnaient le tournis.

« Oui, poursuivons, le temps presse », mentit Cécile en se mettant en marche.

Il leur fallut plus d'une demi-heure pour franchir le Pont-Neuf, tant la foule était épaisse. Les voleurs seraient à leur affaire cette nuit, plus d'un bourgeois y laisserait sa bourse !

Sur une estrade, des comédiens improvisaient une saynète à la grande joie des badauds, un peu plus loin un bonimenteur ventait les mérites de son élixir qui, affirmait-il, avait sauvé la Dauphine. Cécile s'arrêta un instant, car son cheval, effrayé par des pétards, venait de faire un écart. Elle n'eut que le temps de s'accrocher au pommeau de la selle lorsque le vertige la saisit à nouveau. En un éclair, elle se retrouva dans le carrosse.

« Votre frère est un irresponsable, disait la jeune femme.

— Il est couvert de dettes ! Mon père parle de le déshériter... Il traîne notre nom dans la boue, s'indigna l'homme en espagnol.

— Mais c'est vous l'aîné, mon ami. Vous hériterez des terres et du titre. Votre frère le sait bien, c'est pour cela qu'il enrage et qu'il nous veut tant de mal.

— Oncle Antonio nous veut du mal, papa ? » demanda l'enfant.

Devant le regard courroucé de l'homme, Marieta intervint doucement :

« Les enfants ne se mêlent pas de la conversation des grandes personnes, Casilda. Taisez-vous donc... »

Les pétards explosèrent en chaîne, Cécile regarda sans les voir les enfants courir en criant de joie, lampions en main.

« Casilda ? » Le cœur au bord des lèvres, elle repartit. Heureusement, Guillaume et Silvère n'avaient rien remarqué.

La statue d'Henri IV se découpait dans la nuit, les Parisiens avaient allumé des feux de joie à ses pieds et dansaient en ronde autour.

Il leur fallut encore une bonne heure pour traverser les faubourgs et la même exubérance régnait dans les petits villages. À Auteuil, on se baignait dans la Seine, à Sèvres on avait dressé des feux de joie dans les rues, où, comme à la Saint-Jean, l'on faisait griller vivants quelques chats, ces animaux du diable, pour éloigner le mauvais sort.

Pourtant, le spectacle de Versailles les laissa sans voix : le château, éclairé comme en plein jour, résonnait de chants joyeux ; des courtisans, ivres pour la plupart, plongeaient tout habillés dans les fontaines du parc. On dansait dans les bosquets, fleuretait au Labyrinthe ou à l'abri de la grotte de Thétis...

Ils laissèrent leurs chevaux dans la cour, au milieu d'un désordre indescriptible de chaises à porteurs calcinées et d'échafaudages en ruine, puis grimpèrent en courant l'escalier de la reine pour finir, essoufflés, dans la salle des gardes.

« Faites appeler ma sœur, Villedieu, fit Guillaume à un garde qu'il connaissait. Par pitié ! C'est urgent. »

Il ne fallut guère que trente secondes à Pauline pour franchir les salons, la chambre de la reine et l'antichambre avant de se jeter dans les bras de son frère et de ses deux amis.

« Venez vite voir Bontemps, il est avec la reine », dit-elle en les accompagnant.

Ce qu'ils virent chez la reine était aussi incongru que les scènes désordonnées de l'extérieur. La petite reine, en négligé de dentelle, était assise devant le feu sur un carreau. Face à elle, se tenait Bontemps. Son gros derrière posé sur un minuscule tabouret de duchesse, il sirotait gravement une tasse de chocolat, le petit doigt en l'air.

Après ces deux longs jours d'angoisse, Marie-Thérèse avait préféré renvoyer ses dames, afin de profiter d'un de ces trop rares moments de détente, sans yeux ni oreilles indiscrets.

À son côté, l'indispensable Mendoza, accroupie devant l'âtre, faisait cuire une omelette d'une main habile en chantonnant une zarzuela de son pays natal. La reine raffolait de ses omelettes et de son épaisse soupe à l'ail qu'elle dévorait pour caler ses innombrables petites fringales. Une des plaisanteries à la cour consistait à dire en reniflant : « Quelle odeur d'ail et de chocolat ? Ah ! Vous parlez sans doute du nouveau parfum de la reine ? »

Mme du Payol, assise elle aussi par terre, regardait Mendoza en salivant : elle avait raté le souper, et les émotions, c'est bien connu, ça creuse...

« Alors la voilà, fit la reine en regardant Cécile se jeter à ses genoux. Il va falloir que nous discoutions dé ta...

— Votre Majesté, le bébé va-t-il bien ?

— Oui, il va biéne. Bontemps, il m'a dit que tout est en ordre. Ié souis heureuse dé té voir, petite. I'ai vou l'ambassador... »

Guillaume et Silvère s'avancèrent à leur tour, saluèrent, puis Guillaume se tourna vers Bontemps sans même attendre que la reine finisse sa phrase :

« Bontemps, un dénommé Tabarin a ramené le poison... Son complice Benvenuti doit être avec Mlle des

Œillets chez Mme de Montespan. Cécile et moi nous l'avons entendu comploter ! »

À ces mots Bontemps se leva, posa sa tasse de porcelaine, puis fit face aux jeunes gens de son air bonhomme.

« N'inquiétez pas Sa Majesté avec des bruits alarmistes, monsieur. Venez donc plutôt admirer notre nouveau prince, le petit duc de Bourgogne. »

Le ton était doux, serein, mais sans appel. Après un salut à la reine, ils sortirent derrière le gros valet d'un pas tranquille. Pourtant, une fois passées les portes, Bontemps s'arrêta net, puis se tourna fébrilement vers les jeunes gens.

« Ce Tabarin, vous l'avez déjà vu ? Quel poison utiliseront-ils ? Qui dirige la bande ? La marquise est sous surveillance, vous savez, ce Benvenuti ne nous échappera pas. »

Il reprit son souffle sous le regard ébahi des quatre amis qui en profitèrent, tout en cheminant vers la chambre du petit prince, pour déballer l'affaire à tour de rôle.

« À part l'accoucheur, la gouvernante qui l'a langé et la nourrice, déclara Bontemps, sûr de lui, personne n'a touché l'enfant.

— Ils ont dit que la méthode ne laisserait pas de traces. Avez-vous vérifié les langes, les draps, le savon de toilette ? demanda Cécile. De nos jours, il est fréquent de voir du linge empoisonné avec une solution d'arsenic !

— Non, répondit Bontemps, au bord de la crise cardiaque. Personne n'y a pensé. »

Ils passèrent presque en courant l'antichambre où Thomas, seul avec les gardes, semblait s'ennuyer ferme alors que la fête dehors battait son plein.

Pour plus de sûreté, Bontemps avait placé près de l'enfant Dufort, son garde suisse, armé jusqu'aux dents. Ce dernier ne lâcha le petit duc de Bourgogne du regard que le temps de faire comprendre à son chef que tout allait bien.

Bontemps, enfin rassuré, s'approcha du berceau en souriant béatement. Le bébé était superbe, rose, dodu et en pleine santé. Ficelé dans son lange comme un saucisson, il dormait calmement, bercé par une des « remueuses », qui s'éclipsa aussitôt.

« Quelle joie de vous revoir ! fit Hildie depuis la porte de la chambre de la Dauphine. On dirait les fées des contes de mon enfance autour du berceau, ajouta-t-elle malicieusement.

— Vous avez laissé les sorcières dehors, j'espère ? demanda Élisabeth en entrant à son tour dans leur cercle.

— Nous avons essayé de surveiller, selon les ordres de Bontemps, reprit Hildie, moi dans la chambre de la Dauphine, Élisabeth dans le salon et M. de Pontfavier dans l'antichambre. »

Cécile prit doucement le bébé dans ses bras puis le tendit à Pauline. Elle commença à inspecter minutieusement les draps, puis la literie.

« La layette nous a été offerte par le pape en personne, expliqua Bontemps. Elle est enfermée dans ce coffre depuis qu'il l'a bénie à Rome.

— J'ai noté toutes les entrées depuis l'heure de la naissance jusqu'à maintenant, fit Thomas en les rejoignant.

— As-tu vu un rouquin ? demanda anxieusement Guillaume à son cousin.

— Non... Si ! Avec une verrue sur le nez. Il est sorti à 10 heures 30. Il apportait le beurre fondu et le vin chaud pour le bain du bébé. »

Cécile se précipita aussitôt vers la cuvette que l'on avait laissée sur la table à langer. Elle y trempa ses doigts qu'elle renifla avec suspicion :

« Non, je ne sens rien ! Et s'il y avait du poison dedans, l'enfant serait déjà malade. C'est à n'y rien comprendre ! Tout est en ordre. Tabarin aurait-il renoncé ? »

Pauline embrassa le front du bébé avec précaution puis poursuivit rêveusement :

« Regardez, il dort comme un ange. Un jour, il sera peut-être notre roi. Eh bien moi, si j'étais fée, je te donnerais la beauté... »

Silvère à son tour prit l'enfant :

« Mais non, voyons. À toi l'intelligence, plutôt.

— Et la sagesse, poursuivit Élisabeth en tendant les bras pour le prendre à son tour.

— L'amour, dit doucement Hildie en passant le bébé à Guillaume.

— À toi des amis sincères.

— Et un valet de chambre fidèle, bien sûr, fit Bontemps en riant.

— Vous avez tout dit, se plaignit Thomas en recevant l'enfant à son tour. Que pourrais-je bien lui souhaiter ?

— Une épouse avec une grosse dot, peut-être », persifla Élisabeth.

Thomas piqua un fard. Quelqu'un avait dû vendre la mèche...

« Vous saviez donc ?

— Disons que j'ai deviné, répliqua sèchement Élisabeth. Mais poursuivez, monsieur la fée. »

Il regarda le bébé endormi contre son épaule, puis fit son vœu :

« À toi une fiancée qui ait confiance en toi, quoi qu'il arrive. »

Thomas tendit le bébé à Dufort, qui, n'osant le toucher, quêta l'approbation de son chef :

« Ben... À vous la joie de vivre », fit-il en tenant l'enfant à bout de bras d'une voix bourrue, pleine d'affection.

Il le passa enfin à Cécile qui le recoucha doucement en murmurant :

« À toi l'amour de tous tes sujets.

— Non, mademoiselle, fit dans son dos la voix de Louis XIV. On ne gouverne bien que par la crainte et non par l'amour. »

Les « fées » plongèrent aussitôt dans une révérence. Seule, la voix de Bontemps se fit entendre :

« C'était juste un jeu, Sire.

— S'il a la moitié des dons que vous lui souhaitez, je serai un grand-père comblé !

— Votre Majesté connaît sans doute ces jeunes gens qui m'ont rapporté ces informations.

— Vous savez bien, Bontemps, que je n'oublie jamais un visage. »

Louis XIV souleva un instant son chapeau et s'approcha de Cécile :

« Voici donc notre comtesse. Vous avez fait couler beaucoup d'encre et inquiéter bien des gens, comtesse. L'ambassadeur d'Espagne en est tout retourné...

— Elle n'est pas encore au courant, Sire, se hâta de dire Pauline en se plaçant près de son amie.

— Je suis donc espagnole ? fit Cécile, dont le cœur commençait à battre à tout rompre.

— À moitié, mademoiselle », répondit Bontemps à la place du roi. Il sortit de sa poche la fameuse médaille.

« Ceci est à vous, je crois ? »

Cécile approuva de la tête et prit sans un mot l'objet qu'elle enferma dans sa main :

« Alors ? Quel est mon nom ? demanda-t-elle craintivement, les yeux fermés.

— Tu ne veux pas t'asseoir ? » lui souffla Guillaume à l'oreille. Puis, devant son mutisme, il s'écria avec inquiétude, malgré le bébé endormi :

« Qui tu es est sans importance. Si tu le veux, on oublie tout et tu restes Cécile Drouet.

— Guillaume ! fit-elle nerveusement entre rire et larmes. J'ai déjà tout oublié une fois, je ne vais pas recommencer ! D'ailleurs, j'ai déjà une partie de la réponse et je devine l'essentiel. »

Elle regarda la médaille au creux de sa main, puis continua :

« Je crois m'appeler Casilda. Mes parents sont morts. Notre carrosse a été attaqué alors que nous venions en France. C'est mon oncle qui a tout manigancé. Je suis la seule survivante. Ils voulaient me vendre à Paris, mais je me suis enfuie et je suis tombée dans la Seine, les Saint-Béryl m'ont sauvée et... voilà. »

Louis XIV se tourna vers son valet :

« Lui disons-nous, Bontemps ? Son nom, pour commencer... Mademoiselle, vous êtes née Altafuente par votre père et Rovigny par votre mère. Le vieux baron sera ravi d'avoir une petite-fille aussi charmante. Je crois, par contre, que votre famille espagnole s'est éteinte.

— Tu entends ça, te voilà noble, fit Guillaume en

la prenant par les épaules alors qu'elle restait bouche bée, sans aucune réaction. Il va falloir que nous reparlions des princes et des bergères, ma belle, maintenant que nous sommes du même côté de la barrière...

— Quelle barrière ? demanda Pauline.

— Celle qui sépare d'ordinaire les guérisseuses des gardes écossais », reprit Guillaume en riant.

Cécile, au comble de la confusion, sentit ses joues s'empourprer, alors que Pauline, inconsciente de sa gêne, en rajoutait :

« Ah oui, cette barrière-là ! Cela fait deux ans que je vous observe tous les deux pour savoir quand elle va tomber !

— Votre Majesté aurait-elle la bonté de poursuivre ? » demanda Cécile, toute rouge, pour couper court à l'hilarité générale.

Le roi regarda les jeunes gens tour à tour, puis Bontemps dont le début de fou rire se terminait en quinte de toux. Voilà ce qui manquait au château, pensa-t-il, de la jeunesse et des rires... Il se souvint du temps où, à Saint-Germain, il s'échappait par la fenêtre de sa chambre et courait sur les toits pour rejoindre les sœurs Mancini. Peut être son petit-fils en ferait-il autant dans quelques années ?

« L'ambassadeur d'Espagne va s'occuper d'inventorier vos biens et de vous rendre votre titre, ma chère comtesse. On m'a parlé de nombreuses terres et de cent mille livres de rente. Il va sans dire que nous vous trouverons une charge à la cour, car nous souhaitons vous y voir. »

Un concert d'exclamations admiratives s'ensuivit. Pauline et Élisabeth sautaient de joie, Hildie vint l'embrasser, Thomas et Silvère lui envoyèrent des claques dans le dos. Des terres ! Cent mille livres ! Une charge ! répétait-on. Seuls Cécile et Guillaume restaient étrangement calmes.

Comment diable arrivait-on à dépenser cent mille livres en un an ? se demanda-t-elle. Tout cet argent l'affolait tout à coup.

Cent mille livres ! se dit Guillaume avec amertume. Sa joie et ses espoirs tout neufs s'effondraient. Et les princesses épousaient-elles des bergers ? pensa-t-il le cœur serré...

Dans le berceau, l'enfant s'agita, réveillé par leurs rires. Les jeunes gens, dégrisés, se turent aussitôt pour l'entourer.

« Dire que nous en oublions nos deux truands ! Ils sont sûrement chez la marquise !

— Allons-y et coinçons-les, s'écria Silvère. Ils finiront bien par parler !

— Non, l'arrêta le roi. Il ne sera pas dit que l'on a arrêté des assassins chez une des plus grandes dames de France. »

Le brave Bontemps hocha la tête :

« Entendu, Sire. Pas de scandale. Nous les cueillerons ailleurs. Nous arrêterons deux soudards ivres qui profitaient de la fête pour commettre quelques forfaits...

— Voilà ce que j'aime en vous, Bontemps, vous me comprenez si bien, fit le roi en sortant. Je remonte le Grand Canal en gondole. Le feu d'artifice sera lancé dans une demi-heure. Faites prévenir que ce soir il n'y aura qu'un "petit coucher".

— Il va être deux heures, Sire. Nous devrions peut-être arrêter ces festivités.

— Non. Personne ne doit supposer qu'il se passe quelque chose d'anormal. Je compte sur vous, messieurs, pour rester discrets. »

19

L'horloge sur la cheminée sonna six heures. Anne Composine s'assit près du berceau pour regarder l'enfant dormir. « Son petit maître », pensa-t-elle avec tendresse. Désormais sa vie était liée à celle de l'enfant. Elle avait été choisie parmi quarante candidates pour la qualité de son lait. Dans deux ans, quand l'enfant serait sevré, elle serait promue première femme de chambre et ne le quitterait plus jamais, ainsi que le voulait la tradition à la cour de France. Le roi lui-même voyait tous les matins sa vieille nourrice, pour qui il éprouvait beaucoup d'affection.

Dufort venait de partir se reposer et son remplaçant arriverait d'un instant à l'autre. Anne se massa la nuque : elle avait mal dormi et un tenace mal de tête lui taraudait les tempes. Pas le moment de tomber malade, pensa-t-elle, ou on lui enlèverait l'enfant pour le confier à l'une des trois nourrices remplaçantes...

Elle se leva et alla ouvrir le placard dissimulé dans les boiseries du mur. Elle en sortit le ratafia que le rouquin lui avait offert la veille. Voilà de quoi se remettre les idées en place.

« Y'a pas de mal à se faire du bien », se dit-elle en buvant un verre de liqueur.

Puis Anne prit l'enfant dans ses bras, lui tapota doucement le dos pour qu'il se réveille, ouvrit son corsage et lui tendit un bout de sein rose.

« À sept heures, il allait très bien, fit d'une voix chevrotante Mme de La Mothe-Houdencourt, la gouvernante. La nourrice vous le dira, elle l'a porté à la Dauphine qui le voulait près d'elle. À la tétée de neuf heures, il geignait bien un peu. Mais à celle de midi, j'ai fait mander Fagon. »

Les sourcils froncés, Bontemps regarda le corps marbré de rouge du bébé nu qui criait, comme au comble de la souffrance.

Fagon tenta de s'expliquer avec gêne :

« Nous sommes impuissants devant les maladies des enfants. De plus, vous savez bien que le climat de Versailles est le pire de la région, avec ses marais pestilentiels... Ici, un enfant sur deux meurt avant l'âge d'un an... Et celui-ci a eu une naissance fort éprouvante...

— Est-il empoisonné ?

— Empoisonné ! Comme vous y allez ! fit Fagon, embarrassé, en écartant les bras. Peut être que oui... Peut être que non...

— Et que comptez-vous faire ? insista Bontemps qui commençait à bouillir. Attendre l'autopsie pour en être sûr ?

— Eh bien... Des bains de tilleul pourraient peut-être le calmer, et rajoutons une ou deux saignées pour éclaircir son sang... Mais le mieux serait d'attendre, Dieu seul décide...

— Cela ne vous vexera pas si je demande l'avis de quelqu'un d'autre ?

— Daquin sera de mon avis, j'en suis sûr.

— Non, je pensais à quelqu'un d'autre... » fit Bontemps en sortant presque en courant, tant les cris de l'enfant le bouleversaient.

« On aura tout vu, se dit Fagon avec mépris. Voilà que les femmes se prennent pour des médecins ! Un jour elles se mêleront même de politique, si on ne les remet pas à leur place... Et regardez donc cette gamine ! C'eût été une matrone, mère de dix enfants, ma foi, elle aurait l'expérience des marmots, mais cette fille ! »

Blessé dans son orgueil, il observa Bontemps qui ne la quittait pas des yeux.

« Hélas ! fit Cécile en berçant l'enfant en pleurs, je ne soigne d'ordinaire que les adultes... parfois des enfants, mais jamais de bébés. Chez les petites gens, faire soigner un bébé, c'est jeter l'argent par les fenêtres. Si l'enfant est assez fort pour survivre, tant mieux, sinon... Seigneur, il semble au plus mal.

— Je vous l'avais bien dit, râla Fagon au comble de la jalousie. Que pourrait faire cette fille de plus que moi ?

— Elle a sauvé Mendoza, elle ! »

Fagon prit un air outragé. « C'est moi qui ai sauvé Mendoza, pensa-t-il avec aplomb. L'effet du traitement a tardé à venir, c'est tout ! Et cette fichue gamine en a retiré tout la gloire ! »

Devant son impuissance à soulager l'enfant, Cécile ferma les yeux pour une prière muette. Si seulement elle savait comment ils avaient procédé, alors peut-être pourrait-elle faire quelque chose. « La santé, songea-t-elle confusément d'un air coupable, j'aurais dû lui souhaiter la santé... »

À quinze heures tapantes, la nourrice arriva pour la tétée, le visage crispé, en se tenant l'estomac d'une main. Cécile la regarda s'asseoir, puis prendre l'enfant sur ses genoux. Pas gaillarde la nourrice ! pensa-t-elle en observant le voile de transpiration qui couvrait son front.

Sans cesser de gémir, l'enfant, d'un poing rageur, repoussa le sein que lui tendait la jeune femme.

« Allez-vous bien, madame ? demanda Cécile.

— Mais oui, pourquoi donc ?

— N'avez-vous point de maux de tête, des douleurs au ventre, des vertiges ? insista la jeune fille.

— La chaleur m'incommode bien un peu, c'est vrai, se défendit Anne. Mais pas au point d'être malade. »

Le bébé contre elle se mit à pleurer à tel point que, découragée, elle le reposa dans son berceau. Sans trop savoir pourquoi, Cécile lui demanda :

« N'avez-vous pas rencontré ici hier un valet tout roux avec une verrue ?

— Si fait. Au début il ne m'inspirait pas confiance, mais en fait il est fort aimable. Il m'a offert de son ratafia, et du meilleur !

— Et vous l'avez bu ?

— Ben dame, oui ! répondit la nourrice en passant du regard inquiet de Cécile à celui impénétrable de Bontemps. Et même que j'en ai repris ce matin », ajouta-t-elle en courant au placard pour en tirer la bouteille qu'elle tendit à Cécile.

Celle-ci renifla le flacon avec méfiance puis le passa au médecin.

« Arsenic. J'aurais dû y penser, fit Fagon qui en oublia son animosité pour la jeune fille. Un truc vieux comme le monde ! »

Cécile approuva et poursuivit :

« On donne un peu de poison à la nourrice, mais pas assez pour qu'elle soit malade. Le poison passe dans le lait et le bébé, lui... »

À ces mots, la nourrice manqua défaillir. Elle se rassit lourdement puis regarda le bébé, horrifiée.

« Que faut-il faire ? demanda Cécile au médecin.

— Rien, petite, répondit tristement Fagon. Nous ne savons pas quelle dose l'enfant a absorbée... Saignons-le à tout hasard, cela fera peut-être partir son mauvais sang.

— Pitié, ne le martyrisez pas davantage ! » s'écria Cécile au bord des larmes.

Bontemps, qui faisait les cent pas, s'arrêta soudainement, puis frappa du poing sur la table à langer :

« Sac à papier ! Cette fois-ci, la marquise aura des comptes à rendre ! Je vais prévenir le roi. Vous, mademoiselle, allez chercher les Saint-Béryl. »

« Mais vous délirez, Bontemps ! fit Mme de Montespan avec un rire nerveux. Vous oubliez à qui vous parlez !

— Où est Tabarin ?

— Tabarin ? Connais pas ! »

Elle se tourna vers le roi qui, jusque-là, était resté muet :

« Faites-le cesser, Louis, ses fables sont ridicules !

— Nous vous avons entendues dans la garde-robe, s'écria Guillaume à son tour.

— Et moi, rétorqua Athénaïs, je vous ai surpris à voler avec cette péronnelle !

— Mlle des Œillets était avec vous...

— Elle ne pourra vous répondre, elle s'est retirée chez elle à Paris.

— Vous avez menacé la reine, l'autre soir ! attaqua Pauline à son tour.

— Sire, ouvrez donc les yeux ! s'écria la marquise. Cette fille cherche à vous séduire, tout le monde le sait ! Et son frère veut se venger de la disgrâce qu'a subie son grand-père. Ils ont tout manigancé avec cette guérisseuse ! D'ailleurs, une simple guérisseuse qui parle si bien espagnol... c'est louche. Elle serait votre empoisonneuse, que cela ne m'étonnerait pas ! »

Pauline resta bouche bée devant tant de fiel.

Guillaume, pris d'un accès de fureur, s'apprêtait à répondre à l'insulte, lorsque Cécile l'arrêta d'un geste.

D'un calme trompeur, le roi, lui aussi, laissa la marquise vociférer. Il la savait maître dans l'art de la calomnie. Elle était capable, en quelques mots, de retourner la situation la plus fâcheuse en sa faveur.

« Vous parlez de la nouvelle comtesse d'Altafuente, madame, fit enfin Louis XIV d'un ton égal.

— “Comtesse” ? poursuivit avec hargne la belle Athénaïs. Justement. Elle prend sûrement ses ordres à l'Escurial[1], voilà la vérité ! Et la reine la soutient pour plaire à son frère, le roi d'Espagne. Sire, c'est clair !

— Vous êtes ignoble, madame, s'indigna Guillaume. Cécile est la personne la plus honnête qui soit !

— Écoutez donc ce jeune coq ! se gaussa la marquise. Cette "comtesse" l'intéresse ou je ne m'y connais pas. Il dirait n'importe quoi pour la défendre ! »

Le brave Bontemps, rouge à exploser, se demanda quand le roi ferait enfin taire cette langue de vipère... Celle-ci, voyant que Louis XIV ne la soutenait pas, changea de tactique :

« Mais je dois vous quitter, Sire, fit-elle avec des sanglots dans la voix. Mon petit Louis-César, votre fils, est bien malade. Le pauvre est si fragile, je le veille en ce moment. Cela me rappelle notre petite Louise-Marie qui est morte, il y a tout juste un an... »

Elle versa quelques larmes de crocodile, s'attendant à voir le roi fléchir.

« J'irai le voir dès aujourd'hui, madame, fit-il, toujours impassible. Mais mon petit-fils, l'héritier du trône, est au plus mal. Priez, madame, pour qu'il survive. Car si je ne puis vous désavouer publiquement, vous pourriez bien finir vos jours au couvent. Vous

1. Résidence des rois d'Espagne.

pourriez y réfléchir aux vanités de ce monde en priant pour votre salut qui en a grand besoin. »

La marquise resta comme éberluée. Puis, sans piper mot, elle plongea dans une révérence, et sortit.

D'un calme à toute épreuve, Louis XIV prit le temps de remettre ses gants, arrangea son cordon du Saint-Esprit, puis s'apprêta à partir à son tour :

« Bontemps, je suis à la ménagerie, où nous ferons la collation. Faites-moi prévenir si l'enfant va plus mal. »

Bontemps lui ouvrit la porte, puis ils le virent partir de son pas tranquille et majestueux, encadré de ses gardes de la manche[1] qui l'attendaient dans l'antichambre.

« Je ne sais si cette femme est pire que la peste ou que la petite vérole, fit Bontemps en s'épongeant le front.

— Les deux, répondit Pauline sans rire.

— Si elle s'en prend encore à Cécile, commença Guillaume, je lui...

— Non, tu ne feras rien, fit Cécile. Elle n'attend que cela pour nous discréditer, ou tenter de nous monter les uns contre les autres. »

Il se raidit en l'entendant le tutoyer et se mit à fixer bizarrement le bout de ses chaussures, comme pour fuir son regard.

---

1. Nom donné aux quatre gardes écossais qui servaient de gardes du corps au roi.

Cécile le contempla sans comprendre. Depuis ce matin, Guillaume se tenait à l'écart, il aurait fallu être aveugle pour ne pas le remarquer. Devant son mutisme, elle poursuivit doucement en cherchant ses mots :

« Je pensais que tu étais heureux de voir tomber les... barrières entre nous.

— Et celles entre les comtesses à cent mille livres et les gardes sans le sou, y as-tu pensé ? » avoua enfin Guillaume.

Elle eut un gémissement de surprise et tenta de lui prendre le bras. Cet imbécile allait-il tout gâcher entre eux, après tant d'aventures, pour une question d'argent ? Mais voilà qu'il se dégageait brutalement, et la regardait d'un air courroucé avant de fixer de nouveau le bout de ses chaussures. « Il me repousse », constata-t-elle, des larmes plein les yeux.

« Très bien, monsieur Guillaume, fit-elle, vexée. Puisque ma compagnie vous déplaît... je pars voir mes malades, ajouta-t-elle pour Pauline.

— Tu ne comprends pas, Cécile... », commença d'expliquer Guillaume d'une voix hachée.

Il s'arrêta brusquement, puis reprit :

« Tu vas voir tes malades ? Tu n'as plus besoin de travailler, maintenant que tu es devenue riche.

— Oui, je suis riche, et je peux même m'offrir des barrières en or massif si cela me chante, fit-elle en sortant sans même se retourner. Et toi tu es un imbécile. Un “pauvre” imbécile. »

L’enfant s’était enfin endormi, bercé par sa remueuse. Cécile se leva doucement pour regarder par la fenêtre. Dehors, la fête battait son plein pour la seconde nuit consécutive. Ce soir, le roi avait fait organiser un grand bal dans les jardins.

Dans la nuit, les bosquets, garnis de lampions de couleur et de guirlandes de fleurs, avaient pris un aspect féerique. On avait mis en perce de nombreux tonneaux et de fausses grottes de verdure abritaient des buffets de victuailles.

Toute la noblesse était là, venue de vingt lieues à la ronde, pour fêter la naissance princière.

Jusqu’à la populace qui se pressait dans les jardins, admirant et applaudissant comme au spectacle les luxueuses toilettes et les illuminations. Après le bal et le feu d’artifice on laisserait les plus pauvres se partager les restes.

Au loin, le Grand Canal était recouvert de faux nénuphars supportant des chandelles qui bougeaient au gré de la brise, comme autant d’étoiles sur la voie lactée. Les musiciens du roi jouaient en sourdine, cachés dans la verdure. Tout cela semblait magique...

Parmi les promeneurs, Cécile aperçut Pauline et Hildie escortées par Silvère, puis Élisabeth qui marchait dignement, poursuivie par un Thomas tenant son chapeau à deux mains. Pauvre Thomas, pensa-t-elle avec compassion en ressentant l'aiguillon à présent familier de l'amour déçu... Contre cela pas de tisanes, pas de baume.

Dans son dos, une porte s'ouvrit. Elle se retourna pour voir Guillaume entrer, l'air soucieux.

« Va-t-il mieux ? lui demanda-t-il sans croiser son regard.

— Il est plus calme. Les taches rouges sur son corps ont presque disparu et j'ai réussi à lui faire boire un peu de lait de vache coupé de tisane dépurative dans un biberon. Heureusement, il semble avoir la constitution robuste de son père. S'il passe la nuit, je pense qu'il sera sauvé.

— Dufort vient de voir Benvenuti et Tabarin entrer chez la marquise..., fit enfin Guillaume après quelques secondes d'un pesant silence.

— Que compte faire Bontemps ?

— Tous ses hommes surveillent la fête de ce soir, à part Dufort, répondit Guillaume. Alors j'avais pensé aller les surprendre avec Thomas et Silvère. Le château est vide, nous pourrions en profiter pour les cueillir discrètement, comme le veut le roi.

— Eh bien, qu'attendons-nous ? » fit Cécile en prenant son châle.

Le palier du premier étage était vide. Postés sur les dernières marches en haut du grand escalier des

Ambassadeurs, cachés par la balustrade de marbre, ils fixaient dans la pénombre la porte ouverte de l'antichambre de la marquise.

« Cela fait une heure que nous attendons ! Êtes-vous sûrs qu'ils sont là-dedans ? râla Élisabeth. Ils ont organisé un tournoi de billard ou quoi ? »

Thomas poussa un soupir de lassitude guère discret, puis se tourna vers la jeune fille :

« Élisabeth, très chère, taisez-vous ou retournez auprès de Pauline et d'Hildie. Ce n'est pas la place d'une femme, ici.

— Ah ! çà non alors, pour une fois qu'on s'amuse ! Et puis Cécile est bien là et vous ne lui dites rien, à elle.

— Taisez-vous, pour l'amour du Ciel !

— Monsieur, je ne vous parle plus.

— La peste soit des bonnes femmes ! » enragea Thomas entre ses dents.

Élisabeth croisa les bras et prit son air buté. Bontemps, dans la pénombre, regarda Dufort avec une lueur de réprobation. « Ah, les amateurs, quelle plaie ! » semblait-il dire.

Un grincement, la porte de l'appartement s'ouvrit sur Claude des Œillets qui sortit sur le palier, un chandelier à la main, suivie de la marquise :

« J'exige que tout ceci s'arrête, ordonnait cette dernière. Vous m'avez forcé la main et je n'en mesurais pas les conséquences !

— Trop tard, madame, fit dans son dos Benvenuti. Vous savez pertinemment que Tabarin a déjà fait le nécessaire. »

Tabarin sortit à son tour, puis un Lourmel hagard, visiblement dépassé par les événements.

« Un jour, vous nous en remercierez, madame », la rassura Claude des Œillets.

Puis la suivante, prenant les choses en main, se tourna vers Benvenuti :

« Retournez à Paris, et occupez-vous sans attendre de faire taire définitivement la Leroux. Après la volée que vous lui avez donnée, elle risque de courir à la police pour se venger de nous.

— J'y vais moi aussi ? souffla Lourmel avec une grimace.

— Non, vous surveillez les Saint-Béryl. On vous l'a déjà dit cent fois. »

Sans un mot de plus, la porte se referma sur les deux femmes, puis les trois hommes se dirigèrent enfin vers l'escalier.

« Halte ! au nom du roi », cria Dufort en dégainant son arme.

Guillaume, Silvère et Thomas, épée au poing, se rangèrent aussitôt aux côtés du garde suisse. Après un court instant de surprise, Tabarin sortit à la vitesse de l'éclair la paire de pistolets glissés dans sa ceinture. Un premier coup partit et Dufort s'effondra, l'épaule broyée.

Aussitôt Élisabeth se mit à hurler de terreur, alors que Cécile courait se pencher sur le garde suisse.

« Tous contre le mur ! ordonna Tabarin en jetant le pistolet déchargé. Je n'ai plus qu'une balle, mais je ne vous raterai pas !

— Mademoiselle Drouet ? On ne peut pas faire un pas sans vous rencontrer, fit ironiquement Benvenuti. Et voilà votre ami..., ajouta-t-il en regardant Guillaume. Nous vous avions sous-estimés, je l'avoue. »

Tous reculèrent prudemment devant les truands, sauf Élisabeth, tétanisée de peur.

« Toi aussi, la pimbêche, tonna Tabarin. Pousse tes fesses de là !

— Pim... bêche ! s'indigna Thomas. Pousse tes f..., répéta-t-il en s'étouffant. Monsieur, je ne tolérerai pas que l'on insulte mademoiselle. J'exige réparation ! »

En trois pas il fut sur Tabarin. Bontemps toujours dans l'ombre en profita pour faire diversion. S'emparant d'une potiche de grand prix trônant sur une sellette, il la lança sur Tabarin qui, sous le choc, lâcha le second pistolet. Sans attendre, Cécile, d'un coup de pied, l'envoya glisser sous une grosse commode.

« Nous sommes à égalité, fit Benvenuti en fendant l'air de son épée. Voilà l'heure de vérité, Lourmel. Choisissez votre camp. »

Vert de peur, Lourmel regarda les antagonistes, n'arrivant pas à se décider.

« Rendez-vous ! Vous n'irez pas loin, lança insidieusement Bontemps en approchant.

— Tu n'es pas armé, mon gros, et nous ne ferons qu'une bouchée de ces jeunots, fanfaronna Tabarin. Vous parliez d'en découdre, ajouta-t-il pour Thomas. Qu'attendez-vous ? Votre laideron vous regarde ! »

La provocation fit son effet. Thomas, fou furieux, fondit sur le rouquin. Élisabeth se mit à hurler de plus belle, tandis que Benvenuti s'en prenait à Guillaume et que Silvère s'attaquait à Lourmel.

« Mon Élisabeth, un laideron ! beuglait Thomas en frappant comme un forcené. Mordieu, je vais vous apprendre ! »

Guillaume avait affaire à forte partie. L'homme en noir maniait son épée de Tolède comme un maître d'armes. Lui n'avait qu'une faible expérience, à peine quelques « faux » duels arrêtés au premier sang avec la bande rivale de son académie, et sa courte instruction au Louvre.

« Je me rends ! » cria Lourmel en levant les mains lorsque Silvère l'eut désarmé.

Puis Thomas en hurlant tomba à genoux, le bras transpercé. Aussitôt, Élisabeth, telle une furie, se précipita en vociférant sur Tabarin. Elle lui aurait sans doute crevé les yeux, si elle n'avait été arrêtée au passage par Cécile.

« Calmez-vous ! fit son amie en la secouant. Venez

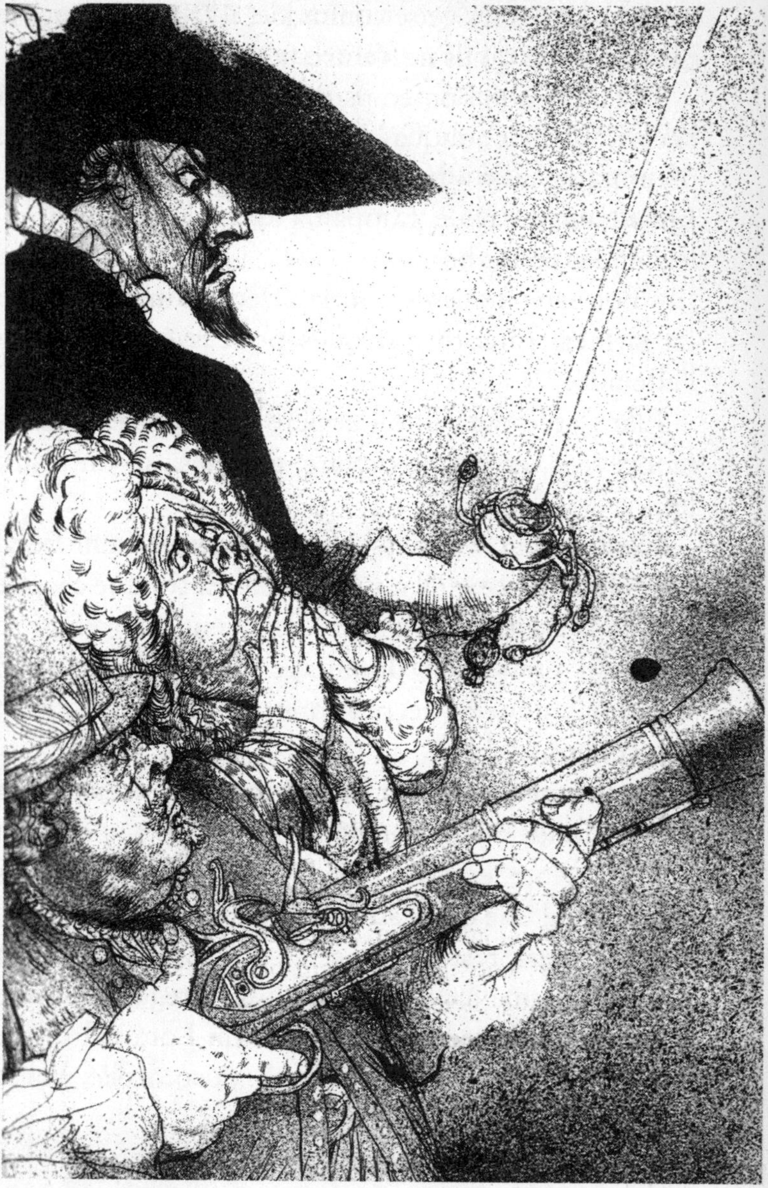

m'aider à pousser cette commode, il faut récupérer le pistolet avant qu'ils ne s'entretuent ! »

Et tandis que Bontemps traînait les deux blessés à l'écart, Silvère s'attaqua à son tour à Tabarin, qui, plein de morgue, riait à gorge déployée. Le truand ne respectait aucune règle, frappait à tort et à travers, privilégiant les coups bas.

« Bon sang, poussez ! hurlait Cécile à une Élisabeth en larmes. Encore quelques pouces et je pourrai l'atteindre ! »

Elle s'arc-bouta une dernière fois contre la commode, puis, en criant victoire, elle se saisit du pistolet.

L'homme en noir s'essoufflait. Le jeune Saint-Béryl était plus coriace qu'il n'y paraissait. Et comme chaque fois qu'il avait un adversaire de valeur, Benvenuti se dit qu'il était bien dommage de devoir le tuer. Quelques années de pratique de plus et il serait devenu imbattable...

Guillaume le ramena brutalement à la réalité par une profonde entaille au côté. L'autre riposta aussitôt par une feinte, et à son tour Guillaume sursauta sous la brûlure d'une estafilade à l'épaule.

« Que personne ne bouge ! » s'écria Bontemps en pointant l'arme à deux mains. Cécile regarda Silvère désarmer le rouquin, puis aligner un Lourmel blême entre ses deux acolytes. Élisabeth, quant à elle, alla se jeter au cou de son « héros », ébahi par une si soudaine affection.

« Comme vous pouvez le constater, mon cher Lourmel, fit ironiquement Bontemps en montrant la porte close de l'antichambre, votre amie Mme la marquise n'est pas venue à votre secours.

— Je n'ai rien fait, je suis innocent ! Tout cela n'est qu'un affreux malentendu... hoqueta Lourmel.

— Ah oui ? Vous l'expliquerez au bourreau quand il vous passera à la question. »

À ces mots, Lourmel perdit pied :

« Ils m'ont obligé ! Ils ont empoisonné la... »

Lourmel se figea tout à coup la bouche ouverte dans un appel muet, les yeux exorbités, avant de glisser au sol, mort.

Ils virent alors Benvenuti jeter négligemment le petit stylet qu'il venait de planter dans le dos de son voisin, puis dire sans la moindre émotion :

« Je n'ai jamais pu supporter les lâches... Et quant à moi, le bourreau qui me fera parler n'est pas né... »

Aussitôt, Silvère et Guillaume s'empressèrent de les fouiller sans ménagement, pour éviter de nouvelles mauvaises surprises, puis les attachèrent pour plus de sécurité avec les cordons des rideaux du salon de Vénus tout proche.

Lourmel, le chaînon faible de l'équipe, leur aurait été d'un grand secours pour remonter la filière. Les deux autres, de vrais durs à cuire, ne lâcheraient pas le morceau de sitôt, même avec les arguments de choc du bourreau.

« C'est fini, vous avez perdu, fit Cécile en soutenant le regard de Benvenuti.

— C'est vous qui avez perdu... votre prince, ricana Tabarin méchamment.

— Je croyais que tuer les enfants, cela portait malheur... »

Benvenuti la fixa bizarrement :

« Une fois, j'ai fait grâce à une petite. C'est fou les ennuis qu'elle nous a causés... Elle était tombée à l'eau et je jure que j'en étais innocent. Un gamin a tenté de la sauver, mais elle n'avait aucune chance de survivre, elle s'est noyée. C'était il y a bien longtemps.

— Non, j'ai survécu, fit Cécile avec calme.

— Maintenant je te reconnais, souffla Benvenuti en hochant la tête, et toi aussi, ajouta-t-il en montrant Guillaume du menton. Tu étais bien jeune, mais déjà courageux...

— À son âge on oublie vite, c'est bien ce que tu disais ? », se moqua Tabarin alors que Bontemps et Silvère les empoignaient pour les emmener.

Comme une colonne de fourmis disciplinées, les valets commençaient à rassembler les restes pour les pauvres et à emporter la vaisselle sale. Au loin, à la lueur des torches, les jeunes gens dansaient la gavotte et le passe-pied au bosquet de l'Encelade, et l'on avait laissé les vieux à leurs menuets rigides au bosquet de l'Étoile.

Par la fenêtre de la chambre, Guillaume vit la silhouette de sa sœur assise avec leurs amis. Thomas, le bras en écharpe, tendait un verre à une Élisabeth, enfin béate d'admiration. À deux pas, Silvère, avec de grands gestes, racontait sans doute l'arrestation...

Cécile se mit à rire doucement en reposant l'enfant dans son berceau.

« Allez vite chercher la nourrice de remplacement, fit-elle à la remueuse. Ce petit glouton a faim ! Il est guéri, Guillaume ! ajouta-t-elle pour son ami. Regarde-le sucer mon doigt ! »

Il s'approcha aussitôt du berceau et la prit joyeusement par les épaules. Puis ensemble ils contemplèrent l'enfant qui, les yeux fermés, suçait bruyamment son index et son majeur. Comme n'importe quel jeune couple admirant leur bébé, pensa-t-elle avec un pincement au cœur.

« Dis-moi, Guillaume, si je n'étais pas riche, m'aimerais-tu un peu ?

— Tu le sais bien, répondit-il en piquant du nez. Mais tu es riche. Te voilà comtesse et je n'aurai qu'un titre de chevalier.

— Alors, je ne veux pas de cette fortune, ni de ce titre. J'en aviserai l'ambassadeur dès que possible.

— Ne dis pas de bêtises ! Pense à tous les riches amoureux que tu vas avoir, jolie comme tu l'es. Et toutes ces belles toilettes que tu vas porter aux fêtes de la cour. Moi, je ne pourrais pas t'en offrir le dixième...

— Sans parler des ronds de jambe, des intrigues et des jalousies..., soupira Cécile. C'est toi qui me connais bien mal ! Je ne suis pas faite pour ce genre de vie : guérisseuse je suis, guérisseuse je reste.

— Alors réfléchis à tout le bien que tu pourrais faire avec cet argent. Des hôpitaux comme en rêve Catherine, des écoles pour les enfants pauvres...

— Des projets de ce genre, j'en ai plein la tête, c'est vrai, mais seulement avec toi pour m'aider, insista Cécile.

— On racontera partout que je t'épouse pour ton argent ! » tenta-t-il d'expliquer.

À son grand étonnement, Cécile se mit à rire.

« Est-ce une proposition, monsieur de Saint-Béryl ? Je l'accepte ! Nous vivrons avec ta pension de garde et mes cent mille livres serviront aux pauvres, cela te va-t-il ? »

Guillaume la regarda alors, de l'espoir plein les yeux, puis déclara :

« Il se passera des années avant que je prenne du galon...

— M'en moque, fit-elle en se pendant à son cou.

— Nous n'aurons pas d'hôtel, pas de carrosse, pas de domestiques...

— Je m'en moque », répéta Cécile en souriant béatement.

Guillaume se penchait vers elle pour l'embrasser lorsque la porte s'ouvrit à la volée sur un Bontemps écarlate d'avoir couru, suivi de la remueuse et de la seconde nourrice, Mme Laur.

« Bontemps, il est guéri, fit fièrement Guillaume. Et nous, nous allons danser pour fêter cela, ajouta-t-il en prenant Cécile par la main.

— Tu sais danser le menuet et la gavotte, au moins ? lui glissa Guillaume sur le pas de la porte.

— Ben... On va bientôt le savoir ! »

Épilogue

15 septembre 1682

Le soleil se couchait à l'horizon du Grand Canal. L'automne allait commencer, et le jardin avec ses arbres du vert au roux était un enchantement. Un enchantement aussi que cette grande galerie où ils s'étaient rassemblés. Dans les glaces que les ouvriers commençaient à poser, se reflétait la lumière dorée du soleil, emblème du roi.

Ils s'étaient postés là, tous les sept, au centre même du château, avec devant eux la perspective parfaite du Grand Canal où se noyait le soleil. Toussaint avait raison d'être si fier, la galerie était vraiment la plus belle chose construite de la main de l'homme.

« Peut-être qu'un jour on l'appellera la galerie des Glaces, fit Cécile en regardant autour d'elle. Cela sonne mieux que le corridor des Princes...

— Regardez, les voilà ! » s'écria Pauline en montrant Louis XIV dans les jardins.

Au côté du roi, sur sa chaise à roulettes, se tenait le vieux chevalier, fier comme un pape. Un carrosse était venu le prendre ce matin pour le conduire au château. On l'avait monté en chaise à porteurs jusqu'aux appartements du roi devant les courtisans, ébahis, qui avaient vu passer ce vieil homme vêtu à la mode de Louis XIII, et s'étonnaient que le roi puisse faire tant de cas d'un ancien serviteur de petite noblesse.

Et le roi avait même souri fièrement quand le vieux Saint-Béryl lui avait dit : « Petit-Louis, que votre jardin est beau ! »

Le brave Mathurin avait loué une épée et un chapeau au concierge du château afin de pouvoir assister avec Catherine, raide dans ses habits du dimanche, au repas du roi. Depuis le fin fond de la pièce, ils n'avaient aperçu que les plumes du chapeau de Louis XIV, mais sûr que dans dix ans ils en parleraient encore !

« La cour part le 21 à Chambord pour la saison de chasse, venez-vous ? demanda Hildie à Cécile et Guillaume.

— Oh ! oui, venez, renchérit Élisabeth, Chambord, sans vous, cela va être ennuyeux comme la pluie...

— Vous exagérez, Élisabeth, rétorqua Thomas. Nous chasserons un jour sur deux...

— Je déteste la chasse, mon ami ! Vous le savez bien. Et je ne comprends pas que vous puissiez faire du mal à ces petites bêtes. C'est barbare !

— Mais, Élisabeth, les petites bêtes, vous les mangez, non ?... »

Élisabeth poussa un soupir d'exaspération. Elle s'éventa avec force puis lui expliqua, comme à un enfant :

« Cela n'a rien à voir. Quand un boucher tue un mouton, il ne lui court pas après avec une meute de chiens et des piques. »

À son tour, Thomas hocha du chef avec une mine de martyr. Depuis qu'ils s'étaient réconciliés, ils passaient leur temps à se chamailler comme chien et chat.

Sans doute pour avoir le plaisir de faire la paix ensuite, se moquaient en riant les cinq autres.

« Finalement, je me demande ce que je vous trouve, pesta la jeune fille, nous ne sommes d'accord sur rien. Et puis d'ailleurs, j'en ai assez, reprenez donc votre bague et rendez-moi mes rubans. »

Elle tira sur le magnifique anneau dont il lui avait fait présent, pour l'ôter de son doigt, tandis que Thomas croisait les bras avec un air résigné qui déclencha une vague d'hilarité dans le petit groupe. Le jeune homme finit pourtant par répliquer :

« Gardez donc cette bague, Élisabeth, vous me l'avez déjà rendue trois fois cette semaine. À force de l'enlever et de la remettre, vous allez finir par l'user ! »

Élisabeth fit une moue de reine offensée avant de soupirer :

« Vous l'aurez voulu ! Je la garde... jusqu'à ce que nous allions à Chambord.

— Nous, nous restons à Versailles avec le petit duc, dit Cécile. Guillaume et moi venons d'être affectés à sa maison, et il est bien trop jeune pour voyager.

— La marquise ne souhaitait pas venir, mais le roi l'y a obligée, reprit Élisabeth. Mais elle ne nous aurait pas manqué, elle. Elle se sent très lasse, paraît-il, et souhaitait se reposer dans son château de Clagny.

— Mon œil, répliqua Thomas. Elle essaie de se faire oublier en attendant que l'affaire se tasse. Il faut dire que Tranchelard et Trois-Doigts n'ont pas été avares de confidences.

— C'est l'ennui avec les mercenaires, fit ironiquement Silvère. Ils sont prêts à tuer pour de l'argent, mais pas à mourir pour une cause. Grâce à eux, Bontemps et La Reynie espèrent démasquer les chefs de ce réseau avant qu'ils ne quittent la France.

— Savez-vous que notre bonne amie Héloïse a elle aussi des ennuis de santé ? railla encore Élisabeth.

Depuis la mort de Lourmel, elle a comme un poids, là, sur la conscience...

— Non, sans rire ? la coupa Guillaume, elle a vraiment une conscience ?

— En tout cas, elle n'a plus son sourire d'ange et elle a demandé à quitter la cour. On raconte que la marquise va la marier à un duc, un certain Monteaublanc... Héloïse va donc avoir un "tabouret".

— Mon Dieu, quelle promotion ! fit ironiquement Pauline en imitant les commentaires de la marquise.

— Je la vois déjà, rajouta Silvère une main sur le cœur à la manière des tragédiens, "sur ses terres en Picardie, élevant avec amour les cinq enfants que le duc a eus de sa première femme..." »

Pauline regarda Silvère d'un œil malicieux, puis poursuivit sur le même ton emphatique :

« Mesdames et messieurs, voilà une histoire qui se termine terriblement mal. Mon "fiancé" et moi, nous ne nous marierons pas, nous ne serons pas heureux et nous n'aurons pas beaucoup d'enfants...

— Eh bien nous si ! lança joyeusement Guillaume en prenant Cécile par le cou.

— Il n'y a pas à dire, fit doctement cette dernière, les mains sur les hanches, vous ne m'ôterez pas de l'idée que nous, les nobles, nous sommes...

— Assez ! » crièrent six voix en chœur.

ANNIE JAY

Annie Jay est une lectrice insatiable, amateur d'anecdotes historiques et toujours prête à égayer la visite d'un musée en racontant des histoires à ses neveux... qui l'ont un jour mise au défi d'écrire un livre. Ainsi est né ce premier roman... où d'emblée se révèle un auteur de talent.

Si vous avez aimé ce livre, vous aimerez aussi dans la collection Le Livre de Poche Jeunesse :

Esclaves en fuite
Katherine Ayres
Traduit de l'américain par Marie-Pierre Bay
En 1851, aux Etats-Unis, Lucinda Spencer se voit confier une périlleuse mission : aider une famille entière d'esclaves à fuir. Un roman captivant sur l'organisation clandestine – le Chemin de Fer souterrain – qui aidait les esclaves à fuir vers le Canada.
11 ans et +
N° 808

Pourquoi pas moi ?
Jeanne Benameur
Yasmina rêve d'appartenir à la bande exclusivement masculine des Buttes-Rouges. Pour cela, il faut passer l'épreuve « du mur de l'école ».
11 ans et +
N° 614

Je ne veux plus jamais avoir 13 ans
Patricia Bullit
Le journal intime, aigu et bouleversant, d'une adolescente ordinaire dans les années 60.
12 ans et +
N° 661

Irène Joliot-Curie ou La science au cœur
Marianne Chouchan
À l'Institut du radium, Irène Curie, pourtant très douée, reste dans l'ombre de sa mère. Sa rencontre avec Frédéric Joliot va changer sa vie.
11 ans et +
N° 646
Prix Clio Jeunesse 1998

Ma vie chez les indiens
Lynda Durrant
L'histoire authentique d'une jeune anglaise déchirée entre deux cultures après son enlèvement par des Indiens en 1760.
10 ans et +
N° 806

Parvana, une enfance en Afghanistan
Deborah Ellis
Traduit de l'anglais (canadien) par Anne-Laure Brisac
Parce que son père a été fait prisonnier par les taliban, Parvana brave l'interdiction faite aux femmes de sortir dans les rues de Kaboul sans être accompagnées par un homme. Habillée en garçon, elle part travailler au marché afin de rapporter chaque jour de quoi nourrirr sa mère et ses sœurs. Mais le danger est grand qu'on l'identifie, et Parvana risque très gros...
11 ans et +
N° 779
A paraître en novembre 2001

Six filles à marier
Frank et Ernestine Gilbreth
Traduit de l'américain par Hélène Commin
La suite de *Treize à la douzaine* ou l'histoire de la famille Gilbreth après la mort du père. Les filles ont grandi et leurs frères attendent de pied ferme les courageux prétendants...
10 ans et +
N° 740

À la poursuite d'Olympe
Annie Jay
Pas facile, quand on est une jeune noble à la cour de Versailles, d'échapper à un père qui veut vous mettre au couvent.
11 ans et +
N° 535

Lettres à une disparue
Véronique Massenot
En Amérique du Sud, une mère pleure Paloma, sa fille disparue. Elle lui écrit des lettres, et ces mots l'aident à supporter la douleur.
11 ans et +
N° 654

Les pierres du silence
Jacques Vénuleth
Miyasa ne parle plus mais se confie à son journal intime. Elle essaie de renouer avec le fil de sa vie, de comprendre le drame qui l'a brisé : être Palestinienne en Israël.
12 ans et +
N° 527
Prix du roman du Ministère de la Jeunesse et des Sports 1994

Composition Jouve - 53100 Mayenne
N° 294944g
Imprimé en Italie par G. Canale & C. S.p.A. - Borgaro T.se (Turin)
Dépôt éditeur n° 78818
32.10.1899.7/09 - ISBN : 2.01.321899.0
Loi n° 49-956 du 16 juillet 1949 sur les publications destinées à la jeunesse
Dépôt légal : octobre 2006